鲧禹治水

中国上古神话演义之四

什方子 著

河北出版传媒集团
河北教育出版社

图书在版编目（CIP）数据

中国上古神话演义之四鲧禹治水 / 什方子著. -- 石家庄：河北教育出版社，2018.7（2022.10 重印）
ISBN 978-7-5545-4500-3

Ⅰ. ①中… Ⅱ. ①什… Ⅲ. ①长篇小说－中国－当代 Ⅳ. ①I247.5

中国版本图书馆CIP数据核字(2018)第147372号

书　　名　中国上古神话演义之四 **鲧禹治水**
作　　者　什方子
策　　划　刘相美
责任编辑　石　姮
封面插图　李　楠
装帧设计　于　越
出版发行　河北出版传媒集团
　　　　　河北教育出版社　http://www.hbep.com
　　　　　（石家庄市联盟路705号，050061）
印　　制　保定市铭泰达印刷有限公司
开　　本　787mm × 1092mm　1/16
印　　张　16.5
字　　数　220千字
版　　次　2018年7月第1版
印　　次　2022年10月第4次印刷
书　　号　ISBN 978-7-5545-4500-3
定　　价　32.00元

序

◎李廷贵

什方子先生的著作《尧舜禅让》《鲧禹治水》我认真拜读完，收获很大，感慨良多。

书中的人物众多，形象生动，语言简练，特色浓郁。

其一，引经据典，资料丰富。描写尧、舜、禹时代，需要翻阅许多古籍，引用许多文献。书中自先秦、两汉魏晋到宋元明清的许多典籍都有涉猎，如《诗经》《尚书》《世本》《礼记》《山海经》《太平御览》《太平广记》《帝王世纪》《蜀王本纪》《吕氏春秋》《大载礼记》《史记》《汉书》《楚辞》《列子》《淮南子》《左传》《论衡》《水经注》，等等；对于古代思想家的著作也多处引用，如《庄子》《孟子》《荀子》《韩非子》等；甚至对一些地方志也参考选录，如《隆尧县地名考》和《广湖南考古略》等。足见作者眼界之宽阔和着墨之辛苦。

其二，神仙济济，各显神通。此书是描述我国上古时代“人神”传说的。书中的“神仙”各有岗位、各显神通，但却有共同之处，即从事劳动生产、建功立业。他们个个诚心为民效劳，大公无私，除恶务尽，从善如流。读罢此书，使我们感到，无论“人”也好、“神”也好，他们都勤谨敬业、奉献社会。他们夜以继日活跃在生产第一线，为大众的生存和温饱而辛勤操劳。书中这些神，跃然纸上，历历在目，十分亲切。

其三，民风淳朴，引人入胜。自尧、舜、禹开篇起，就提倡和完善“五典”，即父义、母慈、子孝、兄友、弟恭，讲究和谐家族邻里、与人为善、四海一家。舜回答尧的一段话，道出了初祖们的胸怀和抱负：“自黄帝用兵以来，颛顼、帝喾继之，不断用武力剪除群雄，用怀柔政策安抚夷、蛮、戎、狄，使天下渐现统一景象。陛下勇武仁厚，威加海内，德施边陲，四夷宾服，万国来朝，功盖天下，可作为一代明君圣主垂范千古，切不可过度自责也。依臣看来，四夷祸乱在当前以至今后很长时期内，是在所难免的。值得欣慰的是，四夷之中，已有不少有识之士向往统一大业，并为之尽力而为；一些部落也开始推行朝廷法规，逐渐融入中原社会。这些都是陛下的英明决策所产生的效果，是本朝优于前朝者也。”“根本的方法是实施教化，开启民智，推行陛下所崇尚的敬天爱民、仁义孝悌等理念，用以扭转眼下渐渐兴起的骄奢淫逸、见利忘义之风气。”以上治世理念，在先秦典籍《尚书》中屡屡提及，一直延续几千年，是中华文化的精华。

其四，纵横捭阖，万国一统。古代中国，有“万国”“万邦”之称。中原之外，“夷”“蛮”“戎”“狄”布于四围。“东夷”“西戎”“南蛮”“北狄”等称谓，展现了中华大地部落众多、民族复杂，也说明了中华文化之多元、多彩、丰富，风俗习惯之迥异、美妙、迷人。

总之，作者视野宽阔、采撷丰富，上至天庭、下至海底，遍及东南西北，收天下万物于书中，故事跌宕，情景迷人，捧读之，令人激动，发人深省。

中国是文明古国，是举世公认的泱泱大国，在“历史悠久、文采丰富”的内容中，就有“人与神”的众多英雄和光辉业绩。轩辕氏黄帝、神农氏炎帝、九黎氏蚩尤帝，功盖天庭，声震寰宇；而大禹治水、舜耕历山和伯益作井等功业，榜样突出，万世传唱；至于尧舜禅让、苗山“箫韶”和“嫦娥奔月”等传说，则感人至深，代代缅怀。这些中华大地上永不泯灭的故事，在书中都有感人至深的描写和独到的诠释，读来津津有味，读者不妨捧卷一读。

（作者曾任贵州民族学院代理院长、贵州省苗学研究会会长）

自　序

◎什方子

本书讲的是史前三皇五帝的事儿。“三皇”有几种说法，较普遍的组合是伏羲、女娲和炎帝；“五帝”也有多种组合，以《史记·五帝本纪》中的说法流传较广，即黄帝、颛顼、帝喾、帝尧和帝舜。三皇五帝时间跨度很长，为了缩短篇幅，使作品更具可读性和趣味性，我选择了神话传说资料密集的两个时段，也是中华民族形成中的两个重要时期，历时十一年写成“中国上古神话演义”四部书稿。

史前的时空不是空白，但没有文字记载，只留下一些支离破碎的神话和传说。神话是历史的影子，它传递着某种信息，是远古社会的密码。我们现在即使不能破译，也不应把它们忘却或任其淹没在信息爆炸的现代社会里。正是抱着这种心态，我参考学者们的研究成果和考古发现，把散落于古籍中的神话传说编撰成故事，保持其原汁原味，奉献给读者，并试图以此勾勒出传说史的大致脉络。古今学者对三皇五帝时代众说纷纭，对神话传说的解释也多有歧义。在梳理这些不同见解的过程中，我也不免浮想联翩，对某些重大事件，如涿鹿大战和鲧、禹治水等事件和人物，都在书中融入了一些自己的看法，正所谓“愚者千虑，必有一得”是也。如果说这部书中所描写的事件和人物都与历史相符合，那就太过奢望了；因为它所依据的资料毕竟是神话和传说。但我希望这些故事能令读者感兴趣，在你匆匆赶路时，驻足回望一眼人类来路的尽头，了解一下那里可能发生的事情，不无益处。须知，现实总是定位在历史的长河中；向后看得越远，向前看得也就更远。

书中涉及的重要人物及事件的出处，有的作了注解，可供读者查阅研究。另外，我还选择了几篇写作随笔附在书后，希望能与有兴趣的人士磋商。我辈不是专家，有所见解不敢妄称一家之言；但作为一己之见，总是无大妨碍的。很多东方人对自己的祖先都有着宗教般的信仰；我们进入神话传说世界去追寻祖先的踪迹，一睹其圣德和风采，也算是一场虔诚的朝圣之旅吧！

书中离奇的情节、曲折的故事，并不是作者的“玄幻”功夫，而是神话传说本身固有的精彩。神话传说言简意赅，涉及面广，涵盖了中华文明各个领域的萌芽阶段、初始状态。本人自知学识浅而欠博，很难说把这些神话给读懂了，因此，书中的错误是在所难免的，恳切希望读者给予指正。

（什方子，本名田占坤，中国作家协会会员，1944 年出生于山东冠县，早年就读于西安交通大学，酷好文史，多年来致力于中国上古时期历史文化的研究，历时 10 年撰写“中国上古神话演义”系列小说，包括《雄起洪荒》《三祖归一》《尧舜禅让》《鲧禹治水》四部，为中国人修复自己的神话谱系。）

开头的话

上古有“三皇五帝”之说，伏羲、女娲和神农氏，是公认的“三皇”组合。后世也有把女娲排除在外，而以燧人氏取而代之的，笔者以为有性别歧视之嫌，不敢苟同。至于“五帝”，太史公司马迁早有定论，《史记》开篇就是《五帝本纪》，从黄帝、颛顼，到帝喾、唐尧、虞舜，不仅姓名和帝号言之凿凿，而且家谱都续好了，竟是一脉相承！

《五帝本纪》中有关帝系传承的资料取自西汉人编纂的《大戴礼》，后来的注家对帝王家谱又进行了充分发挥。单说黄帝的曾孙帝喾高辛，是五帝当中事迹最少但神性最高的一位古帝王。“高辛……生而神异，自言其名曰俊。”[1]俊者，即是《山海经》中屡屡提到的上帝帝俊，帝俊亲自下凡，做了一任人间帝王。帝喾娶了四位妻子，分别是有邰氏姜嫄、有戎氏简狄、陈锋氏庆都和娵訾氏常仪。姜嫄的儿子稷是周朝的祖宗，简狄的儿子契是商朝的祖宗。稷和契都是本书中的人物，后文我们会讲到。庆都的儿子尧，是书中的主人公；而常仪的儿子挚，则是尧的前任帝王。另外，《史记》中还明确记载，舜和大禹以及秦朝的先祖伯益，都是黄帝的孙子颛顼的后代。这样算下来，黄帝部落集团经过阪泉和涿鹿两次大战，就延承了从五帝到夏、商、周、秦近三千年的帝王功业，不可不为盛矣！

汉代儒者拼凑和杜撰的这幅五帝谱系图，是为当时皇帝推行的

[1]《初学记》引《帝王世纪》：“高辛……生而神异，自言其名曰俊。”《帝王世纪集校》第一：“帝喾生而神异，自言其名曰‘俊’。”（“俊”没有单人旁，暂代。夋 [qūn]，帝俊也作帝夋。俊，通假。）

儒家主流意识服务的，是为鼓吹帝王世袭制制造舆论根据的，政治性很强，因此虽然矛盾重重、漏洞百出，却仍然大行其道。至于司马迁为什么将其原封不动地拿了过来编入《史记》，考虑到他的处境，我们也不便深究。但这么一来，《大载礼》中描述的帝系图就被镀金了，俨然以信史的身份流传古今。虽然自东汉以来，学者们就开始对这幅帝系图进行质疑、批驳，但直到现在，还是有人把它当作经典，津津乐道，好像华夏祖先只有轩辕黄帝一家，而曾为天下共主的炎帝一族，以及创造了灿烂文化的东夷蚩尤一族，竟统统被边缘化了。

由于绝大部分有关先秦帝王故事的文字记载，都被秦始皇一把火烧掉了（据说李斯在阿房宫里保存了部分孤本文献，又被项羽的一把火烧光了），致使后世研究者无法另外拉出一个令人信服的上古帝系图来。于是，疑问仍然是疑问。

《诗经》是我国最早的一部诗歌总集，是西周初年至春秋中叶的先民发自内心的吟唱。《商颂·玄鸟》云"天命玄鸟，降而生商"，说名字叫作契的商朝先祖，是一位名叫简狄的女子吞了颗燕卵而怀孕生下的。而周人则认为，其祖后稷是姜嫄踩了巨人的大脚印而有孕生下的。殷商和周人在追溯自己的祖先时，都没有提到赫赫有名的帝喾。这绝对不是他们的疏忽大意，最大的可能是，他们认为帝喾和他们的先祖没有什么关系，或者，也许他们根本就没有听说过帝喾这位帝王。

司马迁是位严谨的学者，史学鼻祖。虽然他录自《大载礼》的上古帝系图破绽百出，但全盘否定他讲述的上古故事，是不明智的。近代的疑古学派引经据典，把《史记》讲的上古传说史驳得体无完肤、一无是处。一时间，上古传说史也真的只剩下了聊胜于无的传说了。但是，有个国学大师叫王国维，硬是从殷墟出土的甲骨文中查出了商王朝的世系，竟和《史记·殷本纪》中的记载相差无几！此举再次维护了史学泰斗司马迁的信用度，使如今研究上古传说史的学者们，都不得不认真捧读《五帝本纪》。

我们这部书是以神话的方式向读者交代上古传说史，以上是不得不说的话。笔者认为，《五帝本纪》中的古帝王都应该是存在的，但说他们都出自黄帝一族恐怕是非常勉强的。当时社会正处于从以血缘关系为纽带的部落联盟，向以地域划分的国家转变时期。即使黄帝征服了炎帝和蚩尤，号为天子，也只是在所谓“万国林立”的部落之林中确立了霸主地位。当时并没有建立起一整套国家机器进行统治，诸侯们大都不服从王命，各行其是，并通过相互侵伐进行兼并、争霸。我认为黄帝之后的颛顼和帝喾，并非黄帝子孙相传，而是在万国中原逐鹿中出现的共主。颛顼族落生活在冀、鲁、豫交界一带，应属于东夷集团范畴；帝喾“自言其名曰俊”，史学家说，这个“俊”字像蹲着的一只鸟，正是东夷诸族崇拜的鸟图腾。也就是说，黄帝族进入中原百年之后，东夷的颛顼族和帝喾族又东山再起，相继取得霸主地位。

尧舜时代一直被后世描绘成君工贤达、万国和合的理想社会、大同世界。那是华夏实现统一的前奏，是一个国家雏形初现东方大地的时代。近代的研究者发现，尧舜时代的天下并不太平。除了公认的水、旱等自然灾害之外，从古书的字里行间，还隐约流露出朝廷中的权力之争和部落间的征战杀伐。备受推崇的尧舜禅让之说，也并非那么如歌如醇、平和美满，而是留下了各种势力残酷斗争的烙印。大概也正是由于不寻常的天灾人祸，才有“天将降大任于斯人”之机缘，孕育出尧、舜、禹等一大批华夏明星，永远被后世传颂。他们是幸运的。但也有不幸者。如射日的羿和治水的鲧，虽然做出了惊天地、泣鬼神的事业，却身后寂寞，直到如今。

我们已经无法在历史迷雾中得知上古时代的真相，只好把神话传说中的粒粒珠玑翻出来细细玩味，从中找出一些蛛丝马迹，编织出想象中的上古画面。颛顼大帝威名显赫，但只有两项事迹较为突出，一是《淮南子》中提到的战胜共工，二是实行“绝地天通”工程。

所谓“绝地天通”，就是派两位大臣重、黎，分别为掌管天地四时之官，天神不得随意降地，地祇不得自由升天，使天上地下互不干扰，各得其序。近人研究说，实际上是颛顼推行了一场宗教改革，实行了政教分离的体制。相对于颛顼来说，继任者帝喾虽然名气很大，却没有什么值得宣扬的干货。鉴于这两位帝王任期内的传说资料很少，笔者不敢随意杜撰，只好一笔带过。在这部书中，我们重点探讨流传广泛的尧舜禹时代。

目录

CONTENTS

鲧窃息壤[1]

河洛之阴，大伾山之巅，一人巍然屹立，俨然一尊雕像。他就是鲧。鲧来这里已经七天七夜，虽经狂风暴雨而一步不动。他在思考一个治水难题。

今年降水量特别大。汛期还没有结束，大河下游新建的土城已被冲垮了三成。鲧化作黄龙，在洪水中逆流而上，探究水势，终于找到了下游动辄遭灾的原因。原来，自邙山以下，是大河从高原到平原的过渡阶梯，落差大，坡度陡，水流急，大河如脱缰的野马，一落千丈，其势若排山倒海，涤荡着面前的一切障碍。共工氏的堤堰屡修屡毁，都是这种地势造成的，千百年来，历史的悲剧反复上演。对这种天造地设的缺陷，有什么办法把它修复呢？如果水势在这里得不到控制，上游洪水怎能平稳地流入东海呢？自己的一切努力不就化为泡影了吗？……鲧陷入沉思。他的脑海里闪现出一个个方案，都一次次被眼前汹涌磅礴的洪流所击碎。鲧困惑了。但他不甘心。如果想不出好办法，他是不会离开此地的，哪怕化成了岩石。

他的身后多了一个女人，是敷手，了无声息地陪他站着。鲧竟然没有发觉。

“你看，那是什么？”敷手突然惊叫起来，用手指着西方。

鲧吃了一惊，说：“你怎么在这里？”

敷手没有回答，仍然张大了嘴巴遥望着远方。在浩浩荡荡的洪流中，一条长长的、黑色的巨龙时沉时浮，顺流而下，渐行渐近。原来那不是一条龙，而是几十只巨龟，头似鸱鸟，首尾相衔，排成一字长蛇阵，劈波斩浪而来。

[1]《山海经·海内经》注引《开筮》：“滔滔洪水，无所止极，伯鲧耐以息石息壤，以填洪水。”

敺手急忙取出画笔，把鲧的后背当作画板，开始描绘眼前的壮观场景。鲧没有理会她，只是聚精会神地注视着巨龟们的动向。巨龟来到大伾山下，开始向北岸靠拢。长蛇阵呈现一条弧形，裹挟着半河洪流涌向北岸，下游流量瞬间变小，滚滚浪涛偃旗息鼓。[1]

“龟阵分流？”鲧惊喜地大叫，“天助我也！”说罢，纵身一跃而起。

敺手眼疾手快，一把抓住他的衣衫，只听“刺啦”一声，鲧像一颗流星划过山林上空，一头扎进了大河里。敺手手里只剩下半片衣衫，上面描绘着刚刚落笔的大河景观图。

情急之下，敺手忘记了她的坐骑毕方，连滚带爬地来到山脚。巨龟们不见了。大河又恢复了本来面目，暴跳如雷，横冲直撞。鲧落汤鸡一般蹲在水边，在面前挖了一条细细的引水沟，还摆着一排鹅卵石。

“你没事吧？”敺手急切地问。

“鸱龟们不肯帮忙，”鲧答非所问地说，“不过它们给了我一个重大提示。”

“你有办法了？”敺手边问边想，看来这家伙真是个怪物，从那么高的山上跳下来，竟然什么事都没有，还在这里专心琢磨他的心事。

“办法是有了，可是很难实现。”鲧幽幽地说。

“说说看。”敺手鼓励他。

“如果从这里引一条人工渠，沿太行山麓一直向北，导入大陆泽，就可以分流大河西来之水，使主河道下游的水势得到减缓。到那时，就可以动手凿开龙门，排放上游的积水了。”鲧遥望长河落日，无限向往地说。

“那还不好办，动员人们开挖就是了，”敺手说，“这里地势高，

---

[1] 屈原《天问》：“鸱龟曳衔，鲧何听焉？顺欲成功，帝何刑焉？永遏在羽山，夫何三年不施？伯禹腹鲧，夫何以变化？”

沿着太行山麓由高向低引水还是容易的，我来画路线图。”

“你想过没有，”鲧说，“这条水渠修成后，横亘南北，高高挂在山麓上，无异于悬在冀州平原头上的一条天河，一旦决口，冀、兖平原上的民众皆为鱼鳖矣。”

“你想怎么办呢？”敦手打量着那排鹅卵石问。

“我想在水渠的东岸筑一道大堤。这道大堤需要很坚固，特别是在靠近大伾山的那一段，因为直接受到上游洪峰的反复冲击，一般的土石构造是难以承受的。”鲧沉浸在自己的憧憬中，又显示出一些无奈。

“哎，”敦手忽然想起了什么，说道，“你不是会变魔法吗？再变出一段坚实的堤堰来不就解决了！”

敦手说的是他俩初次见面时斗河伯那一幕，当时鲧利用陆吾赠送的一粒息壤筑成堤堰，挡住了水浪，事后鲧谎称堤堰是用魔法变成的，保守了秘密。此时经敦手提醒，鲧眼前立刻又出现了一丝希望之光。他忽然想到，刚才那些巨龟都长着鸱鸟的脑袋，和当时陆吾的化身一样，只是个头大得多，是否又是他点化我呢？在此途穷末路之际，为什么不去找陆吾碰碰运气呢？也许他掌握的息壤就是破解难题的钥匙。

鲧不再对敦手保守秘密。她不只是他的红粉知己，简直成了他的一部分。敦手完全支持鲧的打算，迫切要求陪他上昆仑去找陆吾。“两人做伴不孤单，总比一个人好；我有坐骑毕方，来去方便，不会给你添麻烦的。”敦手说。

“好吧，那就辛苦你了。”鲧痛快地说，“我在陆路是白马，水路是黄龙，你可要看准了，不要跟丢了。”两人一个翱翔在空中，一个奔驰在陆地，向昆仑进发。

“那些鸱龟也许是无意的，是你思虑入迷，借此触动了灵感，才想出这步妙棋来。”听过鲧的讲述，陆吾说，“你说鸱龟是我变的，我也不好回答，既然是神龟，当然本身会变化，说不定我还是它变的呢！”

见陆吾给他打禅语，鲧也不再刨根问底，直接向他讨要息壤。“你说过，你也要参与治水，现在是你做贡献的时候了。”鲧说。

“你的想法不错，我也很想帮这个忙。”陆吾说，“但我没有权力动用息壤，也取不出来，必须打报告请示天庭批准。”

“那就麻烦你赶快打个报告吧！”鲧催促说。

“打报告不费事，”陆吾说，“但等批下来你也用不上了。”

“怎么讲？”鲧焦急地问。

“你想啊，现在天庭上哪个是为下面办事的？能在三天内批下来就是神速了。”陆吾说，“天上方一日，人间已千年，到那时你还用得着吗？”

鲧的心一下子凉了半截。

“不过，只要你有胆量，还是可以去碰碰运气的。”陆吾说。

“快讲！”鲧激昂地说，“只要能拿到息壤，在下赴汤蹈火都在所不辞！”

“当年修建昆仑帝宫时，怕批来批去的延误工程进度，就给储存息壤的仓库下了一个命令，只要是使用合理，提货人就有机会进入仓库，拿到自己的那一份息壤。后来昆仑工程结束，剩余息壤一律封存，天庭宣布，此后凡有取用者均以偷窃论处，于是就没有人再敢接近仓库重地了。但是，原来的那个命令却没有解除，也不知道如今失效与否。你既然不怕死，不怕天庭追究，志在必得，就去试试吧！”陆吾又叮嘱道，“仓库机关重重，稍不留心，便有杀身之祸，切记！”

按照陆吾指示的方向，鲧和敤手找到一条窄窄的甬道。甬道两边的峭壁水光油滑，犹如人工打磨过一般，即使猿猴也无法攀援。脚下是笔直的、水平的路，一直延伸到山体深处。两人一路走来，小心翼翼，快到尽头时，忽见一棵大树挡住去路，枝叶摇曳，瑟瑟作响。敤手上前用手摩挲，才发现原来是画在石壁上的一幅画。她兴奋异常，不知这位画家是哪路神仙，仔细地在周围寻找，希望能发现落款或印章什么的。

鲧却大失所望。这面画壁严丝合缝，根本不是仓库大门，原来是个断头胡同，这里已是绝路，哪里还能找到息壤仓库大门?

“快来看，这里刻画着一只小鸟。”歎手惊喜地叫道。

“有点像啄木鸟，你用神笔描一描，看它能不能活。”鲧见周围空无一物，也许这只小鸟身上有点文章，于是说道。

当最后一笔点到小鸟的眼睛时，它活了，扑棱棱飞到树干上，不停地啄起来，发出“哆哆哆”的一连串声响。

响声隆隆，整个大山都在震动。原来画壁是道闸门，伴随着响声慢慢升高，一个和甬道等宽的洞口出现了。鲧和歎手迫不及待地闯了进去。

洞中光线很暗，看不清究竟有多大，整齐地码着一垛垛金丝袋。鲧搬起一袋丢在洞口，回身又去搬第二袋，但这一袋好像长在大垛上一样，怎么也搬不动。歎手帮他搬，可是费尽力气也拖不起来。

“好重哪，这息壤究竟是什么东西？”歎手气喘吁吁地问。

“大概是山石的精核，能长成亿万倍的石头。”鲧说，“搬不动就不要费劲了，你到洞口观察闸门的……”

鲧的话还没有说完，忽听隆隆声响，闸门迅速下滑!

鲧跨上两步，飞起一脚把息壤袋踢出门外，然后扑倒歎手，抱住她驴打滚儿似的滚出洞口。闸门在身后“咔哒”落下。歎手的一绺长发被死死卡住。

两人惊出一身冷汗，抱着相视苦笑。

“好险啊，差点葬身山底。”鲧说。

“那倒不错，至少赚了好大一座墓冢。”歎手说。

“治水不成身先死，我是死不瞑目的。”鲧说。

“你除了治水，就没有点别的念头吗？”

“有，我想请你……”鲧欲说又止，轻轻地摇摇头。他随即爬起来，用短剑割断敦手被卡住的头发，把她搀扶起来，扛上息壤就走。

“请我做什么？你倒是快说呀！”敦手期待地追着他问。

走出甬道，鲧放下息壤，松了一口气，拉敦手坐下休息，说：“这里安全些了。我请你做的事嘛，还真不好意思说出口。”

“咱俩关系都这么好了，你还有什么不好意思的？”敦手着急地站起来，摇晃着鲧的肩膀说。

“我想请你去给我跑官，跑个大官。”鲧出乎意料地说。

敦手一屁股坐下来，不高兴地说：“你不是一个心眼儿忙着治水吗，怎么又对当官感兴趣了？”

“咱们下一步就要开山挖河、给大河中上游泄洪了，工程浩大，需要动员广大民众参与，涉及很多诸侯国，如果手中没有权力，恐怕是很难指挥和协调的。”鲧心事沉重地说，完全没有显露出得到息壤的喜悦，“虞舜如今摄政了，我想借你个薄面，到帝都去见他替我游说游说，不知可否？”

“说了半天还是为了治水，”敦手白了他一眼，嘟着嘴说，“有枣没枣也得去打一竿子呀，谁叫敦手上了你的贼船呢！”

丹朱称帝

帝尧退位后，到太行山追随师父务成子已有多日，一去不返。帝都城里忽然有了一种说法，说帝尧是受到虞舜的逼迫才不得已退位的，如今被放逐到了大麓，存亡未卜。此消息一经流传，朝野惶惶不安。紧接着，驩兜携丹朱一家不辞而别，离京走出了。他留下消息说，帝尧本来打算传位给丹朱，如今被虞舜抢班夺权，他驩兜要择地另建都城，拥戴丹朱为帝。

契向虞舜建言说："帝尧在广阿山宣布禅位时，朝臣中除你之外只有放齐和纪昌、鸿钧在场，如今纪昌和鸿钧跟随帝尧在外，而放齐托病不朝，听说连大司马后稷登门拜访都没有接见，谣言没人出面澄清，是否召开一次诸侯大会，由您把当时的情景给大家讲清楚。"

"此事天知、地知、神知、鬼知、人知，还能瞒得了天下？不用理会它，不久就会不攻自破。"虞舜说，"何况帝尧还活在世上，用不着我出面辟谣。"

几天后，朱虎和季悝巡视山林回来，向虞舜报告说，发现驩兜和丹朱一行向丹浦方向逃去，提议把他们追回来。虞舜说："追回来怎么办？丹朱是帝尧之子，有天子的命就该做天子，没有天子的命也不失为一方诸侯。如果丹朱在丹浦落脚，就封他为那里的诸侯算了。"

"有消息说，三苗首领饕餮向丹水调动兵马，有谋反动向。"朱虎又说。

"大司马知道吗？"虞舜问。

"听说大司马已经派斥候去打探了。"季悝说。

"那就等大司马的消息吧。"虞舜说，"请二位辛苦一趟，到太行山打听一下帝尧的行踪。记住，不要干扰他。"

娥皇、女英扶老携幼来到帝都，忙着联络哥哥们和其他亲属，为虞舜捧场。其实，虞舜最关心的是掌握兵权的大司马后稷。后稷忠于帝尧。即使丹朱是个不肖之子，如果帝尧明确传位给他，后稷也会为他保驾护航。不过，后稷处事老成中庸，人又精明，肯定会了解帝尧的真正意图，不会轻易相信传言。即使如此，虞舜也还是时时注意后稷的动向。此时他再次想起了敤手的婚事，如果他的有虞氏家族能和后稷的有邰氏联姻，以后执政的麻烦就少多了。

想到敤手，敤手就找上门来了，虞舜大喜过望。

"好个小妹，只顾自个儿游山玩水、逍遥自在，再不顾哥哥的死活了？”虞舜一见面劈头就说。

“你现在脑袋都顶着天了，上朝有群臣拥簇，回家有夫人照顾，哪儿还用得着我关心呀？”敤手说，“你当哥哥的没空关心我就算了，还挑妹妹的不是不成？”

“其实哥哥一直惦记着你，”虞舜说，“你和后稷的婚事进行到哪一步了？他还在到处找你呢。”

“我早就告诉过他，我不想成婚。”敤手说，“听说他已经在有邰国和姞氏姑娘成婚了，还惦记着我干什么？”

“后稷爱的是你。那门亲事是他母亲包办的，为的是早点抱孙子，传宗接代。”虞舜接着发问，“听说你一直在帮着鲧治水，是不是爱上他了？”

“他很值得我爱。”敤手坦白地说，“但是鲧告诉过我，他在离开老家汶山时对天发过誓，治水不成功就不在中原成家。”

“既然这样，你还等到哪年哪月？”虞舜又问道，“你感到后稷比不上鲧吗？”

“两人都值得女人去爱。”敤手说，“不过对于我来说，鲧是先入为主，自从认识他以后，我心里就再也装不下别的男人了。”

“可是你就要变成老姑娘了。”虞舜叹口气说，“鲧是为了治水，牺牲一切都在所不惜，可你只是为了一个鲧，竟把自己的青春都牺牲了。”

“爱情也是信念。为了坚守自己的初衷也需要付出代价。何况，我也对治水的成功充满了渴望，既然有一个男人肯为它做出牺牲，也该有一个女人做出同样的决定，这才公平。”敤手显然有些激动地说，“关于我的婚事就不要再提了。哥哥还有别的事吗？如果没有，我还有要事相求呢！”

“那你就快说吧！”虞舜说。

“鲧想让你封他个官。”

“官？”虞舜诧异地问，“他现在已经是伯了，还要当什么官？”

“一个能指挥天下诸侯治水的官。”敦手说，“如果没有权力是难以胜任治水大业的。鲧说了，他做官不是为了封妻荫子、享受富贵，一旦治水成功，他会放弃一切，回到他在西部汶山的部落。”

“你不用再说了，此人壮志可嘉，要求也是合理的。”虞舜说，“职责和权力不相匹配，是难以成事的。”

“这么说你是同意了？”

“哎！”虞舜深沉地说，“合理的事不一定行得通。”

“你说什么？”敦手瞪着眼问。

“我摄政不久，时局不稳，不能到处封官。再说，鲧还没有让人信服的成绩。”虞舜说，“不过，洪水是天下大患，如果能治理成功，当是一项千秋功业。”

“我看鲧的胆略和志向都是难得的，世上很难再找到他这样的治水人才了。”敦手不失时机地给鲧加分。

“你听说过没有，当年帝尧不同意让鲧领导治水，担心上天不会护佑他，导致治水失败。”虞舜沉吟良久说，“这样吧，我有一个变通的办法，你可以回去问他愿意不愿意照办。”

“什么办法？快说！”敦手催促说，“他这个人呀，只要有利于治水，什么都会答应。”

“我可以赠给鲧一把尚方宝剑，上管诸侯，下令庶民，凡一应治水事务，皆有权定夺。”虞舜话头一转说，“但是，他必须给我签个军令状，三年之内，如果治水仍不见功效，应甘当伏诛。我这也是效仿帝尧之法，看看鲧的天命究竟如何。”

后来鲧高兴地跑到帝都，欣然签下了军令状，手提虞舜的尚方宝剑，领导起一场轰轰烈烈的治水运动。

后稷打探军情确实，向虞舜报告说：“驩兜把丹朱裹胁到丹浦，立为天子，自任相国，封其子开山犀为大将军，扬言兵进帝都，这是刚刚找到的檄文。”

“哦，诸侯们有什么反应没有？”虞舜边看边问。

“有消息说共工氏孔任，声言支持丹朱称帝，其他诸侯都在观望。”后稷说。

“我这位大舅子称帝的理由很充足嘛，只是太心急了些。我就纳闷了，他怎么会相信君王从此就不问国事了呢？”虞舜把檄文递给契说，“你读一遍，让大家听听，奇文共赏嘛！”

契大声念道：“帝君吾父者，上承天命，下庇祖荫。提三尺宝剑，闯荡天下；踏万国山水，协统玉宇。威加海内，德泽黎民，创下千秋伟业。今有匹夫虞舜者，出自草莽，身无尺寸之功，祖上乏善可陈。其人伪装孝义，拙行偏能惑主；佯言忠信，邪巧善蔽臣民；明堂招士，诡曰天下为公，实乃网罗朋党，营造虞氏根基。如今羽翼已丰，遂逼帝于广阿之巅，逐之于太行凶地，独揽朝纲，伺机称帝。是可忍，孰不可忍！

丹朱乃陶唐之子，帝王嫡亲，遵循严父教诲，琢磨丝竹之乐理，精研弈棋之奥妙，借以营养心智，陶冶情操。本欲远离政局，借有生之余年，逍遥山水之间，聆听岁月，品味人生，安享太平。无奈时局不从人愿，惊悉父皇蒙羞，匹夫篡政，家国将破，江山易姓，怎能使丹朱无动于衷、安枕于席？不得已接受诸公拥戴，暂领帝位，一展讨贼大旗。父皇御宇多年，惠及天下，诸侯王臣，皆有救驾之责；庶民百姓，岂无匡复之志？众志成城，千夫共指，国贼指日可擒也！”

契话音落地，臣僚们交头接耳，议论纷纷。

“丹朱给我出了个难题。”虞舜说，“帝尧还在天子位上，他就迫不及待地宣布登基，这不就撞车了吗？他明明是去抢帝尧的位子，却点名道姓讨伐我这个看家护院的，我真不知道该如何是好。我要是不管他，就会得罪帝尧，有失为臣的职责；我要是派兵去进剿吧，说不定帝尧一句话把天子之位传给了丹朱，这样就把老子和儿子都给得罪了，还有好吗？诸位畅所欲言，给我找个两全之策。”

大臣们面面相觑。这是个敏感的时刻，敏感的话题，连后稷都在蹙眉沉思，不发一言。大家想到的同一个问题是，禅让是件大事，应该举行隆重的仪式，诏告天下，帝尧为什么匆匆忙忙地在巡狩路上就宣布了呢？而且一去无踪无影，丢下不管。他难道就没有觉察到朝廷内外的动向吗？对此，帝尧的御厨篯铿有自己的解释。他认为，近些年来，帝尧考虑最多的就是两个问题，一个是继续考察他的接班人，另一个就是退下来以后干什么。黄帝退居二线后潜心炼丹修道，最后乘龙白日飞升，对帝尧影响很大。他曾多次和痴迷炼丹修道的篯铿讨论过。如果选择修仙，跟随务成子是条捷径。当初务成子传授给他的是王道，结果他做到帝王；今后若能传给他仙道，也许从此他就与神仙为伍了。因此，当他从虞舜口里得知务成子的踪迹后，怕失掉随师修行的机会，才临时匆忙宣布禅让的。篯铿的推论合情合理。但另一位大臣契却不以为然。此时他两眼瞅着自己的鼻尖，嘴角微翘，似是心中在发笑。不过，眼下大家都没有注意他的表情。

“臣下不敢进言，乃君王之过也！”门外忽然传来一个苍老的声音，众人吃了一惊。

虞舜带领众朝臣跪在丹墀之下迎接帝尧。帝尧说：“刚才我在门口听了丹朱的檄文和虞舜说的话，也分析了大家不肯表态的原因。其实，你们都犯了一个同样的错误。”众人敛声屏气听帝尧说下去，“那就是，你们都把当今的天下看作是我陶唐氏的家天下，而不承认它是各族群的公天下。丹朱因此堂而皇之地子承父业，要接替朕了；而摄政的虞舜则把天子的桂冠当成了我家的专利，好像我们父子之间可以传位。朕再强调一次，天下是天下人的天下，天子是上天之子，是天下人的天子，朕无权把它送给某个人，包括自己的子孙。朕的禅让，只不过是让虞舜摄行天子之政，也就是暂时让他代替朕治理天下而已。那么，朕归天之后，究竟由谁来当天子呢？那就只有让上苍来决定了。天心即民心，天意即民意。也就是说，到那时，民众拥护谁，谁才有资格践天子大位。”

大臣们都知道当初帝尧对丹朱的评价，并否决了对他作为接班人的提议，对于这次丹朱的抢班称帝行为，大家以为帝尧会大发雷霆，痛斥一番，没想到他竟然把包括虞舜在内的朝臣同谋反的丹朱相提并论，混为一类，莫不感到心中迷惘，忐忑不安，瞪大了眼睛听帝尧说下去。

“不瞒诸位说，利用这段闲暇，朕和纪昌、鸿钧对一些地方进行了微服私访。”大臣们感到了惊疑。帝尧不予理睬，继续说下去，“可以说目前诸侯们都在扩充家族势力，筹划国君世袭，为子孙谋基业，但打算与朕争天下、变公天下为家天下的诸侯眼下并不多，充其量也不过有两三个。其中就有一个是三苗国。开山犀继承三苗联盟首领以后，不尊天命，不敬神灵，用严酷的刑法统治民众，以达到专断的目的；用胁迫和利诱的手段笼络南蛮各个支系的部落，聚集了强大的兵力，开始发动蓄谋已久的反叛，目的就是要把公天下变成他驩兜父子的家天下。丹朱这些年迷恋棋局，[1]但迷失了政局。他不过是听信了驩兜的谎言，充当了一个傀儡而已。即使如此，也是罪不容赦的。”大概是为了打消群臣的疑虑，帝尧进一步表明自己对接班人的态度，“授虞舜摄政，表明了朕向上天推荐他继承天子之位的明确态度，现在证明做对了。授权虞舜，则天下尽得其利，而只有丹朱一人受到损害；授权丹朱，则会使天下受到损害，而只有丹朱一人得利，朕总不能以危害天下的代价去让一人得利吧！马上传檄天下，会兵诸侯，朕要亲率王师讨伐三苗，一举铲除凶邪，安定三苗诸部。到那时，朕就可以没有牵挂地归隐山林了。”

帝尧此举显然经过了缜密思考，成竹在胸。散会后群臣赞叹不已。

契在默默地品味这位雄才大略的君王说的话，为了完成禅让的历史之举，他导演的一场引蛇出洞、聚而歼之的大戏拉开了序幕。

帝尧召虞舜、后稷和契三人商议征讨三苗的部署，提出自己率领中军，让契做军师，纪昌、鸿钧为大将，象做先锋，并传谕地处

[1]《世本·作篇》：“尧造围棋，丹朱善之。”（引自袁珂编《中国神话传说词典》）

大河以南的诸侯国组成左、右两军，届时会师丹水。[1]

“天子御驾亲征，必须到帝丘玄宫去祭告上天才能成行。”虞舜忧心忡忡地奏道，“再说，陛下年事已高，不堪鞍马劳顿，还要亲临沙场凶险之地，微臣心下颇感不安，不如让微臣代行一遭方为妥帖。”

“朕已经去过玄宫，得到了大宗师的授命。”帝尧说，“丹朱的檄文上说，因为你把朕赶下了台，因此三苗才起兵讨伐中原。朕亲自挂帅出征，他一下子就在天下人面前输了理，变成出师无名了，还能打赢这场战争吗？”

“臣下对我的弟弟象很是了解，他恐怕不能胜任大军先锋之职。”虞舜担心地说，“况且，他远在冀中，驱兵跋山涉水几千里，也是兵家大忌。”

“士别三日当刮目相看嘛！象孔武有力，近两年在祁愚的调教下颇懂得些兵法，况有祁媛辅佐，做先锋还是合适的。”看来帝尧事先做过调查，他接着说，“你不是提倡过用驯象耕田吗？象利用自己的特长驯服了好大一群野象，人们争相买去帮耕，生意红火。祁愚父女干脆放弃了狩猎，帮他四处牧象。每到冬季，他们都把象群赶到南方来，如今刚刚立春，还滞留在大河以南，朕已派人通知他们，就地联络诸侯，组军参战。卿不必担忧。”

后稷提出，自己身为大司马，应为帝王分忧，请求执殳为前驱。

“你是个大孝子，听说你的母亲摔伤了，怎能不去探望呢！”帝尧说。

“家母常说，忠孝不能两全。”后稷说，“在此用人之际，臣若弃王事而不顾，回乡省亲，会被家母责骂的。”

“好啦，这次让你忠孝两全。”帝尧神秘地掏出一个锦囊，递给后稷说，“到有邰见过你母后再打开，切记！你明天就出发。”

---

[1]《山海经・海外南经》：“三苗国在赤水东。”郭璞注：“昔尧以天下让舜，三苗之君非之，帝杀之。”

丹水之战

帝尧率领大军渡过大河，浩浩荡荡一路南行。一日来到荆山之阴，忽有探马来报，说象率领的先锋队伍被荒草阻拦，无法前行，原地驻军候旨。帝尧大感惊疑，催军加速前进。绕过荆山，只见漫山遍野都是没膝深的野草。一群踏进草丛的大象和将士陷在里面，动弹不得。众人愕然，不知所以。军师契观察周围形势，惊呼：“不好，我们遭遇了龙须草！”

契的话音刚落，面前的草甸子忽然迅速扩张成半月形，竟把帝尧大军包围在荆山之阳的坡地上！

人们只是感到惊诧，还不知道厉害。有些大胆的士卒刚刚抬脚踏上草丛，秧蔓立即像蛇一样把他们的腿缠住，拔不掉，割不断。帝尧大惊，马上下令后退十步，躲避危险。

“龙须草？爱卿说说是怎么回事儿。”帝尧说。

“这里是荆山。”契说，“当年轩辕黄帝战胜蚩尤、统一天下后，收缴了海内青铜兵器全部在此熔炼，并从首山采来铜，一并铸成巨鼎。此举蕴含着消弭战争、致力民生的意愿。鼎成之后，一条天龙从天而降。黄帝乘龙升天，群臣争相攀附，以至于把龙须都拔落下来。龙须落地就变成了这种神奇的龙须草。”

“龙须草平时也是见人就缠吗？”帝尧问。

“不是的。如果它见人就缠，恐怕早就传开了。”契说，“臣想，可能是它秉承了黄帝铸鼎的意愿，反对妄动干戈，所以才显现神通，阻止大军行进。”

“那么，我们只有绕道而行了。”帝尧转身观望一阵，无奈地说，

“两旁的路都被龙须草封死，只能下令翻越荆山了。”

“没有战争只能是黄帝的一种美好愿望而已，从那时到现在的几百年间，战争从来就没有间断过。”契说，“臣想，神灵应该知道，战争是有正义和非正义的，对于正义之师，他们理应支持，而不应当设置障碍。”

“说得好！”帝尧命令说，“就地封土成坛，朕要祈祷。”

一个三尺高、象征性的祭坛就坡筑起。将士们乌压压地跪坐满地，只听帝尧祝曰：“先帝听禀：放勋愚昧，然深知圣道浩荡，天下为公，不敢为本人一家之荣，而违背万国民意。故择虞舜于草莽，观其忠孝仁德之志，察其诚信智勇之行，时经二十余载，方委以摄政，荐之于天，以观天命。三苗之君，有霸占朝纲之野心；孽子丹朱，无识别奸邪之明察，竟公然僭号称帝，举兵叛乱，威胁中原。放勋不得已兴师讨逆，借道荆山，兵下丹浦，以保天下太平，望先帝给以佑护，世代子民将感恩不尽。”

帝尧祝罢，带领三军一齐顿首，大地为之颤动。草地开始波动。既而，像地毯似的卷起、滚动，辟出百步宽的一条甬道。成捆的龙须草整齐地码列两旁，似是在对大军夹道欢迎。象率领先锋部队首先通过，以急行军的速度前进。帝尧带领大军通过后，再次顿首致谢。他抬头扫了一眼两旁列兵似的龙须草草捆，忽然灵机一动，下令后勤部队把草捆如数装上大车，随军运走。

当象的先锋军杀到丹水岸边时，三苗的一支部队已经部署在这里，严阵以待。丹水和淅水汇合处是一片宽阔的水面，称为丹浦；丹淅城就坐落在丹浦南岸，临水凭险而建。因此，战场只能选在丹浦之阳，就是丹浦北岸的坡地上。

渡水作战的将领是驩兜的次子江上鳄。他手提一柄百余斤重的三股叉，站在阵前，指挥弓箭手放箭，射住阵脚。江上鳄打算，待两军对阵后，他要单独挑战对方主将，借以展示一番浑身的本事，杀一杀中原将士的威风。出乎意料的是，大军并没有停下来列阵，前队人马刚刚逼近射程，便迅速向两旁分开，让出一条通道。随后，百十只大象涌出，压过阵来。江上鳄一惊之下，猛地用力掷出手中三股叉，扎在头象的一条腿上，头象轰然倒地。先锋官象见状大怒，摇身变作一只更加雄壮的公象，冲了上来。象群发出愤怒的吼声，不避飞矢投枪，依然前仆后继地挺进。祁媛飞步上前，跟在头象身后连连射击。其他将士也都三三两两地以大象做掩护，发起冲锋。

三苗的阵脚崩溃了，士兵们没有胆量和大象较劲，掉头便跑。江上鳄见无法禁止，也只好从兵士手里捞来一支鱼叉，边招架边撤退。跑在前面的溃兵匆忙登上竹筏，顺流而下，躲开了追袭。落在后面的就没那么幸运了，他们来不及登上竹筏，都一头扎进了水里，连江上鳄也只好如此。好在三苗战士个个水性极好，除受伤者外，逃命大概是不成问题的。

中原将士杀敌心切，收脚不住，一个个跳上三苗遗弃的竹筏，继续追击。大象见有水可以洗澡，更是喜出望外，一个个扑下水去戏耍，驭手们只好跳到象背上陪伴它们。等祁愚赶到河边呼叫停止追击时，已有三成人和大象冲进湍急的水流，其中就有他的爱女祁媛，还有象。祁愚叫苦不迭。他担心如果对面水军出战，这些贸然下水的北方将士将死无葬身之地。祁愚约住岸上人马，列成战阵，一齐鸣金，呼叫撤军。

但是已经晚了。耳边响声大作，上游忽然亮起一片火光，一团怒涛滚滚而来。祁愚叫苦不迭，以为是山洪暴发，泡在水中敌我双方将士必将同归于尽。少顷才发现，来者不是水浪，而是一群强人！他们一个个浑身赤条条的，身涂彩绘，头戴面具，踏波逐浪如履平地，仿佛是魔鬼出世、神兵天降！只看这阵势，就足以让人骨酥腿软、失魂丧胆。祁愚急命放箭。弓箭手手脚不听使唤，哪里还有准头？水上神兵手持长戈靠近竹筏，割断绑绳。只听得哗啦啦一片响声过后，竹筏散架，士兵们纷纷落水，一个个变成落汤鸡，抱着粗大的竹竿做垂死挣扎。

象的嫡系是大象兵团。驭手们站在大象背上作战，只感到头重脚轻，摇摆不定，哪里敌得住身手矫捷的神兵？只得边招架边向岸上靠拢。好在那些神兵们也不恋战，勾起一条条竹竿，把挂在上面的一串串俘虏拖向对岸。

这些突然降临的神兵，原来是三苗的一支特殊部队。丹水出产一种神奇的鱼，叫丹鱼。立夏后十日之内，每到夜间，丹鱼会浮出水面，赤光上照如火。此时下网打捞上来，把丹鱼血涂抹在脚上，就可以在水上行走。三苗国在丹水畔修建了一个丹鱼池，每到汛期，便从河中打捞一批丹鱼，放入丹鱼池饲养起来，以备不时之需。这次开战之前，开山犀便派了一支部队驻扎在丹鱼池，号称丹水神兵，此时派上了用场。

江上鳄发现一位女将站在公象背上，抡动流星锤掩护同伴撤退，顿时来了精神，立即施展水上功夫冲将过去。象见这家伙对自己的爱妻心怀不轨，饱饱地吸足了一肚子水，伸出长鼻子一阵劲射，江上鳄觉得如暴风骤雨突然降临。江上鳄见这个庞然大物不好惹，只好悻悻地离去。

祁愚到下游寻找大象和侥幸存活的将士，祁媛陪象来到大营叩见帝尧。听完象的报告后，帝尧勃然大怒，斥道："为将之道，怎能不懂得进退？出师第一仗就损兵折将，岂不丢尽了帝师的颜面？下去吧，以后用不着你带兵打仗了，还是做你的牧象营生去吧！"

纪昌奏曰："先锋的失利是突遇鬼神之兵造成的，在所难料。象的象阵威力强大，令敌兵丧胆，还是应该留在军中发挥作用。臣恳请陛下给先锋官一个将功补过的机会。"

鸿钧和其他武将也都连连叩首，替象说情，只有契不动声色，若无其事地环顾左右。

帝尧把袍袖一甩，说："打败仗没有理由。都给我退下！"

象郁郁不乐。祁媛安慰他说："谁还乐意打这些烂仗不成？咱们回家生孩子去，比打打杀杀快活多了！"

江上鳄向主帅开山犀报告战况。这一仗是打胜了，但功劳不是江上鳄的，他是吃了败仗的。江上鳄极力夸大大象威力和象阵统帅夫妻的勇猛，借以表明败得有理，不是自己无能，而是对手太厉害了。开山犀和众将闻言不觉色变，感到事态严重。开山犀表彰了江上神兵，承诺战后每人可得到一名俘虏做奴隶。他没有责备江上鳄，但战利品也没有江上鳄的份。丹淅城三面环水，地势险要，易守难攻，开山犀没有立即部署出兵迎战帝师，而是派斥候潜过丹水去侦察对方虚实。丹朱从俘虏口中得知帝尧亲率大军前来征讨，方知上了驩兜的当，暗中释放几名俘虏，企图同他们一起越城逃跑，投奔帝尧自首请罪，不料被开山犀抓住，另找地方软禁起来。丹朱也知道上贼船容易下贼船难，也只有任其摆布、听天由命了。驩兜告诉开山犀，丹朱去自首或许会留得性命，但他们驩兜父子已经没有后路了，只能一反到底。最好是能够抓住帝尧进行兵谏，让他颁诏把天子之位传给丹朱，那样天下唾手可得，就无须经过征战之苦了。

帝尧送来战书。开山犀担心一摆阵就遭遇象群的冲击，举棋不定。这时，斥候从江北回来报告说，因为象打了败仗，帝尧把他赶走了，他们亲眼看见象和他的老婆赶着象群往北去了。

开山犀大喜，没想到帝尧把自己最担心的对手赶跑了，立即决定三日后在丹水北岸决战。一场大战在即。

太阳刚刚露头，三苗部队就已经渡河完毕，摆成一字长蛇阵。放眼望去，旌旗猎猎，犹如森林，将人马淹没其中。三路帝师相继出现。开山犀阵中乱箭齐发，射住阵脚。帝尧所在的中军很快排列成阵，左右两路大军还在陆续进场。此时，只听得三苗阵上鼓角震天，杀声骤起，突然发起全线进攻。纪昌、鸿钧各发一箭射倒两名敌将，驱动骑兵猛攻三苗中军。两军相接之时，不料对方忽然驰马跑向两旁，让纪昌他们扑了个空，险些冲进水里。当纪昌、鸿钧控住阵势转身寻敌搏斗时，发现周围已空无一人，唯见旗帜飘扬，三苗的长蛇阵已经从中间断开，蛇头和蛇尾重新组合成两路劲旅，放过帝尧的中军，分别击向左军和右军。

原来，三苗主帅开山犀通过探查得知，帝师的中军是朝廷嫡系部队，训练有素，将领配有罕见的铁剑，士卒一律使用青铜戟矛和箭镞，又有纪昌、鸿钧等猛将率领的铁骑，与之硬碰硬胜算不大；而左右两军，则是由其他部落武装临时拼凑起来的杂牌军，较容易对付。为此，开山犀在布阵时，只在自己的中军布置了少量骑兵，多插旗帜以障人目；而在蛇头和蛇尾的阵后，却伏着大批精兵强将。此阵叫作断蛇阵，按他的计谋，开战时，当对方的中军主力扑空进至河边后，他的主力已经击溃了杂牌军，并从侧后展开攻击，把帝师主力压向丹浦，一举活捉帝尧。

此时的战场形势一如开山犀所愿。帝师左右两军果然不堪一击，士卒望风而逃。开山犀兄弟率队猛攻，很快对帝尧形成包抄之势。帝尧察觉开山犀的意图，立即鸣金，命令掉过头来，后军变前军，前军变后军，向来路突围。纪昌、鸿钧也急忙回师护驾。这时，只听海啸般地轰响，水面顿时沸腾起来，浪潮汹涌，从水下翻出无数神兵，呼叫着扑上岸来。纪昌等人救驾心切，哪敢迎敌？快马加鞭往回逃。江上神兵本来是埋伏在水下，等帝尧将士被赶下水时捉人的，此时见敌军撤退，于是跑出来助战，一路狂奔，紧追不舍。

帝尧主力的确训练有素，令行禁止，在三苗大军三面围攻之下奋力突出重围，避开了陷入背水作战的险地。但此时战场大势已去，三苗将士气势正盛，帝师收脚不住，只好一退再退，连喘息的机会也没有。

帝师退入一道山谷，山谷有名叫丹岩谷。开山犀见谷口宽大，里面空间开阔，有回旋余地，于是下令继续追击。他不愿放弃这次抓获帝尧的机会，驩兜氏的千秋功业，也许就在此一举了。

越往深处走山谷越窄，三苗的队伍拉长了，拥挤了。纪昌和鸿钧率精锐骑兵殿后，不时转身放箭，射杀跑在前面的追兵。开山犀行进的速度明显地降了下来。

帝尧将士开始爬坡，居高临下就地还击。开山犀依仗人多势众，命令仰攻，并亲率强将悍卒、集中优势兵力冲击帝尧立马之处。直到此时，他仍然认为，帝尧兵败至此，已被逼上绝路，正是擒拿他的好机会。

但是，开山犀错了。帝尧在自己治理的土地上不停息地奔走了一个甲子，熟悉各地的山川形势、风俗人情。他知道丹淅城凭水守险，而自己的军队不善水战，若是硬要渡水作战，是以己之短攻敌之长，胜算极小。况且，三苗的势力遍布大江南北，即使攻下丹淅城，击溃其军队，也一时难以迫使驩兜父子就范。因此他精心选址设计了一个陷阱，处心积虑要把开山犀往这里引。但是，这次帝尧却不是诈败，而是真的上了开山犀断蛇阵的当，差点被赶进丹渊，只是由于撤兵迅速，才逃出包围。不过坏事变成了好事，倒使得开山犀毫无不怀疑地钻进了自己的包围圈。

滚石檑木劈头盖脸砸下来，丹岩谷里惨叫声此起彼伏。开山犀抬头观察，发现草木间一堆堆礌石悬在头顶，竟如城墙上的雉堞一般。直到此时，他才突然感到钻进了帝尧设置的口袋，三军已处危墙之下，大祸临头了！

“传令撤军，撤！”开山犀急促地发布命令，并率他的随从向谷口急奔。他担心后路被堵。

但为时已晚。乌压压的象群出现在谷口两旁的山坡上。每只大象都用鼻子卷着一捆龙须草，排成数列纵队向下运动。三苗军士见象群居高临下奔来，早已吓破了胆，纷纷逃避。那些脚步迟缓者，都被踏成了肉泥。还好，大象们似乎有了好德之心，并不去追逐人群，而是一个接一个地把草捆子摊开，一如铺设地毯迎接贵宾一般。

当初帝尧借故罢免象的先锋之职，把他赶走，是为了让开山犀大胆地渡水作战，以实现其诱敌深入的计谋。不然，有这么一群庞然大物横冲直撞，开山犀怎敢放心地过河呢？象赶着象群没有走多远，就被叫了回来，承担了一项新的任务。还别说，在兵戈如林的战场上植苗种草这事儿，别人还真难胜任呢！要说帝尧的用人之术，让人不得不佩服。

开山犀为了保住退兵通道，趁象群还没有列起战阵，不顾一切地冲了过来，且大喊大叫。大象们原谅了三苗将士的无礼，并没有因此而动怒，而是踏着象和祁媛的口哨旋律，不慌不忙地撤上了山坡。

龙须草落地生根。两位副帅江上鳄和神叉三郎率先冲来，分头把住谷口两旁。开山犀的一只脚踏上绿地毯，回头招呼大军有序撤退。这时，晴朗朗的天空忽然降下一阵急雨。开山犀一怔，原来是山坡上的大象们搞的恶作剧，它们正伸直鼻子朝下喷水呢。这点降水阻挡不住三苗大军的行动，可那龙须草就耐不住寂寞了，见雨疯长，随风蔓延，整个谷口地带很快被半人深的龙须草所遮蔽，根根草蔓像蛇信子似的伸缩游动，随时攻击敢于挑衅它的人畜。

冲上草坪的将士被死死缠住，其中包括三苗的两员大将江上鳄和神叉三郎。开山犀只被龙须草拽住一条腿，他费尽九牛二虎之力也无法摆脱，急忙命令拥上来的兵将后退。三苗军乱作一团，互相踩踏，伤亡无数。象见时机已到，把口哨吹得山响；象群得令，山崩似的压将下来，三苗阵上哭叫声惊天动地，日色惨淡。

一匹白马如飞而至，一个声音命令："停下！都给我停下！"

怒斗天神[1]

下达停止进攻命令的是帝尧。他见三苗将士死伤惨重，首领被困，已丧失反击能力，不忍心再进行杀戮，于是命令围而不攻，喊话劝其投降。自上次受到帝尧斥责后，象对大象的纪律性进行了强化训练，象群真是令行禁止，不亚于殿前近卫军。大象的进步之快让帝尧吃惊，他也为发现了象这个将才而暗自高兴。

偌大个三苗国，物产丰盛，兵精粮足，备战多年，难道就这么一战屈服了？开山犀不服气，回帝尧的话说："此战本应该是我胜，只是你借助了神草的威力才把我军围困，也算不上能耐。如有再战的机会，我会亲自把你接到丹淅城，请你把天子之位让给丹朱。"

开山犀明显是要求帝尧放他回去，以便卷土重来。但帝尧感到自己年老力衰，不知哪会儿就会呜呼哀哉，能保证禅让顺利完成就达到目的了，没有时间再拖延下去了。于是说道："这种神草是天降龙须，它的行为便代表了天意。既然是龙须草把你捉住了，那你就乞求它放人吧！朕历来听天由命，只好在这里奉陪了。"

帝尧命象帮忙把三苗的伤员送回去，每位伤员还允许有两位他们的战士护送。大象载着三苗伤员从草丛中趟开一条小道，一直送上三苗大船。

龙须草为什么给大象放行呢？因为大象执行的是救助任务，自然会得到天佑。帝尧是个有福气的帝王，虽然人间屡遭天灾人祸，受惩罚的似乎只是百姓和一些诸侯，而帝尧在和灾难的斗争中威信越来越高。民众拥护他，神祇们也来为他捧场。帝尧已经有了两种神草。一种叫历荚，也叫瑞草，是帝尧的日历。那历荚长在屋阶两旁，每月第一天结出第一个荚来，以后每天结一荚；等结满

[1] 屈原《离骚》："鲧（鲧）婞直以亡（忘）身兮，终然夭乎羽之野。"又，《九章·惜诵》："行婞直而不豫兮，鲧（鲧）功用而不就。"

十五个荚后，则每日落一荚。这么循环一次，刚好对应了月亏月圆一个周期。据说帝尧当年制定日历就是受到了神草历荚的启发。帝尧殿前还生有一株神草，叫屈佚草，俗称指佞草。遇有奸佞之辈经过，便屈身指向他，与皋陶的独角神羊有异曲同工之妙。如今这种龙须草又成了帝尧克敌制胜的法宝，在三苗军中引起不小的震动。这些来自不同氏族、部落的将士们感到，中原的真命天子毕竟和蛮夷部落的头头脑脑大不相同，处处受到上天的眷顾，他的行事也处处表现出大气和仁慈，让人不得不佩服。

翌日，好消息接连传来：后稷率兵攻占了丹淅城，皋陶率东夷大军攻占了三苗国都烈山邑。帝师阵上欢呼声震天动地，而三苗军中则引起一场骚动。

当初，后稷收起帝尧送给他的锦囊，匆匆赶回有邰老家。探视过母亲后，他迫不及待地打开锦囊，一看才恍然大悟。原来，帝尧派他在西戎招募一支精兵，翻越终南山，配合主力突袭三苗大军的侧后。后稷兵出蓝田关，沿丹水一路趱行。一日，遇见一白发渔翁在水面上行走，如履平地，后稷大感惊异，上前请教，于是得知丹鱼的妙用和三苗丹鱼池的所在。此时三苗江上神兵已赶赴丹水战场，丹鱼池只有少数兵卒看守。后稷信手得来，如法炮制，把自己的步兵也变成了水上神兵，冒充三苗军骗开城门，出其不意，一举拿下了丹淅城。而皋陶出兵，则是帝尧微服私访时早就安排好了的。此时的皋陶已任少昊国首领多年，是东夷诸国的盟主，羲仲死后，他的儿子小羲仲只管测日，帝尧命皋陶为方伯，统管东夷事务。皋陶以祭奠太昊伏羲为名，在距离三苗较近的涂山召集东夷诸侯，集结兵力，趁三苗主力西上丹水迎战帝尧大军之机，奔袭其国都烈山邑。

这两个爆炸性的消息令三苗将士大为恐慌，动摇了他们对抗帝师的最后一道防线，纷纷要求开山犀投降。开山犀碍于面子正在犹豫不决，驩兜派人手捧降表来到阵前，表示继续向朝廷进贡称臣，请求让皋陶和后稷分别撤出烈山邑、丹淅。开山犀正好就坡下驴，也在降表上签了字。帝尧一口答应，并立即传令收兵。降表上没有提到丹朱，帝尧也没有问。也许帝尧考虑到把他弄回来不好处理，还是糊涂一点好。

三苗将士就地叩首，山呼万岁，感谢天子的仁厚。龙须草闻声随之摇曳，很快萎缩在地皮上，犹如柔软的地毯。开山犀挣扎起来，带领他的三苗残军走出丹岩谷，直接沿丹水顺流而下，奔烈山邑而去。丹水是他的伤心之地，他不愿再进丹淅城。而帝尧此时也是不顾一切地往回赶，因为中原连降暴雨，洪水已经威胁到帝都平阳了。

虞舜在河边迎接帝尧。一上岸，帝尧就迫不及待地把虞舜拉到一边，询问大河防洪状况。虞舜禀告说，下游平原的城郭大都竣工，在要冲地带，鲧还特意增厚加高了城墙，诸侯们正在动员百姓进城避难。鲧组织人力正在大伾山处开挖分流渠道，打算把部分河水沿太行山脚引向北方，以减缓洪水对下游的冲势。

“龙门以上如何？”帝尧问。

“我是从龙门过来的。龙门以上犹如天河，滔滔洪水漫过丘陵，环绕山峰，已经溢出山垭。”虞舜说，“鲧赶到那里后，一夜之间筑起丈余高的石坝，暂时没有危险了。”

“鲧真的有魔法吗？”帝尧问。

“这是一个天大的秘密。”虞舜环顾左右，压低声音说，“他偷取了天帝的神土息壤，用以湮塞洪水，立竿见影。”原来，虞舜发现鲧一夜成堤后，询问其究竟。因为虞舜已经代天子摄政，鲧不敢隐瞒，怕招致欺君之罪，于是道出了实情。

帝尧闻言大惊，说：“鲧胆大包天，怎敢私自动用天帝的东西？”

“可怜他一片为天下黎民之心，这也是无奈之举。”虞舜说，“在修城和筑堤中，他也掺入了息壤。”

“天心不可欺，瞒天的行为不可持久。”帝尧焦灼地说，“我们赶快回去祭天，承担责任，为鲧减轻罪孽。他人呢？”

“鲧跟宓妃赶赴洛水察看险情去了。”虞舜说，“他本想在大伾山挖渠筑堤之后，凿开龙门放水排洪，洛水女神忽然前来报告，说洛水上游的堰塞湖有崩塌危险，鲧只好暂停凿开龙门，先应付洛水堰塞湖了。如果大河与洛水这两股洪峰一齐涌下，恐怕再坚固的堤坝、城墙也会被摧毁，那就前功尽弃了。”

帝尧和虞舜的对话被藏在水里的鱼精听到了。鱼精是河伯手下的一个侦探。今天他见帝尧大军渡河，热闹非凡，便跑来探听消息。鱼精对防洪之类的谈话内容并不感兴趣，但听到宓妃和鲧在一起的消息，如获至宝，立即赶去报告河伯。

“你听谁说的？”河伯焦躁地问。宓妃离开的日子越长，他越想得厉害。他愈加相信，鲧已经替代羿占据了第三者的位置。

“虞舜。”鱼精于是一五一十地将尧、舜的对话做了汇报。

“你是说鲧偷了天帝的息壤？”河伯发现了重大政治问题，紧盯着追问。

“没错！”鱼精言之凿凿地说，“小臣频繁来往龙门以北河段，沿途见两岸一夜之间修筑了丈余高的堤堰，绵延百里，工程浩大，岂是人工所为？定是使用了传说中的息壤无疑。”

“走，咱们去看看！”河伯感到此事关系重大，须得眼见为实。

宓妃陪鲧视察过堰塞湖，两人一路讨论防洪事宜，来到洛汭伏羲台。分手时，宓妃说：“你忙就甭来了，过两天看看情况我会去找你。”

“往后的日子我的确脱不开身了，但对你那里放心不下，你有空就勤来些。”鲧说完抱拳告别。

“约会时间都定好了，还站在这里干吗？过来避避风吧。”河伯忽然从伏羲台后钻出来，把宓妃吓了一跳。

“你怎么在这里？”宓妃惊魂未定，问道。

河伯醋意大发，气急败坏地说：“你的心已经属于他了，早就没有我了。不过看在咱俩曾经的情分上，我劝你离鲧远点。他犯了弥天大罪，马上就要倒霉了！”

浊浪翻腾，从水中冒出一辆有六条龙拉的华丽篷车，河伯跳上车，恶狠狠地把手一挥，轰隆隆上天去了。

“看来他又去告状了。”宓妃想。不过鲧并没有告诉她偷窃息壤的事。

太行山下人群如蚁，热火朝天。一条水渠从位于大伾山[1]之阴的河段，顺坡就势，一路向东北方向延伸。这就是鲧煞费苦心开挖的大河分洪支渠，眼下已经修建百余里。水渠的东侧，一道五丈高的金堤巍然耸立。后世的所谓金堤，就是用石块砌成的、坚实的防洪大堤。而这条金堤，是鲧用息壤一夜之间筑就的，固若金汤。鲧指望用这道金堤力挽狂澜，制服来势汹汹的大河洪峰。

“要是能把河水引到大陆泽，主河道下游的水患就会减轻。”鲧指点着图画上的标志对敟手说，“龙门排洪不能再拖延下去了，洛水堰塞湖溃堤也在旦夕之间，下一步要看我们的运气了。”

说话间，洛神宓妃匆匆赶来，气喘吁吁地说：“情况危急，堰塞湖水位急增，有漫顶之势。大坝下面还忽然跑来成百上千条大大小小的蛇，我调动水族驱赶，它们只是不肯散去，像被施了魔法一般。山体滑坡形成的堤坝本来就松散，一旦透于蛇穴，必溃无疑。我来看看你这里准备好了没有，能不能掘开大坝，有控制地先放水，以减轻溃坝的危险。”

沉闷的雷声从远处传来，西半天黑云滚滚，犹如天塌下来一般。鲧脸色大变，说：“这场大雨一落地，大河这边怕要水漫龙门了，而洛水堰塞湖也势必溃坝。敟手姑娘，有劳你通知挖河民工，立即撤离施工现场，转移到高坡去避险。洛神阁下，你也回去照顾一下吧。”

敟手立即起飞，一路高呼而去。

宓妃转身欲走，回头关心地问：“你呢？”

[1]《辞海》〈大伾山〉条：“汉晋南北朝以今河南荥阳汜水镇西北成皋故城所在之山为大伾，见《水经·河水注》《济水注》以及所引汉晋资料。唐以后以今河南浚县城东黎阳东山为大伾，见《括地志》等。”

“我与金堤共存亡。”鲧平静地说，“用息壤筑建的金堤效果究竟如何，还不知道。如果它能够经受住特大洪峰的冲击，屹立不倒，使洪水分流，那么下游的城郭有望保全；不然的话，我九年的治水心血将付之东流，气数也将尽矣！我死无所惧，天堂要比人间平和得多。况鲧至今孑然一身，了无牵挂，来去无忧，只是黎民无辜，沦为鱼鳖，令鲧无颜面去见祖先之灵矣！”

“愿上天保佑你！”宓妃哽咽着说，转身离去。鲧的慷慨陈词发自肺腑，让宓妃感动不已，泪眼婆娑。也许到了此时，女人们才会理解鲧。

鲧屹立在金堤上，大地隆隆，金堤颤动，预料之中的灾难终于发生了。鲧测算，山一样的洪峰距此地已不到百里之遥。

一道金光射来，晃得鲧睁不开眼。空中传来一个钟鸣般的声音：“鲧听着，我是天庭大将巨灵。有人告发你盗窃息壤，天帝命我前来缴获赃物，快快闪开！”

鲧闻言差点晕倒在地，睁眼看时，金甲天神已到面前，手持一把金铲，威风凛凛。

鲧镇静下来说道：“金甲神听禀：江河泛滥，水患连连，鲧受命治水，九年不见功效，不得已特借息壤以湮塞洪水，拯救天下苍生，彰显天帝好德之心。此事已请昆仑守神陆吾申奏天庭，岂可以盗窃论之？更无缴赃之理也！”

“这……”巨灵一时语塞，只好说道，“在下不知原委，只是奉命行事而已，还望担待；不过息壤还是照取不误，这是为臣的职责所在。”

“阁下通情达理，鲧深感敬佩。”鲧似乎看到了希望，于是说，“能否请阁下返回天庭，向天帝奏明下界百姓的苦衷，收回成命？”

“万万不可！”巨灵断然拒绝，接着说道，“天帝金口玉言，圣旨既下，岂有收回的道理？”

“既然如此，”鲧退一步说，“请阁下休息一下，等这一波洪峰过后再收息壤好吗？”

“不行！”一个声音从空中传来，“巨灵！午时一刻缴不到息壤，午时三刻提着自己的头来天庭交旨！”

原来巨灵身后还有一位监军！一个闷雷在巨灵头上炸响。他踉跄几步，大吼一声掷出金铲。那金铲在空中翻滚几遭，忽地变作一辆巨大的铲车，轰隆隆驶向金堤。

大地抖动得越来越厉害，山似的洪峰近在咫尺！

鲧绝望了，朝天发出凄厉的呐喊：“天哪！你不佑鲧，难道还不可怜天下苍生吗？你还配做上天吗？”

他怒气冲天，摇身变成一匹白马，身如丘陵，头似城楼，还凭空长出两只犄角，硬生生地抵住铲车。

巨灵身高扶摇增长，状若山岳，出手将铲车稳住。两人你进我退，展开拉锯战，呼声如雷，惊天动地。几个回合下来，不见进展，巨灵高叫：“金车出动，息壤回笼！”

铲车随即射出柔和的金光，鲧的法身在金光笼罩下渐渐缩小，失去威力，频频后退。他身后的金堤渐次融化，变成水银一样的液体流动起来，飞进了巨灵手中的袋子里。巨灵一手持着金铲，一手提起装息壤的袋子，一步三回头地飞上云天。鲧俯伏在地，浑身抖作一团。

宓妃飞身扑来，将鲧抱起，腾空飞上大伾山巅。洪峰天塌一般压将过来，如千万匹野马奔腾而去。鲧一口鲜血喷在宓妃身上，翻身抱起一块石头，跃起来一头扎进滚滚洪流。

“鲧——天哪！”宓妃撕心裂肺地悲号，千山呼应，怨气直达云汉。

羽渊诉衷肠

当歞手返回大伾山时，宓妃还在呼天抢地的号啕。两个女人抱头痛哭。歞手说：“鲧的水性极好，即使是抱着石头，也未必会淹死，咱俩去下游找一找吧！”

“好吧，”宓妃说，“就是人死了，也要把尸体找来葬在大伾山上，把这撼天动地的悲壮一幕告诉后人。”

洪水成扇面形横扫平原。几座接近山坡、特意用息壤加固的城池已被夷为平地，想必是掺在城墙上的息壤也被收走了，惨状触目惊心。再往下走，被称为二帝冢的颛顼、帝喾坟，以及帝丘、封丘一带的城郭都浸泡在洪水中。有的城墙坍塌，城中进水，城墙上挤满了灾民。歞手一路看，一路不停地抹眼泪。这些城郭都是她和鲧一同谋划修建的，如今城还在，而鲧却不在了。也多亏了这些城郭，不然的话，生活在千里大平原上的人又能到哪里去逃生呢？

歞手和宓妃以洪流最急的济水为中线，向左右两个方向往来搜索。大地茫茫，波涛滚滚，人、畜尸体以及树木梁檩等漂浮物随处可见，要想找到鲧实在希望渺茫。但两个女人毫不懈怠，一个低空飞行，一个履水踏浪，不放过任何一个映入眼帘的目标。

一日，二人路经泰山，宿在山上碧霞宫里。深邃的天穹星光灿烂，银河盈盈，隐秘着数不清的人间猜想。忽然，一颗斗大的流星划过夜空，带来一派光明。那流星甚是奇怪，几次着陆后又弹起来，竟如蜻蜓点水一般。

“这是一个下凡的星宿，”宓妃说，“它几次着陆不成，说不定是它预定投胎的目标被大水冲跑了。”

“也许是将星陨落，”歞手凭直觉担心地说，“会不会与鲧有关呢？”

两人正在议论，南山上忽然射出一道金光，直扑流星。

“女娲出动了！”宓妃失声叫道，“你看，人面蛇身，二目如炬，不是她是谁？”宓妃是伏羲的女儿，但她的母亲并不是女娲，也没见过女娲，只是听人说女娲是她的姑姑，曾经是伏羲的妻子。

倏忽间，女娲已经捕捉到流星，并把它吸入口中，如一道飞虹，渐去渐远，最后只剩下一个红点，消失在东海之滨。

宓妃和敷手睡意全消，连夜起程，去追寻女娲的踪迹。黎明前的黑暗吞噬了夜空，连星星也失去了光彩。二女正在分辨方向，忽见流星又在远处低空现身，随即坠地。不过，这次它再也没有反弹。

“它终于找到了归宿，”宓妃说，“走，我们去看看。”

太阳吃力地突破水天相接处的云翳，爬上伸入海中的羽山，把温柔的光线洒向宁静的海湾。这个海湾叫作羽渊。金色的沙滩上俯伏着一只硕大的鸱龟。听见空中有人说话，鸱龟伸长脖子张望了一下，迅速爬进水里。

来人就是敷手和宓妃。沙滩上空无一物，两人在半空就瞄上了这只鸱龟，在它离开的地方着陆。

“沙滩上好像躺着一个人！”宓妃边下降边说。

“鲧，”毕方鸟几乎垂直降落，敷手翻身跳下，惊呼，“就是鲧！”

“鲧——你醒醒！”两个女人同时扑到鲧的身上，大声呼唤他的名字。

鲧双目紧闭，面色焦黄，身上冰凉，鼻孔里气息还在。

鸱龟从水里钻出来，绕着大圈爬行，不时伸长脖子四处张望，准备随时阻止不速之客打扰人间这份温情。鲧的体温渐渐恢复，呼吸匀称，继而心跳咚咚如敲鼓。此时鲧忽然大吼一声：“女人，闪开！”两只胳臂一伸，把敷手和宓妃猛地推开，身体一跃腾空三丈余高。

“啊！”两个女人一声尖叫还没有落音，只听“砰”的一声，鲧又重重地跌在地上。

敷手和宓妃以为是诈尸了，惊魂未定。少顷，见鲧躺在那里竟呼噜呼噜地打起鼾来，又一齐扑了上去。

“鲧，醒醒，快醒醒！”两人一递一声地呼唤。

鲧浑身大汗淋漓，迷迷瞪瞪地睁开眼，吃惊地说：“你们怎么也跟来了？”

“我和宓妃一块儿找到这儿来的，”敷手惊喜地说，“大姐，他没事了！”

“哦，原来是你们俩呀，”鲧完全清醒过来，“这里是什么地方？”

这时，鸱龟挖了一窝海龟刚下的蛋，来到鲧面前，把蛋一枚枚从口中吐出。

“老兄，是你把我背到这儿来的吧？”鲧环顾四周，继续对鸱龟说，“拥山抱海，铺地盖天，好风水啊！看来这儿就是鲧的归宿了，谢谢你了！”

鸱龟不答话，匆匆钻进水里。

新鲜的龟蛋很香，敷手和宓妃各吃了一枚，剩下的被鲧吃了个精光。他神奇地恢复了精力，红光满面。

“想死还是不容易呢！”鲧轻松地说。

“是你自己不甘心就这么一死了之吧，”宓妃说，“因为治水失败不是你的错。”

“失败是成功之母，”敷手满怀希望地说，“我们从头再来！”

“唉！我这一口气也咽不下去，”鲧叹口气说，“但是属于鲧治水的时代已经结束了。鲧这个皮囊已经遭到天怒人怨，再也不能作为治水的旗帜树立起来了。我曾签下军令状，将以自裁向朝廷、向天下黎民谢罪。鲧死不足惜，遗憾的是没有留下一个后人继承我的遗志，把这场抗洪斗争进行到底，以告慰我的族人和祖先。”

三人沉默下来，周围死一般的寂静，只有海浪不紧不慢地拍打着沙滩。

“都怨你，都怨你！”敷手突然扑到鲧身上，发疯似的敲打他的胸脯。鲧一动不动。敷手累了，把头埋在他的胸前一起一伏地抽泣。

宓妃莫名其妙。鲧心里却明白得很。当初敤手曾不止一次地暗示要委身于鲧，都被他拒绝了。现在想起来，鲧心痛极了。他不是后悔，而是感到对不起敤手的一片诚心。

鲧的眼泪啪嗒啪嗒落下来，双手抚摩着她散乱的头发，哽咽着说："不怨我，因为有誓言在先，只是苦了你，苦了你呀！"他把脸贴在敤手耳际，喃喃地诉说着什么，安慰她那颗破碎的心。

宓妃恍然大悟。她从羿那里知道鲧曾经拒绝帝尧提婚的事儿，后来又见敤手一直追随在鲧的身边，以为他俩早就是一对恋人，这应该是十分自然的事情。令她感到吃惊的是，两人至今仍然保持着纯洁的友情，而没有肌肤之亲！

宓妃见这对有情人终于拥抱在一起，不忍心干扰，于是悄悄地起身离开。

"宓妃请留步，鲧有话要对您说。"鲧把她叫住。

宓妃两眼红红地说，"男女之情，只要是不过分、不越轨，都是符合天道的，你把它抑制到这个份上，是高尚呢，还是残酷呢？"听口气，对鲧大有问罪的意味。

"我正是想把难言之隐说出来，算是对人生的忏悔，也算对敤手姑娘做一个交代。"鲧望一望水面，大声说道，"老兄，你也出来听听吧！"

鸱龟没有答话，也没有爬上岸，只把鸟头似的脑袋伸出了水面。

鲧娓娓道来，讲了下面不为人知的故事。

鲧自幼生长在西夷汶山的鲧氏家族，与邻近姒部落首领的独生女儿修已热恋有年，感情至深。姒部落已经做好安排，打算把鲧招赘过去当酋长。由于中原河水泛滥，共工氏治水屡遭挫折，古老的治水世家共工氏大丢面子，以至影响到祖先的声誉。鲧部落的祖先也是共工氏句龙，对此颇感忧虑，于是长老院决定选派一人到中原协助治水，以光大祖业。当初，鲧的母亲临产前梦见白马入室，鲧出生后也曾偶尔显现异兆，但并没有引起族人注意。近来，人们惊奇地发现，鲧在一夜之间竟学会了变化。当他奔跑于山林时则变为白马，逐浪于江河间则变为黄龙。而且，鲧无师自通，对江河湖海了如指掌，说起治水头头是道。因此，族人认为他是祖先转世，句龙再生，敬之如神。自然，赴中原参加治水的人选，非鲧莫属了。一天夜里，鲧和修已野外幽会，把奉命赴中原治水的事告诉了她。修已不了解中原有多远，以为也就是分手一年半载的事，没往心里去。两人亲热后，她就偎依在鲧的怀里甜蜜地进入梦乡。天亮分手时，修已告诉鲧，夜里她梦见吞下一粒明珠，惊醒后发现一颗流星划过昴宿天区，随觉腹中一阵翻腾，感觉是受孕了。鲧大喜说："这是上天的恩赐。鲧这次出门去治水，任务艰巨，少则三年五年，多则七年八年，反正治水不成功，绝不回来见家乡父老。你要好生抚养咱们的孩子呀！"不想修已听后号啕大哭："你要不回来，叫我和孩子怎么办呀！"说什么也不同意鲧远离家门。姒部落首领心疼女儿，亲自出面找鲧部落交涉，并以断绝部落间的通婚关系相要挟。鲧部落虽然不怕姒部落的威胁，但要考虑鲧本人的态度，于是与他商量是否换人。

与鲧谈话的这位长老是位智者，是鲧部落的精神领袖。他一开口就问鲧："你是想做个家雀还是想做个鸿鹄？"

"家雀怎样？鸿鹄又怎样？"鲧虚心请教。

"家雀么，一年四季生活在屋檐下、场院间，眷恋故土，不思迁徙，虽无缘搏击长空、观赏高山大海之乐趣，却也无须经受风霜雨雪之艰险，日求一饱，夜图一眠，夫唱妇随，子孙繁衍，管他洪水滔天，天塌地陷，只求合家团圆，一生平安。如能做如此选择，不亦乐在其中乎？"见鲧没有反应，长老又接着说道，"那鸿鹄就不同了。它是一种犹如凤凰一类的大鸟，雄心勃勃。在它羽翼还没有丰满的时候，就已经耐不住寂寞、频频踮起脚来憧憬远方了。一旦翱翔蓝天，恐怕就没有什么牵挂值得它留恋了。"

"我选择做鸿鹄，我本来就是鸿鹄。"鲧毫不犹豫地说。

“是的，男人都有鸿鹄之志，”长老意味深长地说，“但经不起女人的打磨。女人的天职是哺育子女、维护家庭，责任重大。她十分需要男人的慰藉和呵护。男人一旦被女人缠上，就应该放弃冒险事业和野心，老老实实地留下来过日子。”

鲧腾地站起来，指天发誓，治水不成功，不娶妻，不近女色，如背誓言，愿受天诛地灭。当夜，鲧给修已留下一纸诀别信，就在故乡汶山消失了。

“自那以后，我视女人为男人的克星，总是小心谨慎地回避着，不敢和她们过分亲近。对歎手也是这样，怕她成为自己人生中的第二个修已，给治水大业造成不利影响。”鲧嗅一嗅歎手乌亮的长发，深情地说道，“但她不是修已，而是我的支持者，成了志同道合的知心朋友。她的表现，几乎颠覆了我对女人的看法。谢谢你！”鲧情不自禁地亲亲歎手的额头。

“不，我和修已没有什么不一样！”歎手忽然抬起头来，泪眼婆娑地说，“一开始，我只是为了接近你才参与治水的，后来才把治水当作自己的事。女人同情心重，如果修已看到灾民的惨状，看到无数的人流离失所，相信她也会和我一样成为你的支持者。我也想生孩子，也想有个安宁温馨的家，这是女人的错吗？如果连这点想法都没有，还是个女人吗？”

鲧腹出禹[1]

鲧瞠目结舌，不认识似的端详着陪伴自己的这个女人。

“你现在不用担心被女人缠上了。”宓妃有意为他俩撮合，弥补以往的遗憾，于是说道，“既然鸿鹄折翅，就不妨做个家雀嘛！”

“宓妃姐说得对。”敦手擦一把眼泪，爬起身来动情地说，“咱们这就离开此地，找一个偏僻安静的地方，盖房子，开荒种地，然后生孩子，好好过日子。”

“晚了。”鲧望着孩子似的敦手，心里一阵酸楚，重新把她搂在怀里，平静地说，“我和你哥哥签下了军令状，治水不成功便成仁。成千上万的人都被洪水吞噬了，鲧哪里还敢苟且偷生呢？人生没有双保险，大丈夫就应该勇于承担失败的责任。不然，还是个男人吗？”

敦手的热情被当头浇了一盆冷水，但她不死心，想了想又说：“你说过，治水不成功，死不瞑目。没想到如今真的失败了，你真的就要去死了，连个继承遗志的儿女也没有留下，又怎么向你的祖先交代呢？”说到这里，敦手已经泣不成声，连宓妃也呜呜地哭出声来。

“不知道修已有没有生下个孩子。”鲧五味杂陈，望着大海喃喃地说。他说这句话，不知道是自我安慰还是安慰两个女人。

敦手忽然抬起头来，坚定地说：“咱们现在就在这儿成婚。我要给你生个孩子，长大后继承你的事业，给你留下一个希望，让你的灵魂平静地上天。”

“好，我来当你们的证婚人！”宓妃为英雄侠女的高风亮节所感动，激昂地说，“抚养和支持你的孩子，也有我一份责任，你就

[1]《山海经·海内经》：“洪水滔天。鲧窃帝之息壤以堙洪水，不待帝命。帝命祝融杀鲧于羽郊。鲧腹生禹。帝乃命禹卒布土以定九州。”又，《山海经·海内经》郭璞注引《开筮》：“鲧死三岁不腐，剖之以吴刀，化为黄龙。”

放心吧！”

宓妃环顾四周，发现已经涨潮了，一个大浪正滚滚涌来。

“快跑！” 宓妃拉起两人跑到坡上，潮头在他们的脚下猛然收住，遍地雪浪又迅速地退回。潮头一波比一波低。看来要退潮了。

鲧凝视着逐渐退潮的海水忧郁地说，“这孩子不能要了。”

“为什么！”敷手焦急地问，“说得好好的为什么又变卦了？你不要，我还想要呢！”

“晚了，已经晚了。今年的洪水应该是最高峰，就像这潮水一样，势头也该减退了。从共工治水开始，经过我这九年，已经十几年过去了。天道轮回，再过十几年，恐怕就不需要抗洪，而需要抗旱了，咱们的孩子怕也无缘治水了。况且，我已经成了千古罪人，孩子不但没有机会为我洗刷罪名，还会背负我给他留下的沉重负担，遭人戳脊梁骨，何必呢！”

“你……”敷手还想说什么，她的话被急促的马蹄声打断了。

跑来的是一匹白马，风驰电掣，奔到水边也没有刹住，竟踏着海浪冲进羽渊，变成了一条龙！

“骊龙！”鲧脱口而出，“难道是天子来了？”

骊龙冲到羽山脚下，绕羽渊大半圈后，又变成白马，沿沙滩踩着碎步迂回过来。骑士不是帝尧，而是英俊潇洒的后稷。

“大司马大人，你来得好快呀！”鲧迎上后稷，抱拳说。

“有人在大伾山发现了尚方宝剑，上交给正在巡视水灾的摄政大人。摄政立即借来陛下的白马，命我寻找你的下落。”后稷上气不接下气地说，“我带来了尚方宝剑，摄政命你亲自持剑去见他。”

“好狠哪，这么快就逼他自杀呀！”敷手愤愤地说。

“姑娘误会了，”后稷说，“你还不了解你的哥哥吗？他对犯罪的人是很宽容的，最重的也不过流放。对过失犯罪，他历来主张赦免，过去曾不止一次地上奏过天子。他让伯鲧大人上朝，说不定是要当众赦免他呢。你不必过虑。”

“但愿如此，”敤手松口气，对鲧说，“要不，我先去见哥哥探探他的口气？”

“不要劳神了，即使有赦免的可能，我也不会心存侥幸。”鲧神情严肃地说，“此次洪灾损失重大，即便是无心之过，也要有人承担责任，给天下民众一个交代。况且，我是自愿领了军令状的，必须自觉履行自己的承诺。鲧的时运不济，已经在事业上失败了，不能再失掉人格。我要在大司马大人的见证下就地自裁。”

敤手扑向后稷，一把抢过尚方宝剑，哭喊道：“你不能死，我要让你活着，我还想要个孩子呢！”

“你放心，我不会用剑自戕，而是要自沉羽渊，留着这个囫囵身子还有用呢！”鲧微笑着走向敤手，把她揽在怀里说，“就在你俩到来的前天夜里，我在昏迷中感到有颗流星钻进了肚子里。”

“啊！”敤手和宓妃会心地相互看了一眼，异口同声地叫起来，“真的吗？”

“真的，千真万确！”鲧说。

“那是你的精神感动了天上的一位星宿。还有，是女娲把它送到你这儿来的。多亏是我俩亲眼看到，不然，说什么也不会相信这是真的。”宓妃说。

“我倒希望这颗星宿是天帝派来的，”鲧抬头望着天空推测说，“可能是天帝看到了陆吾兄那个被延误的奏折，同意了动用库存息壤平息水患的建议。但天帝不会承认错误，只会修正错误，无论是天帝或者是当朝天子、摄政，都不会再起用鲧来治水，尽管他们知道我的做法是对的。而最有可能采取的补救措施是，另外找个人继承和实施我的治水方略。”说到这里，鲧忽然激动起来，“如果我肚子里这颗星宿就是天帝选定的治水继承人，鲧就死而无憾了。人言‘失败是成功之母’，不就是说的我鲧吗？要是因为我的失败最终孕育了成功，那么，在九泉之下，鲧也可以笑对千古评说了！”

鲧的一席话改变了原本悲戚的气氛，连敤手也显露出激昂的情绪，她抢着问："那你怎样才能变成新人呢？"

"这只是猜测，一说你就当真了。"鲧拍拍歎手的脑袋说，"可能会有这么几种方式吧……"

"你别瞎猜了，我来替你交代后事吧！"众人吃了一惊，扭头一看，发现鸱龟已经上岸，摇身变成了一个人。

"陆吾兄！你怎敢抛头露面啦？不怕天庭追查你盗窃息壤之罪吗？"鲧担心地说。

"天帝已经采纳了我的意见，说不定还要命我协助收拾下面这个烂摊子呢，何罪之有？受委屈的只有老弟你了。"陆吾摇晃着虎头似的大脑袋说，"天时不可延误，你沉渊的时刻到了。众位听着，三年之内不要来打扰他，有本神在此守护，可保万无一失，三年之后的今天，在太阳升起的时候，欢迎诸位前来作个见证。"陆吾说完，突然伸出巨掌，掌中有一副用石板打制的枷锁，又厚又重，送到了鲧的面前。

"陆吾兄，你又来帮鲧了，谢谢！"鲧说罢，用石枷"哐当"夹住脖子，奋力一跃，纵身跳进羽渊。海浪滔天，地动山摇。

由于鲧用息壤修建的堤堰被毁，洪水漫过龙门以上的吕梁山、孟门山，帝都平阳一带也遭受水患。虞舜急召皋陶来到帝都，受命治水，收拾灾后局面。

皋陶文武兼备，尤其擅长刑法。他率领东夷联军进占三苗之都烈山邑，军纪严明，秋毫无犯，对驩兜的亲属保护有加。他认真研究了三苗的刑法，废除了其中的苛刻条款，重新颁布了新法，并利用神羊獬豸审理冤狱，追查真凶，烈山邑一时秩序井然，竟比开山犀统治时期平稳了许多。驩兜父子投降后，皋陶交还烈山邑，受命监国，以观后效。接到虞舜调令后，皋陶遣散随征的东夷将士，愿意回乡的悉数送回；自愿留下的，听其就地入赘当地氏族或投奔早先迁移来的东夷部落，只带领少数骨干应召赴任。皋陶娶少典氏之女女华为妻，生子大费，就是后来辅佐大禹治水的益。益后来被封为伯，史称伯益。为便于记忆，本书中以伯益称之。此时女华不幸死于瘟疫，皋陶只好带着伯益奔走在治水战场上。

鲧沉渊三年后的那一天清晨，虞舜、后稷和皋陶父子来到羽渊。天气阴沉沉的，雾霭笼罩着水面，对面的羽山若隐若现。忽然，羽山大放光明，犹如日出一般。少顷，雾霭飘散，羽渊平静安详地呈现在人们面前。空气中还飘洒着雨丝，哪儿来的光亮？莫非太阳出来了吗？虞舜等人惊诧莫名。

太阳还被封在厚厚的云层里，这亮光另有出处。当初，敤手并没有离开羽渊。她躲进了羽山，决心陪伴鲧度过这艰难的岁月。她希望鲧能复生。如果他变成了婴儿或者生出个婴儿，她就把他抱养起来。每天太阳一露出水面，敤手就把它的笑脸刻在山岩上，再用神笔描绘一遍，涂成赭红色；遇到阴雨天气，则画上一片云作为记号，天天乐此不疲。今天是她期盼了整整三年的重要日子，她正为阴霾的天气发愁，突然发现自己刻画的那些太阳发出光来，不禁欣喜若狂。

平静的羽渊忽然翻腾起来，水域中间突出一个莲花形的水柱，托起硕大的鸱龟，俨然一座水上平台。鲧被网在渔网里，肚子又大又圆，像个孕妇一般。鸱龟伸出长长的脖子朝天空张望，似乎在等待什么。

忽然，一把明晃晃的物件飞来，“唰”的一声将渔网割破，旋即飞回。一个声音高叫：“拜见师祖，吴回来了！”

来者就是当年曾任帝喾火正的祝融氏吴回。吴回本有仙缘，后来拜在青要山仙人吴正门下，修炼仙术和吴刀刀术，竟将那把闻名天下的吴刀使得犹如神灵附体一般，仅由意念控制便可分毫不差地击中目标。青要山和昆仑山一样，是天帝在下方的密都。武罗女神是青要山管家，和昆仑管家陆吾姐弟相称。因此，吴回称陆吾为师祖，这次是被陆吾唤来帮忙的。

听见吴回的招呼，鸱龟只是点了点头，就缩回了脖子。只见吴回手中的吴刀又凌空飞来，蜻蜓点水似的在鲧的肚皮上一划，又回到吴回手中。“师祖保重，吴回回山了！”人走远了，声音还在上空盘旋。

人们的目光集中到鲧身上。歎手驾鸟从羽山飞下。宓妃踏波向平台靠近。她们满怀希望地准备去迎接呱呱坠地的婴儿。

一条蛇从鲧肚子里窜出来，把两个女人吓了一跳。再看时，原来不是蛇，而是一条还没有长角的虬龙。虬龙见风就长，体形越来越大，撒欢儿似的振涛扬波，绕羽渊一周，好像是在宣示自己的诞生。当它回到产床认母时，水柱轰然落下，鸱龟沉水，鲧忽地变成一条黄龙，在浪涛中挣扎。虬龙一跃上前，背负起黄龙，在茫茫水面上迷惘地游弋。[1]

鸱龟又出现了。它引导着虬龙游进河道，劈波斩浪，逆流挺进。歎手和宓妃，一个在空中，一个在水上，尾随而上。

“走，咱们也去看个究竟！”虞舜说。

虬龙背负着黄龙没日没夜地向上游游去，虞舜一行和歎手、宓妃也一路跟进。来到太行山下，水流湍急，虬龙毕竟年幼体弱，颇感吃力，鸱龟便让虬龙衔住自己的尾巴，拽起它们前行。这些龟、龙们如此卖力，究竟要游到哪里去？去干什么？人们无从打听，却也舍不得放弃。此时，快马来报虞舜，说三苗在丹淅筑起九层高坛，正式拥戴丹朱称帝。虞舜喊话歎手，请她继续跟踪，务必弄明白二龙去向，然后率众匆匆回朝去了。

[1] 屈原《天问》：“焉有虬龙，负熊以游？”

战盘瓠[1]

驩兜氏是中原南迁的族群，对中原事务有强烈的参与感，与北狄、东夷和中原诸侯一样，梦想有一天能够雄踞中原，掌控天下。如今帝尧年迈，天子归属未定，正处于新老交替的关键时期，驩兜父子岂能放弃这千载难逢的历史机遇？上次起兵之前，他们对形势估计过于乐观了，认为只要把丹朱推出来，帝尧就不会直接干预，最多发表个书面声明，诸侯们也难辨真假。到时内有共工氏和北狄族团响应，外有强兵压境，诸侯定会大乱，迫使虞舜交出朝廷大权。没想到的是，帝尧竟如此不顾父子之情，毅然率兵亲征，还动员了东夷、西戎几路大军，对三苗实施了战略包围，一举粉碎了驩兜的美梦。

但驩兜父子并没有放弃。看得出，当时帝尧并不想毁灭三苗，只不过要教训它一下，让它不要反对虞舜摄政而已。因此，这次失败并没有使三苗受到太大的创伤，三苗很快就恢复了元气。大河发水后，中原和东夷一片狼藉，驩兜见虞舜及官员疲于奔命，忙着收拾水患，感到机会又来了。他们传檄诸侯说，因为上天讨厌虞舜摄政，所以才降下灾害来惩罚他；号召天下拥护丹朱为帝，驱除虞舜，替天行道。斥候报告后，帝尧心情不佳，这次真的躲到太行山里静养修行去了。开山犀闻言大喜，随即选出几位高手，组成一支精干的小分队北上追寻帝尧，嘱咐说："要尽量阻止别人打扰他老人家。"

开山犀打算多联合几个部落对付虞舜，但三苗集团中不少部落对此并不感兴趣。居住在大江两岸的黄牛部落、枫树部落较为强大，虽然是在逐鹿中原中失败的蚩尤后裔，但已经习惯了南方的鱼米之味，无意步祖宗后尘涉足中原，只求在此地安居乐业。其他本土三

[1] 盘瓠故事见《搜神记》（卷十四）。

苗诸族，更不愿追随骥兜氏到陌生的北方去打仗。开山犀掰着手指头数来数去，最后确定了三家，派出使者分别前去联络。这三家是：江南盐水神女，司彘（zhì）国和盘瓠部落。

江南夷水盛产食盐，因此也叫作盐水。盐水之阳有个蓄水晒盐的部落，首领是位姑娘，神通广大，人称盐水神女。盐水部落以制盐、售盐为生，三苗国是其第一大用户。开山犀想，从部落民生考虑，盐水神女是应该出兵帮忙的。但使者却带回来个不利的消息：盐水神女正在热恋，懒于出兵。

“什么？”开山犀不相信自己的耳朵，“热恋？和谁热恋？”

盐水神女的美丽、善良和富有名满大江南北，有多少名门豪士、仙凡异人前去求婚，都吃了闭门羹。开山犀兄弟三人也都施展魅力，车轮战似的向她进攻，均被婉言谢绝，但友谊和商贸关系如故。开山犀一度断定，盐水神女是个独身主义者，天下男人没有一个能入她的眼，今生今世她是不想嫁人的。而今，又是什么样的男人赢得了她的芳心呢？这个男人是从哪里冒出来的呢？

原来，五落钟离山上有五个洞穴，一赤四黑。黑穴分别住着樊、谭、相、郑四个姓氏，而居住在赤穴里的是巴氏。这巴氏是太昊伏羲氏的后代，首领叫作务相。五个氏族商议成立一个部落，但都想当首领，争执不下，最后议定通过采取两条措施来确定：比试武艺和听天由命。

首先比试武艺。河流中间有一方卧虎石，犹如中流砥柱，妨碍行船。巴、樊、谭、相、郑相继掷剑击石，结果其他四人都没有击中，只有巴氏首领务相一掷中的，卧虎石崩毁，水流畅通。接下来测验天命。五人各乘坐一艘雕花泥船撺入河中，结果四人沉船落水，只有务相的泥船漂浮水面，乘风破浪，往来如梭。于是众人皆服，以为务相是神人，遂拥戴他为部落首领，号称廪（lǐn）君。

廪君带领众人乘泥船顺流而下，借道盐阳，打算到下游去寻找美好的地方，建设新家园。盐水神女看到廪君的第一眼，就被他的天生神韵所倾倒，对他说：“盐阳地面广阔，有丰富的鱼、盐资源，希望你能留下来和我长期共同居住。” 廪君对盐水神女也是一见钟情，但他已是五个氏族的首领，不能只顾个人快乐，必须对整个部落负责，于是稍做停留便要上路。盐水神女好容易才邂逅这么一个如意郎君，哪里就肯放过？于是每天晚上来廪君处就宿，天一亮就化作飞虫，间杂在无数飞虫中飞舞，遮天蔽日，使廪君迷失方向，无法出走。“臣在盐阳等了三天，盐水神女根本就无暇接见我。”使臣对开山犀报告说。

“廪君既然被盐水神女看上了，肯定不是个平庸之辈，”开山犀不无担心地说，“他岂肯蜗居盐阳以终老此生？神女若不能跟他走，早晚也是会吃亏的，看来我们是指望不上了。司彘国和盘瓠那里怎样？”

司彘国几百年来以牧猪为营生，一直在江、河之间游牧。由于人口繁衍，越来越多的土地被开发为农田，猪群活动的地方渐趋缩小。况且，养猪已经成了家家户户的副业，自养自食，也挤压了商品猪的销量。鉴于这些原因，司彘国早就谋划好了今后的出路和治国方略，打算与时俱进，走亦农亦牧、农牧结合的道路，只是因为没有属于自己的国土，计划无法实施。出使司彘国的使者报告说，只要三苗盟主答应给他们调剂一块定居地，司彘国就同意出兵。

“这好办，西部山区还有大片土地没有开发，空闲着也是无益，”开山犀颇有远见地说，“再说，安居才能乐业，才能与邻和睦相处，似这样在各国间流浪下去，迟早会演化成三苗的不安定因素，不如及早解决。”开山犀挥笔写下一纸承诺，命使者连夜送去。至于如何解决，他一时来不及考虑，先出兵再说，仗打胜了，天下尽在掌握之中，辟土封侯乃小事一桩。他让使者也把这话的意思口头传达给司彘国首领。

关于盘瓠部落，需要从头交代一下。帝喾高辛氏时代，王宫里有一位老夫人害耳疾，医官从肿瘤里挑出一个蚕茧般大小的叫作顶虫的虫子，随手丢在剖开的葫芦里，用盘子盖住。转瞬之间，顶虫顶开盘子，跳出葫芦，变成一只身披五色条纹的猛犬，见风长大，被收养在王宫里，取名盘瓠。盘瓠颇通人意，又会看家护院，很快就成了人们的宠物。当时房王戎吴将军反叛，遣将征讨，屡屡失败而归。帝喾于是悬赏天下，有能得戎吴首级者，赠金千斤，封万户侯，并把少女嫁给他。

事后不久的一天，盘瓠忽然衔着一个人头跑上宫殿，帝喾细看，就是仇人戎吴。原来，盘瓠听到帝喾悬赏后，只身跑到戎吴将军行营。戎吴见是王宫里赫赫有名的宠物盘瓠，心下大喜，对左右说："看来高辛氏就要完蛋了，连忠实的狗都背弃它的主人来投奔本王了。"于是大摆宴席，为盘瓠祝贺。当夜，戎吴将军酩酊大醉。盘瓠咬下他的人头，一路跑回帝都。

对于盘瓠的举动，帝喾感到惊喜，同时也犯了难——不知金口玉言的帝王该兑现承诺还是就此食言。群臣都说："盘瓠是个畜生，不能封它官位，也不可把女儿嫁给它，虽然有功劳，也没有什么可给予的。"自此，盘瓠不食不饮，如患病一般。帝喾的少女得知后启奏说："大王既然拿我做赏格昭示了天下，盘瓠衔敌首而来，为国除害，这是天命使然，岂止是一条狗的智力所能胜任的？王者重诺言，霸者重信义，您不能为了我一人而违背公布于世的约定。如果这样，国家就为祸不远了。"少女的话让帝喾害怕了，同意她嫁给盘瓠。盘瓠踊身雀跃，背负少女跑上南山。这里草木茂盛，人迹罕至。少女脱下衣衫，系在腰间做劳力者打扮，随盘瓠登山入谷，在洞穴中安下身来。帝喾思念少女，心中悲苦，屡次派人前去探视，但往往遭遇风雨、地震和云雾弥漫，无从到达。三年后，少女生下六男六女，自相婚配，繁衍开来。如今盘瓠部落早已与外族通婚，男人强悍，实力颇为强大。

话说使者从盘瓠国回来，哭丧着脸报告说："盘瓠不肯出兵。"他为没有完成使命而惴惴不安。

“为什么？”开山犀有些恼怒地问。他感到所谓三苗国这个松散联盟太没用了，有机会还是搞成政治、军事统一的实体为好。

“不要问为什么，要问我们需要做什么。”说话的是老谋深算的驩兜，“盘瓠族有一个头痛的难题，你答应帮他们的忙就好办了。”

“什么问题？”开山犀问。

“盘瓠立了个宗庙，祭祀的祖先叫盘古。据说这位盘古是开天辟地的大英雄，那条神犬不过是他的转世化身而已。”驩兜说，“但各国不承认这个盘古，认为是盘瓠人为美化自己的出身，刻意杜撰出来的一位体面的大人物。因此有好事者建议他们不如封帝喾为祖先，或者干脆供奉个神犬，也没什么丢人的。但盘瓠人很执着，坚信自己的说法是事实，只是外族不理解，也没有人替他们说话，为此苦恼不已。”

“那还不好办吗？告诉他，等丹朱做了天子，下个诏书不就妥了！”开山犀脑筋一转，对驩兜说，“不如劳驾您出马吧，这事就有十成把握了。”

“好吧，我办妥这件事就去丹淅了，打仗就看你们的了。”驩兜说。

根据斥候打探来的消息，驩兜只带领老弱残兵、大张声势到丹淅为丹朱捧场，而开山犀却率主力部队向桐柏山方向隐蔽运动。虞舜判断，三苗用的是声东击西之计，企图把帝师引向丹水，乘虚从东路直捣帝都。与此同时，虞舜发现共工氏孔任与三苗交往频繁，有响应驩兜、拥戴丹朱的动向。这次洪水暴发后，帝尧的心情非常不好，连招呼也没打就悄然出走了。虞舜猜测，帝尧可能又把这次突发的洪水看作是上天的惩罚，因而怀疑到他自己禅让虞舜、讨伐丹朱的正确性。唉，老人家为培养接班人殚精竭虑，到最后还是放心不下，可怜天下帝王心哪！不过，这次不能再指望天子出面了，是真正到了自己拿主意的时候了。此时中山公主和放齐已经去世，虞舜请二位夫人娥皇、女英出面，动员几位内兄去安抚北狄诸族；

命皋陶总理内政，负责治水、治安，强调监视共工氏动向；命后稷率西戎原班人马出征丹水，交代说，不要伤害丹朱性命，也不要把他带回来。分派完毕，虞舜亲率大军浩浩荡荡向三苗国都烈山邑进发。

大军出发前，军师契的妻子胡仙忽然提出，她要到青要山去看望修仙的爷爷吴回，想随军同行。虞舜同意，并开玩笑说：“你这样漂亮，可不要被那里的神仙拐跑了哇？”胡仙只是一笑置之。

两军在桐柏山相逢，各立营寨，约期决战。阵前，开山犀喊话虞舜，说：“虞舜听着，千万人马上阵厮杀，都是为了你我二人谁主朝纲。今日不如咱俩阵前单打独斗，决一死战，拼个你死我活，也免得双方将士劳苦损伤。你看如何？”

虞舜不知开山犀在耍什么花招，一笑答道：“如果我没有记错的话，当年咱俩曾经切磋过武艺，胜负犹在眼前，这次还是给别人一点机会吧，等将士们打够了，咱俩再接着打也不晚。”

大将伯益已经耐不住性子了，大喝道：“三苗反贼，有何资格与摄政王交手？杀鸡焉用牛刀，看我伯益取你首级！”说着，挺起长矛向对阵冲去。

“那厮无礼，看我教训他！”开山犀背后闪出江上鳄，舞起金叉迎上伯益。

二人你来我往，大战百余回合不分胜负。三苗阵上，神叉三郎心下着急，鱼叉一摆冲上阵来。这边擅长音乐的大将龙及早飞出一箭，来势凌厉，只听“当”的一声响亮，三齿金叉折断一齿。神叉三郎大怒，把两齿叉用力掷向龙。众人惊呼。龙匆忙间挥弓将金叉拨打在地，“砰”的一声震断弓弦。二人各自回阵。

帝师阵上大旗呼啦啦响动，弓箭手闪开门户，象一阵风似的冲出阵来。“我来替哥哥收拾你这个蛮子！”一边吼叫，一边甩开手中的蟒皮鞭，隔空抽向开山犀的面门。

“勿伤我盟主！”开山犀刚要动手应敌，忽听背后有人说话，一支龙骨杖应声闪出，“啪”地震开蟒皮鞭。一将矫捷似捕食凶豹，威势如下山猛虎，迎上阵来。

龙骨杖力道很重，象后退一步站稳脚跟，惊问：“来将报上名来！”

“南山盘瓠！”盘瓠欲激怒对手，奚落他说，“看你这身横肉，莫非就是那个缺德寡义的象？”

象见来人揭他的老底，勃然大怒，抡动又粗又重的皮鞭，搂头盖脸抽将过来。盘瓠自恃勇力无敌，不闪不避，一支龙骨杖上下翻飞，竟和力大无穷的象硬碰硬对攻起来。两人一交手，象就感到遇上了一位真正的对手。百余回合下来，观阵的祁媛就已经看出，自己的丈夫取胜的概率不大。“上！”祁媛回头招呼一声，舞动流星锤率先加入战圈，夫妻双战盘瓠。在她的身后，祁愚催动象阵，隆隆然压将过来。

开山犀毫不惊慌，将手一摆，鼓声大作，伴随着阵阵犬吠，无数只凶犬涌到阵前，围着大象狂叫疯咬。大象们没有怕过谁，但一只大象对付七八只中了魔咒般的狗，却也够它烦心的。只见大象们瞻前顾后、左冲右突，忙得团团转，虽无落败之虞，但也难有进攻之机，昔日那种摧枯拉朽的气势再难振作。

战场上，兽与兽的大战处于胶着状态，而人与人的争斗已到了关键时刻。盘瓠虽然勇猛，但面对象和祁氏父女三人的围攻，已经只剩下了招架之功。三苗阵上时而冲出一将助阵，也都被对方战将迎住厮杀，帮不了盘瓠的忙。盘瓠嚎叫一声，忽然变作一只虎纹长身的猛犬，在阵前上蹿下跳，张牙舞爪地发起反击。虞舜正在担心，只见象摇身变作大象，竟如小山丘一般大小，獠牙如戟，长长的鼻子蟒蛇似的上下翻滚，以静制动，应对猛犬的攻击。虞舜欣喜地想，象又有长进了，竟然修成了如此法身，爹娘看到了一定会高兴的。

祁氏父女插不上手，只好退出战圈。所有争斗的战将也都停住手，全神贯注地欣赏这场神象对神犬的大战，忘记了敌我之分。而大象和狗们，见各自的主人大显神威，备受鼓舞，争斗愈加卖力。这场大战，直杀得天昏地暗，地动山摇，半天下来不见分晓。两阵上的主帅感到这样下去难以决出胜负，于是各自鸣金，收兵回营。

连日大雾弥漫，无法出战。虞舜和契商议，除非用计降伏盘瓠，不然此次出征将无功而返。有什么办法呢？

契的妻子胡仙突然出现了，还带来了一位客人，就是他的爷爷吴回。惊喜之余，虞舜问起吴回此来目的。吴回说："祖师武罗神知道盘瓠出山了，让我把他家的祖上宝物还给他。"吴回说道只需如此如此便可收服盘瓠。虞舜大喜，随即进行部署，依计行事。

司彘国[1]

罢战第三天头上，大雾依旧笼罩着天地。盘瓠正在巡视营盘，忽见一头大象在吼叫，口出人言："盘瓠出来！我要趁雾天里没人碍手碍脚，与你大战三百回合，以决输赢！"

盘瓠见象孤身叫阵，单挑自己决斗，随即摇身变作猛犬，纵身跃出栅栏，与象好一场大战。由于迷雾重重，双方都不敢放人走出营寨，将士们只见两条黑影上蹿下跳，时而分开，时而搅成一团。犬吠声，象吼声，肢体撞击声，声声惊天动地，令人胆战心惊。

大象和神犬厮杀半日，神犬叫声依然铿锵有力，底气十足；而大象却气喘如雷，连吼叫的气力也没有了。开山犀判断，大象体重过大，运动起来体能下降太快，怎能熬过体形矫健、肌肉发达的盘瓠？若是大象被盘瓠制服了，接下来这仗就好打了。

大象确实呈现疲态，面对越战越勇的盘瓠，只剩下招架之功，

[1]《山海经·海内经》："流沙之东，黑水之西，有朝云之国、司彘之国。"

开始边打边退，但口气依然强硬，屡屡激怒盘瓠，盘瓠恨不得一口咬下它的大鼻子。看看退入山谷，大象忽然说话："老弟，你快要回到老家啦，还不停手吗？"

盘瓠打量四周，前面是一座弧形绝壁，高不见顶，迷雾里，可见两旁山坡上透出点点星光。盘瓠感到气氛有些诡异，正不知如何进退，天空像降下帷幕一般，漫天大雾忽然消失得无影无踪，火红的落日还留着半边脸，好奇地关注着人间。山坡上的点点星光，原来是一堆堆篝火，上面架烤着麋鹿之类的美食，阵阵飘香。神犬盘瓠突然怕得发抖，转身要逃。这时大象却来了精神，把个长鼻子甩成一堵墙，挡住盘瓠的退路，同时还安慰盘瓠说："既来之，则安之，还有好事等在后头呢！"

人们从篝火里抽出燃烧的木棍，呼啸着朝神犬围拢来。威风八面的神犬顿时筋软骨酥，欲逃不能，无助地呆望着愈来愈近的围攻者。

一位美丽的少女出现在面前。她一手提溜着剖开的葫芦，一手拿着陶盘，歌咏般地呼唤道："盘瓠，归来兮！归来兮，盘瓠！"

神犬盘瓠忽然眼冒精光，纵身跃起，霎时化为拇指大小，跳进葫芦里。少女迅速把陶盘扣在葫芦口上，在人们惊异的目光中，款款走向绝壁。少女又把葫芦打开，口朝下一打，便见一人伏在地上。他就是盘瓠部落首领盘瓠。

"老弟，起来吧，天朝摄政还等着接见你呢！"恢复人形面貌的象，搀起盘瓠说道。

刚才的一幕是历史的重演。当年住在王宫时，帝喾少女最喜欢那条神犬盘瓠，几乎形影不离。一次少女带盘瓠去参加篝火晚会，篝火上烧烤的鹿肉喷香扑鼻，盘瓠禁不住诱惑，叼起一条鹿腿就走，被人们抓起燃烧的树枝追打，直到扑进少女怀里才得救，漂亮的长尾巴都被烧煳了。从此盘瓠再也不愿走近篝火，燃烧的木棍更是它最怵头的兵器。为此，少女每逢出行，都要带上盘瓠的产床，即那副葫芦和陶盘，当遇到篝火时，就呼唤它钻进去躲藏，习以为常。盘瓠和少女出走后，时任火正的吴回受命去寻找他们，身上就带着这件物事，后来就被他收藏起来。

“您老为什么恰恰此时赶来了呢？”听过吴回叙述，虞舜好奇地问。

“胡仙的到来惊动了武罗神。”吴回说，“她掐指一算说：‘盘瓠出山了，你该把他家的祖上宝物交还给他了。’于是就带着胡仙赶来了。”

说到这里，吴回似乎想起了什么，两眼盯着胡仙惊讶地说：“刚才你扮演的帝喾少女，怎么和她一模一样啊？不光模样，连声音、神态都惟妙惟肖，怪不得盘瓠一见就钻进了葫芦呢！”

“那里是盘瓠的庇护所，它当然不会犹豫啦！”胡仙答非所问地说，“爷爷，咱们回青要山去吧，武罗姐姐还要教我几招防身神技呢。”

“好哇，你怎敢和我的师祖姐妹相称？”吴回生气地说。

“是她让我这么称呼的，爷爷就委屈点儿吧！”胡仙催促说，“咱们快走吧，别耽误了人家的正事。”

吴回朝虞舜道别，扯着胡仙的手飘然而去。

吴回说那番话的时候，盘瓠就跪在虞舜面前。也许是出于英雄相惜之意，象也陪他跪在地上。盘瓠两眼直勾勾地盯着葫芦，表情由呆滞到激动，欲言又止。这可是他的族人朝思暮想的神器呀！

虞舜双手捧着葫芦对盘瓠说：“刚才吴回说了，这件宝器归还给你，回去供奉在宗庙里吧。我以后巡视到你的部落，还要召集周边诸侯去祭奠呢！”

盘瓠连连叩首，颤抖着双手接过葫芦，转身要走。

“留步！象和你不打不成交，你俩就结为兄弟吧！”虞舜又补充一句说，“不要忘了，我虞舜可是你们的大哥呀！”

“遵命！谢谢大哥！”二人异口同声地说。

象抄起一扇烤熟的鹿肉，说："兄弟，我送你一程。咱俩边走边吃！"

盘瓠不辞而别，拔营回山去了。开山犀大惊，如果虞舜大军此时来攻，势难抵挡。他忽生一计，立即修下战书，相约明日巳时决战。虞舜回书如约应战。当天果然没有战事。

当夜，开山犀命大军悄悄拔营后撤。而他自己却亲率一支精兵，在夜幕的掩护下偷袭虞舜大营。开山犀此举出于两种考虑：以进为退，掩护大军撤退；再就是赌博心理使然，梦想趁对方不备，通过偷袭一举擒获虞舜，逼他下台。开山犀出生前，他的母亲梦见一头犀牛拱破了屋门，因此认为他是神牛转世，后来也屡显征兆，这也是其绰号的由来。在此命运攸关的时刻，他的元神现身了。一头硕壮的犀牛出现在虞舜营寨，轻易地将寨门拱开，发声喊，一马当先冲进中军大帐。

虞舜正在挑灯夜读，看上去毫无准备。开山犀收回法身，显现人形，哈哈一笑，说："鄙人来请摄政大人光临三苗……"

开山犀的俏皮话还没有说完，忽然伸来一个大象鼻子，几乎塞住他的嘴巴。开山犀大惊，回顾左右，到处是大象的身影。

"中计啦！快撤！"开山犀后跳几步，转身就逃。

鼓角齐鸣，杀声震天，在火把照耀下，只见人影憧憧，枪戟如林。开山犀摇身变作神犀，左右冲突，踏出一条血路，冲出重围。虞舜这次出兵可不像帝尧那样，只是为了教训教训驩兜父子，而是要彻底征服三苗，铲除祸乱的根源，于是麾军乘胜追击，势如破竹。三苗兵败如山倒，望风奔逃，损失惨重。开山犀带领残军绕过他的国都烈山邑，连夜向汉水逃亡。他并没有就此死心，打算到江南再聚重兵，和虞舜抗衡。但开山犀万万没有想到，后稷又一次率领奇兵抄了他的后路。

话分两头。却说后稷受命率军从西路进攻三苗。在行进到嶢山时，忽听前方噼里啪啦山响，原来一人正在大路当口甩鞭子。这人猪头猪脑，一身乌黑，坐骑是一头雪白的、肥壮的豪猪，鬃毛又长又硬，大名叫作彘。在他身后五十步开外的地方，散布着不知其数的怪物，个个人身猪首，手持狼牙大棒。见来人驻足观望，豪猪上的骑士停下手来尖声高叫：“识相的，你们已经进入司彘国地界，我黑相公在此，快快送来买路钱！”

原来这位截道的是司彘国的首领，名叫黑巴，绰号黑相公。他的尊容还保留着其祖先的遗传，而他的部下也许就没有那么幸运了，但为了表示对首领的尊崇，也都戴上了一副猪头面具，这就构成了司彘国的图腾标志。

“原来是黑巴先生，”后稷上前几步说道，“司彘国自古以来游牧为生，四海为家，没听说封土建国，怎么随意设卡收起过路费来了？”

“哎！那是老黄历了。”黑相公摇头晃脑地说，“我的盟主驩兜氏说了，彘山周遭方圆百里之内，先预支给司彘国，等丹朱正式登上帝位以后再裂土封侯。眼下我们准备筹建都城，正缺钱用，不收费从哪儿来呢？”

鬼国五兄弟，也就是胡仙的五位哥哥，后来都参加了后稷的部队，在上次丹水战役中初露锋芒，被后稷择为大将，时在军中。老大樊见黑相公耍无赖，大为恼怒，厉声喝道：“你这个猪头是三苗同党，休再啰唆，待我将你拿下，好生向大司马回话！”说罢挺起长矛冲上前去。

黑相公挥动长鞭，在樊的前后左右暴响，虽不伤及性命，抽在身上也钻心的疼，令他无法近身。樊硬是不退，连挨几鞭之后，瞅个真切，一把抄住鞭鞘，和黑相公较起劲来。黑相公一上手便知对方力量极大，僵持一会儿便觉得双手发软，于是蓦地拔下一把猪鬃抛将过去。那豪猪的鬃毛乃一奇异之物，有名叫无影箭，一经出手就如银光一般射向目的物。樊见状大惊，急忙松开鞭鞘双手护住头面。这一招是黑相公的杀手锏，屡试不爽，樊哪里躲得过？早已身中十数处。豪猪身形一抖，飞出去的鬃毛又立即返回原处待命。而此时，樊身上血涌如泉，一头扑倒在地。

后稷阵上一阵惊呼，樊的兄弟参胡、会人、曹五和季连一拥而上，把樊抢回阵去。黑相公也不追赶，只把口哨吹得响彻云霄，他的身后忽然腾起阵阵黑浪，伴随着隆隆声响海潮般席地卷来。

后稷军兵没有见过这种阵势，以为遭遇了魔鬼兵团袭击，顿时乱作一团，掉头便跑，哪里禁止得住?

来者不是魔鬼，而是司彘国的公猪兵团。司彘国牧养了一个庞大的母猪部落。发情的母猪们吸引来一批又一批的野公猪，源源不绝。这些野公猪经常为争夺发情母猪而打架斗殴，搅得鸡犬不宁。黑相公于是把它们与母猪分开，组成了一支公猪兵团，分期分批安排它们与母猪交配。这些野公猪身体强壮，獠牙坚利，施以祖传法术进行训练，个个都是勇猛的战士，连虎豹都不敢轻易招惹，成了司彘国游牧征途上一支得力的保卫兵团。这次黑相公首次把它们投入战场，便展现出强大的威力。

公猪兵团发疯地追赶，后稷兵将没命地逃窜。后稷骑在马上，也身不由己地被拥挤着后撤。不过，即使在这样的环境下，他也没有惊慌，而是在冷静地观察，寻找转机。

野猪就是野猪，毕竟不是战士。它们的天性是为交配而战，为食物而战，并没有兴趣为别的目的而战。黑相公的训练手段再高明，也离不开发情的母猪和食物做辅助。上阵之前，为了增强野猪的攻击性，还故意饿了它们一日一夜。如今到了战场上，问题就来了。行军途中，每位西戎士卒都随身带有一袋蒸馍，充做口粮；由于惊慌逃跑，少不了丢盔弃甲，有的连蒸馍也丢掉了。野猪们肚子正在咕咕叫，见了蒸馍岂有放过之理？一时间将作战的责任抛在脑后，大口地吞起蒸馍来，有的还为一袋蒸馍的归属撕咬争斗。

后稷终于发现了攻击者的致命弱点，于是高喊:“快抛下蒸馍！”见主帅发号施令，将领们虽不知所以，却也将蒸馍纷纷抛下。面前的攻击对象变成了慷慨的施舍者，野猪斗士敌意顿消，只顾得狼吞虎咽。黑相公见状大惊，催动豪猪踩着野猪脊背来回奔跑，挥动鞭子乱抽，威逼它们重新展开攻击。

射人先射马，擒贼先擒王。后稷看得真切，“嗖”的一箭正中豪猪前腿，黑相公应声掉下地来。此时，受伤的樊正被四个弟弟举在头顶上撤退，见状大吼一声，飞身跃起，踩着人头、猪背扑将过去。刚刚爬起来的黑相公还来不及施展手脚，就被樊扑倒活捉。参胡等四兄弟和一群将领也及时反攻过来。黑相公手脚被制，知道无法脱逃，于是口里发出“呀呀”的尖叫声。这是撤退的命令。野猪们毕竟经过强化训练，知道这是危险信号，于是叼起蒸馍包，恋恋不舍地往回走，眼睁睁地看着主人被捉，也无动于衷。

后稷见捉了对方主帅，自己的队伍也一片狼藉，伤亡不少，于是下令收兵，命季连带一支队伍留下打扫战场，就地安营。大军后退十里，择地扎下大寨，医治伤员，埋锅造饭，并为以后的行程准备口粮。

后稷对黑相公甚是优待，在大帐中设宴为他压惊。黑相公走南闯北，以生猪为商品在诸侯之间进行交易，消息很是灵通，人也颇为开通、豪爽，酒过三巡，便打开了话匣子。他说，司彘国本来是不排斥中原朝廷的，只是因为不受重视、得不到裂土分封的机会才有些怨言。这次帮驩兜氏出兵，也不过是急功近利之举而已。

“你认为三苗拥戴丹朱能成功吗？”后稷问。

“胜算不大。”黑相公沉吟说，“得中原者得天下。虞舜在帝尧长期扶持下，牢牢地掌控着中原诸侯，又得到东夷、西戎的支持，想扳倒他已经很不容易了。丹朱偏安一隅，成不了大气候。”

“既然如此，阁下为什么还要拥戴丹朱呢？”后稷不解地问。

“赌嘛，”黑相公摇晃着脑袋说，“万一赌赢了，不就成了功臣啦？即使丹朱当不了天子，只要驩兜氏还是三苗盟主，在江、汉之间给司彘国辟出一块筑建城池的地盘来，还是能办得到的。”

“恐怕没那么容易，”后稷说，“摄政不是帝尧，这次两路出兵，志在摧毁以驩兜氏为首的三苗联盟，剥夺驩兜氏作为南方伯主的地位。老弟，你的如意算盘肯定会落空；我劝你及早改弦更张，不要再跟着驩兜氏跑了。”

“被俘后我一直在考虑，在丹朱和虞舜之间，怕是站错了队，保错了人。”黑相公面有难色，接着说，“但我做不了主。”

“你是司彘国首领，你做不了主谁做主？”后稷诧异地问。

“格兰，她是我妹妹。”黑相公补充说，“养猪以及国中其他大事都是格兰妹妹管着，我只负责销售业务，是个二把手。讨块封地定居下来、改牧养为圈养的主张是格兰提出来的，和驩兜氏这笔交易，也是她经手签约的，我只能按既定方针去做。”听他的口气，在大政方针上，司彘国领导集团中存在着严重分歧。

这时探马忽然跑来，叫道：“大将军，不好了，季连将军阵前被人捉走啦！”

季连[1]成亲

原来，今天一大早，一小队人马飞驰到季连军营前，一将高声喊话：“军营中的将领听着，我是司彘国格兰，快快把我的哥哥送出来！”

见对方来人不多，季连也带上少许将士来到阵前，张目望去，发现叫阵者是位女将。她的长发高高盘在头上，宛如顶着一座云山，丰唇皓齿，目若点漆，面色白里透红，好似刚刚露出地平线的朝阳。

[1]《史记·楚世家》：“陆终生子六人，坼剖而产焉。其长一曰昆吾；二曰参胡；三曰彭祖；四曰会人；五曰曹姓；六曰季连，芈（mǐ）姓，楚其后也。”

她的坐骑猴头四耳，虎身牛尾，叫声一如犬吠，原来是来自浮玉山的特产，有名叫作豪彘，是野猪族类中吃人的一种凶兽。豪彘连声呜嚎，张牙舞爪，求战心切。格兰裙裾飘飘，手持虎尾鞭，脚蹬猪皮高筒靴，双目精光闪闪，英姿勃发。

“好一个美侠女！”季连只顾呆鹅般地欣赏美女，似乎没有听见人家的诉求，不由自主地脱口赞叹。

“来将报上名来！”格兰见来人隆准凤目，虎背熊腰，一副男子汉气派，料想有些来历，发话问道。

“吴回火正是我爷爷，颛顼大帝是我爷爷的爷爷，我是陆终孪生六子中的老六季连。”季连一口气把他显赫的家世都报了出来。

“噢，原来是一位出了五服的本家。”格兰自言自语，接下来问道，“你听见我的喊话了吗？怎么不回答？刚才一上来在那里瞎嘟噜什么？”

“对不起，刚才我是想说，”季连犹豫一下，还是毫不避讳地说，“你一个漂亮女人家，不在家里守着老公生儿育女，跑到战场上来干什么？”

“你胡诌些什么？本姑娘还是个黄花闺女，只会养猪，还没学会养活娃娃呢！”格兰做了一番表白，还觉得不解气，接着数落道，“你一个大老爷们儿神气什么？你爷爷的爷爷颛顼，还是我爷爷的爷爷寒流的儿子呢，论起辈分儿，你得叫我一声老姑。再说，我的老母猪一胎能生十二只猪崽，你妈一胎不过才生下你们哥儿六个，还是拿刀剖开肚子取出来的，算什么稀罕，有什么资格教训我？”

“丫头住嘴！”季连见她拿自己的先人和娘亲开涮，勃然大怒，“我要不把你拿到我娘坟前磕头赔不是，就不是爹娘养的！”说罢挺起长矛跃上前来。

格兰也不是善茬，只见她将虎尾一摆，豪彘早已跃起身来。人、兽形成一体，配合默契，犹如一个两头六臂的凶魔，上蹿下跳，忽左忽右，虎尾鞭和蹄爪轮番袭来，把季连搞得手忙脚乱，险象迭生。

季连兄弟曾受仙人指点，练成了一种名叫“梨花万点”的神技，一般情况下很少使出，今天不得不使出来了。只见他飞身向后跃出数步，口中念念有词，将手中长矛连抖三抖，立即变作千百个矛头，风卷梨花般地袭向豪彘和格兰。格兰反应极快，飞身跳在豪彘头前，右手挥起虎尾，左手甩动长袖，硬是舞起一张旋转的盾牌，护住自己和身后的坐骑。一场单调的攻守大战开始了，人们只见一团烟尘在阵前滚来滚去，没有叫喊声，没有兵器的撞击声，但杀气逼人，在场的人都大气不敢出，连凶猛的豪彘都夹着尾巴躲得远远的。

一个时辰下来，格兰体力透支，动作稍缓。只听“哧啦”一声响亮，长袖被长矛搅住，连着半片衣裙撕裂下来。两人都是一惊，立即停下手来。

“你？”格兰脸唰地一下红了，直红到脖子根上，随即冷笑一声，举手一拍脑袋，头顶云山倾倒，长发飘散，如万根飞针洒向季连。这一招叫作“乱针夺目”。

“哎呀！”季连双手捂面一头栽倒在地。

一张乌丝大网飘落下来，把季连网个正着。这张用发丝结成的网，原本是格兰束拢发髻用的，如今派上了用场。

探马讲到最后，黑相公脸色骤变，但很快恢复平静，这些都没有逃过后稷的眼睛。参胡听到了消息，冲进大帐要求发兵。后稷看看黑相公，问：“以阁下看，该如何是好？”

“如果将军信得过在下，”黑相公说，“可以先放我回去，我保证送还季连将军。”

“好吧，就这么办。”后稷爽快地说。

大帐外正在列阵演兵。盾牌手、弓箭手、长枪手队列严整，进退有序，一个个如狼似虎，杀声震天。后稷笑着对黑相公说：“初次遇到公猪兵团，我是措手不及，有些怠慢了，如果你再率兵前来，在下就摆开这样的阵势来迎接，如何？”

“我的战士野性十足，不懂规矩。”接下来黑相公认真地说，“说实在话，今后我不希望再和贵军兵戎相见。”

“但愿如此。”后稷说，“把你送走后，我也要打点起程了。”

黑相公的坐骑豪猪受伤逃走，后稷赠给他一匹好马代步。黑相公谢过，一出军营便打马飞奔。此举看似回归心切，情有可原，实际他是另有隐情，怕稍一拖延便有杀头的危险。原来，他的妹子格兰，因为年轻、漂亮而又非常富有，成为外族许多男子的追逐对象，其中不乏十分痴迷而又执着的狗仔，以能偷窥到她而自我标榜。格兰睡觉从来不敢脱衣服，洗澡更是不便。她对此深恶痛绝，发誓要予以严惩。一位有过同样苦恼的女仙人很是同情格兰，于是利用她的长发设置下“乱针夺目”的神技，出其不意，可在三十步之内刺瞎偷窥者的双目，屡试不爽。当时黑相公听了探马的报告后，断定季连已经双目失明，成了废人，他黑相公岂不正好成了报复的对象？再说，送别时，后稷话里话外明显是在炫耀武力，没有一点儿协商的意思。司彘国已到紧要关头，是打是留得赶紧做出抉择。

格兰赶跑抢救季连的人，让手下把季连的手脚捆绑结实，像抬猪一样抬回驻地。季连一直紧闭着眼睛，口中不断地重复着一句话：“我不是故意的，真的不是故意的……”似乎在深深地忏悔。一路上听他说的多了，格兰也由怨恨转为好笑。

季连为什么对撕破格兰的衣裙事件如此计较呢？原来，季连兄弟自幼练的是童子功，师父告诫要尽量回避女性，非礼勿视，以免受到诱惑，影响修为。长大后，哥几个依然恪守师训，不近女色，谁也不想第一个破戒，因此至今还都是王老五。如果让兄弟们知道了季连竟然撕破女人的裙子，肯定会被嘲笑，甚至教训，并由此落下一辈子的话柄。他怎能不担心呢？

走进帐篷，季连“咚”的一声被撂下。他一骨碌爬起来跪在地上，恳求说：“姑娘，你怎么罚我都行，可千万不要把这事儿声张出去，我真的什么也没有看见，真的！”此时他仍然紧闭着双眼。

这时，格兰忽然动了恻隐之心，心想，这人真怪，眼睛都瞎了，还在分辩自己的清白呢！于是安慰他说：“是的，你没有看见什么，我能为你作证……不过，以后你真的什么也看不到了。”

“谢谢姑娘，您的心眼儿真好，我正等着您这句话才敢睁眼看您呢！”季连一双大眼睛明光闪亮，流露出无限感激的神情。

“啊！”格兰惊叫一声，“你没有被刺瞎呀！”

“我，我当时一看你身上光溜溜的，就赶快捂住眼睛了……”季连一句话说漏了嘴，看来他还是什么都看见了。

格兰“啪”地抽了他一个耳光，转身跑进自己的帐篷，随即又出来交代手下说：“给他酒肉，让他吃个够！”

季连一听，心想：“完了，吃饱喝足就该上黄泉路了。”

格兰趴在卧榻上抽泣。倒不是因为走光被人偷看而伤心，如果是那样，她可以杀他解恨。而眼下这个男人格兰却杀不得，使她一下子乱了方寸。原来，传授“乱针夺目”的女仙曾经告诉她，偷窥她隐私的男人都会被刺瞎双目，如果哪一个能够幸免，格兰就得嫁给他。现在这个男人真的出现了。格兰不是不想嫁人，只是成年后羞于同男子答话。如今父母双亡，哥哥又下落不明，谁来给自己张罗婚嫁呢？眼下又该怎么对待这个男人呢？

这时，黑相公突然出现在面前。格兰抱住哥哥号啕大哭。奇怪，他的妹妹很坚强，还很少见她在人前哭泣，黑相公一时摸不着头脑。好一阵子，格兰才抽抽噎噎说出自己的心事。

“这还不好办！”黑相公大喜过望，没想到自己担心的几项大事一下子迎刃而解了，“你就安安稳稳地待着，哥哥都给你一手操办啦！”

当黑相公进来时，季连正抱着酒瓮痛饮。见有人来，结结巴巴地说：“来，来，陪我干一瓮，为我送行！”

“好！好样的！”黑相公捧起一瓮与他一碰，仰起头来咕噜咕噜灌下肚去。

“好，好，是个真男人！”季连醉意蒙眬，还不忘记为自己申冤，

“我一看她身上光溜溜的，就赶紧捂住眼睛了，真的什么也没有看见，真的。”

“当时多亏你捂住了眼睛，不然就真的什么也看不见了。”黑相公见季连醉得一塌糊涂，架起他就走，一边说道，“现在没事了，你想看就去看个够。”

这里格兰正不知哥哥在搞什么把戏，门帘忽然打开，酒气熏天的季连被推进来，扑通倒在格兰的卧榻上。一股浓厚的女人气息沁人肺腑，季连一下子清醒了许多。

格兰和季连都是精力过剩，但自我禁锢已久，一旦引爆，便势不可挡。第二天，后稷和季连的兄弟们闻讯赶来，格兰换了个人儿似的，羞答答地一一拜见大伯子哥，司彘国自然也就归降后稷了。

后稷挑选了一批将士，陪季连一起留在司彘国。此举绝对不是为了照顾季连夫妻的新婚感情，而是从战略布局出发做出的安排。有一个忠于朝廷的、强大的司彘国在三苗地域流动，胜过派遣一个作战兵团，而且不需要军费开支。司彘国在江、汉之间迁徙，季连的后代与三苗诸族通婚，子孙繁衍，就形成了后来春秋战国时的楚人。伟大的爱国诗人屈原在名篇《离骚》中，一开头就自报家世“帝高阳之苗裔兮，朕皇考曰伯庸”。承认自己是高阳氏颛顼的后人，就是从季连这一支繁衍下来的。这是后话。

后稷大军压境。驩兜见大势已去，携丹朱连夜出逃，留下一座空城。后稷派参胡留守丹淅，并把樊安排在这里养伤。然后征集船只、打造竹筏，还不忘到丹水上游捕捞丹鱼，组建起一支水上神兵。不一日，万事俱备，于是大军自丹水入汉水（当时叫黑水），浩浩荡荡，水陆并进，直插三苗腹地。一日探马报告，三苗兵败，摄政王乘胜追击，开山犀正在掩护残部横渡汉水。后稷传令水陆加速前进，并亲自率领水上神兵，追风赶浪，直扑三苗渡船。

在节节后退中，开山犀将余部归整为前、中、后三军。此时，前军在神叉三郎的带领下渡过汉水，率先登上南岸；江上鳄指挥的中军已经登船，正在横渡；开山犀亲自坐镇后军，背水列阵，阻击滚滚而来的虞舜大军。

后稷的水上神兵如风如火，从天而降，呼声震天，挥动长枪短戟杀向渡船。本来就如惊弓之鸟的三苗兵卒，见状魂飞魄散，无心抵抗，幸亏个个水性极好，于是弃舟跳水向下游逃命。神兵们紧追不舍。江上鳄依仗水上功夫，左冲右突，刺倒多人，被后稷接住厮杀，一路顺流而下。南岸，已经离岸的神叉三郎欲回身接应江上鳄，又遭遇后稷陆上部队的截击，只好率军南逃自保。北岸，开山犀部受到虞舜追兵的包抄和后稷北路军的挤压，已无路可走，纷纷缴械投降。开山犀绝望中大吼一声，变成一头雄壮的巨犀，奋力冲出重围，但又被随后赶到的大象军团逼进水里。岸上森严壁垒，巨犀索性掉头向中流游去。虞舜甩开银蛇鞭，噼里啪啦在巨犀头上炸响，但巨犀时沉时浮，死不回头。此时，银蛇鞭忽然脱手，化作一条银蛇在浪涛里出没，很快追上巨犀。虞舜正在诧异，银蛇又箭一般地回到他的手中。只见巨犀抬头闷叫两声，不情愿地掉过头来。虞舜掂量掂量手中的长鞭，似乎拽着一物，犹如钓到大鱼一般。他恍然大悟，欣喜地大叫："开山犀，看你往哪里跑！"

原来，虞舜的银蛇鞭没有丢失本性。在关键时刻，它又变回它的原身——那条修行千年的银蛇，跑去钻过巨犀的鼻子，牢牢地把巨犀牵住。巨犀被拽上岸来，倒地变作驩兜氏开山犀，束手就擒。后稷和他的水上神兵押着一群俘虏来见虞舜，不过，江上鳄漏网了。虞舜分拨一支人马给契，让他镇守驩兜氏都城烈山邑，并看管好开山犀及其家族，等待处置，自己和后稷依然兵分两路追击逃敌。看来，不除恶务尽，他是不肯罢休的。

后稷率部跟踪追击，一直赶到大江北岸，才发现神叉三郎的部队。由于连日奔波，三苗将士疲惫不堪，如今前有大江，后有追兵，再也无路可逃。最后剩下的这些都是骨干分子，个个下定了必死的决心，在神叉三郎的带领下，无所畏惧地冲向如狼似虎的强敌。一场毫无胜负悬念的战斗立时就要打响了。

上游漂来十几只泥船，乘风破浪，很快来到近前，在江面上一字排开。打头的那条船上，一面大旗迎风招展，上书斗大一个“廪”字。旗下立着一男一女。男人是五落钟离山巴士部落首领廪君，那女人就是盐水神女。原来，廪君被盐水神女的飞虫阵缠住后，一时无法脱身，于是想出一个计谋。一日，廪君从头上割下一缕青丝对盐水神女说：“亲爱的，白天你外出忙碌，咱们不能在一起，就让这缕青丝陪伴你吧！”盐水神女见廪君如此体贴自己，高兴地把青丝缠在长发间，须臾不离。白日，在漫天飞虫阵中，廪君发现了自己那缕青丝，一箭射去，天空豁然开朗，飞虫散尽，只见青丝飘落水中，随波逐流而去。廪君带领部落离开盐阳，来到下游一个宽广美丽的地方，打算定居，忽然发现盐水神女冉冉而来，笑吟吟地站在面前。廪君既惊奇又尴尬，嘴张了几次也说不出话来。盐水神女安慰他说：“你为了整个部落的生存而舍弃自己心爱的女人，是一个男人迫不得已的选择。其实，我那样做，也是为了考验你的智慧和责任感。现在你赢了，我也找到了归宿。从今以后，本姑娘嫁鸡随鸡，嫁狗随狗，陪你到天涯海角。”廪君大为感动，随与盐水神女结为夫妻。

盐水神女听说驩兜氏曾来求救，随即派人前去打听战况，得知驩兜氏已经兵败南逃，便与廪君带领船队沿江搜索，准备随时接应。此时，盐水神女高声叫道：“三郎兄弟，盐水姐姐来了！”

三苗将士士气大振，嗷嗷呼叫，奋力抵抗。后稷“嗖”的一箭射去，廪君大旗“咔嚓”一声飘下。廪君也不示弱，随手回了一箭，将后稷帅旗射落。后稷心头一惊，知来者不善。此时一个黑影悠忽飘至，形若鬼魅。后稷惊叫：“小心！”话音未落，箭已离弦。那道黑影“砰”的一声迸发，化作漫天飞虫，顿时天昏地暗，伸手不见五指。耳边一阵嘈杂声过后，黑幕徐徐拉开，天光放亮。后稷发现，三苗人马一个不见了，连自己的兵卒也失踪了十几个。

船队瞬间消失在蒙蒙雾霭里。只有一条船划到岸边，放下被掠走的后稷的兵丁后，掉头而去。面对茫茫大江，后稷口中喃喃：“江南灵异之地，卧虎藏龙，况有如此仁义之师，不可小觑。”

斥候飞马来报，发现驩兜和丹朱逃到了宋山！

蚩尤宋山[1]显圣

听说驩兜和丹朱逃到了宋山，后稷只带领百余骑精兵，连日沿江飞奔。面前山势蜿蜒，宋山到了。一簇人马转出山口，正打算登船渡江，见后稷人马奔来，又惊叫着往回路跑去。后稷看得真切，他们正是驩兜和丹朱一伙，于是策马跟进。

这是一个三面环山、一面临江的平坝。白云下稻谷飘香，一片金黄，一条小河蜿蜒其间，叮咚作响。山坡上枫树成林，红叶如血，掩映着星星点点的阁楼。靠近山口是个广场，一座低矮的小山丘坐落其间。山丘顶上有一具石棺，四周摆放着铜人、铜鼓，以及刀、枪、剑、戟之类的兵器。驩兜等人绕过山丘向山坡奔去，并大声呼叫：“强盗来了！强盗进山了！”

“冲上去，抓住他们！”后稷一声令下，骑士们大声呼应，正待打马拥上，忽听铜鼓敲响，震耳欲聋。几乎就在同时，大雾从天而降，顿时暗无天日，只见阴风习习，魍魉出没，魑魅憧憧，令人不寒而栗，胆战心惊。后稷左冲右突，犹如陷入一个巨大的漩涡中一般，使尽浑身解数，只是无法走出迷局。

挣扎了约半个时辰，后稷听得耳边鼓声渐弱，而牛角号声却漫山遍野地传来。随之，人们的呼叫声、脚步声，由远及近。后稷

[1]《山海经·大荒南经》：“有宋山者，有赤蛇，名曰育蛇。有木生山上，名曰枫木。枫木，蚩尤所弃之桎梏，是为枫木。”

他们被包围了！此时，大雾突然消失得无影无踪，魑魅魍魉也消声遁形。光天之下，只见黑压压的人群，其中夹杂着暴躁的公牛，从三面压将过来。后稷急忙招呼后退，撤离险地。正在这时，他的大队人马源源不绝地涌进山口。后稷又壮起胆来，就地摆开阵势，以待来敌。

后稷所处的位置，叫作宋山。蚩尤被黄帝抓住后，遇刑天解救，于是将枫木枷锁打开，抛向空中。枷锁随长风飞向南方，最后在大江岸边的宋山降下，落地生根，蔓延成林。东夷战败后，部分氏族向南逃亡，其中有一支九黎黄牛氏族，携带蚩尤遗物牛角冠一路迁徙，最后在宋山落脚，繁衍成一个大部落。在迁移过程中，每到一地，黄牛人不是将牛头冠掘地安葬，堆成衣冠冢，而是在地面上砌成石棺供奉起来，并把蚩尤发明制作的铜人、铜鼓，以及刀、枪、剑、戟之类安置左右。由于蚩尤牛角冠屡屡显圣，黄牛部落定居宋山后，就在谷口广场上筑坛供奉起来。此后，每遇敌人偷袭，这里都会显现蚩尤生前惯用的法术，并敲起战鼓向部落报警。大雾和鬼魅之类并不伤人性命，只是迷惑敌人而已，待部落人马集合后，便自动隐匿。看来，蚩尤的神灵还时刻护佑着他的子孙，但并不想包办一切。

黄牛部落人众在广场停下来。他们男女老少都有，手持各式各样的器械和农具，看得出，他们大部分是从田地里仓促赶来的，人越聚越多。少时，一队全副武装的队伍赶来了。他们每人牵着一头公牛，牛角上绑着明晃晃的尖刀。一位大汉剑眉虬髯，健壮如牛，头戴牛角冠，身披黑色斗篷，手持丈八金枪，肩后长弓斜挎，威若天神，手指后稷，厉声喝道："尔等是何方贼寇，竟敢来打扰我的祖神？"

"我们是朝廷官军，误入禁地，并非有意亵渎神灵，还请原谅。"经过刚才的一番折腾，后稷心有余悸，小心地说，"请问，贵地可是宋山？阁下尊姓大名？"

"不错，此地正是黄牛部落居住地宋山，本人夷诺，暂充部落酋长。”接下来夷诺反问道，“本部落并没有与中原朝廷作对，你们为什么来践踏我的家园呢？”

“末将后稷，奉命捉拿藏匿在宋山的钦犯驩兜，”后稷说，“阁下若能将他交出来，朝廷大军自然退回，绝不骚扰地方。”

“驩兜是三苗盟主，我们不出兵帮他打仗已经大不敬了，如今他逃亡来到宋山避难，怎好意思拿他邀功？如此不义之事，本人实难从命！”夷诺态度坚决地说。

“在下王命在身，若擅自放过钦犯，怎向朝廷交差？”后稷威胁说，“那就只有兵戎相见了。”

夷诺见对方兵强马壮，自己这边还没有做好准备，友邻部落的援军也没有赶到，于是说道：“祖上有遗训，保护族人的生存和利益，是部落酋长的神圣职责，我也不愿意为了一个驩兜而驱使子弟流血牺牲，甚至家园被毁，此乃大不忠也！这样吧，夷诺愿与你单打独斗，直到战死，以尽盟友之义，那时，你可以把驩兜带走，但不要伤害我的族人。如果你战败了，就请带兵回去！”

“为将者贵在运筹帷幄，调兵遣将，决敌制胜，岂可逞匹夫之勇？”后稷说，“不过，念你一片舍生取义的良苦用心，在下可以成全你！”说罢抽出宝剑，拍马上前。

夷诺用的长枪是祖传宝物，通体用青铜打造，又长又重，使起来虎虎生风。后稷的长剑虽然神出鬼没，如疾风闪电，却也难近其身。打斗多时，看看天色将晚，后稷虚晃一剑，抖动缰绳驰马绕场疾走。夷诺不知是计，挺枪追赶，忽听“嗖”的一箭飞来，夷诺被射断头上一只牛角，连王冠也被射落在地。后稷的弓箭是从娘胎里带来之物，力道强劲，指哪儿打哪儿，如有神助。他无意伤害夷诺，此举只是想警告他一下，使其退出缠斗。但夷诺并不买账。要知道，在东夷人眼里，为将者丢冠如掉头，是奇耻大辱。夷诺愤怒已极，抓起残冠扣在头上，将金枪高举过头，竟欲当作标枪掷出！后稷没想到他会来这一手，匆忙间又是一箭射去，直指夷诺握枪的手腕儿。

这一箭不仅能打掉金枪，恐怕连夷诺的手腕儿也要折断了。但是，后稷出手晚了。夷诺的金枪已经脱手。此时两人距离较近，即使后稷能够躲过凌厉的金枪，他的坐骑也难逃一劫。

就在两败俱伤之际，只听得“啪啪”两声鞭响，疾飞的大枪和羽箭同时掉头插在地上。“别打啦！别打啦！”随着话音，一个黑影飘忽而至，落在两人中间。

“摄政王？”后稷翻身下马，上前见礼。

“虞舜？是虞舜来啦！”夷诺阵上几位年长者惊喜地叫道。

不速之客的确是虞舜。原来，虞舜早年曾经跟随师父单卷，造访过散落在大江两岸的东夷部落，在宋山做客月余之久，结识了不少同龄朋友。听到后稷兵发宋山的消息后，他担心出事，便单骑狂奔而来，及时出手解除了一场即将发生的灾难。

虞舜与宋山故人一一相见，并率部将祭奠了兵圣蚩尤。夷诺为欢迎虞舜，破例提前举行每年一次的图腾圣餐仪式。黄牛是黄牛部落图腾，平时是严禁宰杀的，但在举行圣餐仪式期间，牛肉却成为人们餐桌上的美味佳肴。因为部落习俗认为，图腾对族人具有感应效果，能把自己的力量、胆气和特殊技能传授给部落男女。人们为了获得图腾超人的力量，就必须食其肉、饮其血，因此就有了每年一次的图腾圣餐节。夷诺借图腾圣餐之机，杀了数百头黄牛犒赏后稷三军，令后稷亲身感受到东夷人的好客和义气，也对夷诺舍身保护前来避难的驩兜有所理解。虞舜询问师父的下落，夷诺说，单卷不久前走访过大江南北的东夷部落，也在宋山小住了几天，临走前留下话说，今后江北将不得安宁，他要到江南去做一番堪舆，为蚩尤的牛头冠寻找一个安葬地。

“为什么？宋山这里不是很好吗？”虞舜问。

“师祖没有说明原因。”夷诺称单卷为师祖，接着说，“他总是有先见之明，我们对他的提议从来不问为什么。”

“当时师父肯定知道我发兵讨伐驩兜氏了，没有说什么吗？”

虞舜想听听单卷对时局的看法，于是问道。

“师祖说过，如果丹朱来宋山避难，让我们善待他。”夷诺说，“还说这里怕不安全，可以把丹朱一行送到江南去，那里的犀牛部落是驩兜氏的亲家。这不，稍一耽误就被你们堵住了。”

虞舜让夷诺把丹朱和驩兜叫来，当即封丹朱为丹水侯，[1]派后稷送往丹淅城安置，然后对驩兜说：“你是朝廷重臣，竟屡次反对天子诏命，接连起兵叛乱，搅得天下不宁，罪在不赦，应施以流刑。不过，犀牛部落生活在江南崇山峻岭之中，就权且当作你的流放地好了，以后不得踏过大江一步。”

驩兜诺诺连声，渡江去了。此后，驩兜又会集江上鳄、神叉三郎残部，在南荒地面建立了一个驩兜国，以捕鱼为生。后来，丹朱也率众南迁，在驩兜国落脚，因此也称驩朱国。[2]鉴于驩兜氏在三苗地区根深蒂固，影响巨大，虞舜决定把以开山犀为首的驩兜家族，流放到远在西北的三危，以分其势。[3]同时，封来自东夷族落的夷诺为方伯，成为三苗的盟主。夷诺废除驩兜氏的酷刑和苛政，推行九黎人尊重天地神灵的风俗，就是史书上说的“复九黎之德”，使三苗地区归于平静，重新成为尧舜政权的属国。

契在烈山邑清理驩兜氏档案时，发现一批驩兜与诸侯间的来往信函，其中不乏涉及反对虞舜摄政之事。虞舜指示，除共工氏孔任的来函外，其余一概付之一炬。他知道，当两种强大的势力对峙时，

---

[1]《太平御览》卷六三引《尚书·逸篇》：“尧子不肖，舜使居丹渊为诸侯，故号曰丹朱。”

[2]《山海经·海外南经》郭璞注：“驩兜，尧臣，有罪，自投南海而死。帝怜之，使其子居南海而祠之。画亦似仙人也。”此事在《山海经·海外南经》中是这样记载的：“驩兜国在其南，其为人，人面有翼，鸟喙，方捕鱼。一曰在毕方东，或曰驩朱国。”

[3]《尚书·舜典》：“流共工于幽州，放驩兜于崇山，窜三苗于三危，殛鲧于羽山，四罪而天下咸服。”又：“分北三苗。”（注：北，背也。分北三苗，即对三苗诸族区分情况、分别异地安置的意思。）

难免有人当骑墙派，这也是小国小帮的生存之术。如今三苗失败了，这些当初曾经动摇的小国之君，一定会诚惶诚恐地向自己表示忠心，如果老是抓住他们的把柄不放，反而会使其心生不测。至于共工氏孔任，早就和三苗沆瀣一气，一贯抵制自己主政，是卧榻旁边的一股危险势力，正好借此机会把他除掉。皋陶是法律专家，此时大显身手，将孔任串通三苗谋反、治水失败和鱼肉百姓等新账旧账全都抖搂出来。对孔任数罪并罚，判处流刑，其连同他的族人统统被流放到北方的幽州。

至此为止，鲧、三苗盟主开山犀、驩兜和共工氏孔任，先后被流放到东、南、西、北边远地带，史称“流放四凶”，是虞舜真正行使权力、树立权威的开始。从此以后，就再也没人敢反对虞舜了。把治水失败的鲧也划入“四凶”之列，多半是后世史家的偏见，并不一定是虞舜的意思。虞舜后来很快起用鲧的儿子大禹，说明他并没有把鲧家族看作威胁，对鲧的处理，不过是依法办事而已。

百废待兴。皋陶又推荐了礼仪专家伯夷和器械世家出身的巧垂进朝任事。他不无遗憾地对虞舜说：“现在就缺一位治水的领军人物了。我一插手才知道，不精通天文地理、山势水脉，不了解阴阳易数、河海变迁，光凭一股拼劲儿是不能胜任治水的。可惜，这样的人太难找了。”

“四岳也是共工氏的一支，素有治水传统，没有推荐人选吗？”虞舜问。

“我一个个登门访贤，他们都表示愿意参与治水，但极力推辞挂帅。”皋陶感慨说，“从女娲理水到现在几千年过去了，水患时断时续，从来就没有被制服过，治水者大都以失败告终。人力可用，天意难测呀！治水者首先要有与天斗的勇气，但要说人定胜天，难哪！”

“你这一说，让我真的怀念起鲧来了，人才难得，精神可嘉。”虞舜忽然想起什么，接着问道，“有鲧的消息吗？他沉水三年不死，竟然从腹中剖出一条虬龙来，绝非寻常之事，也许他还能复生呢！”

“我当时就让朱虎、熊罴去跟踪了，到现在都没有回来报告。”皋陶说。

“天下平静了，剩下来的大事就是治水了。”虞舜说，“把手头上的事儿安排一下，咱们去巡视江河上游水情，顺路也打听一下鲧的下落。”此时，虞舜也惦记着妹妹敤手的去向，只是没有说出口。

欲知鲧在何处，还得从头说起。当时，虬龙驮着黄龙，艰难地逆流上行。来到大伾山时，敤手在半空发现前面浊浪滚滚，旌旗猎猎，有大队水族涌来，急忙降到水面告诉宓妃。宓妃快速前行，终于在洛汭遇到了来者，原来是正在巡河的河伯！宓妃吃了一惊，本能地想潜水躲开。但她立即想到，正处于危难状态下的鲧，可能会受到河伯的惊扰和伤害，于是又义无反顾地迎了上去。

“宓妃！”河伯一跃跳到宓妃面前，惊喜地说，“宓妃，你来找我？”

“我经常从洛汭经过，”宓妃妩媚地一笑说，“一日夫妻百日恩嘛，见到你总不能像遇见狼似的躲起来吧？”

“好好好，你让我想的好苦啊！”河伯诉苦说，“为了使你回心转意，我把所有的嫔妃宫娥都打发了，好寂寞啊！”

对于宓妃，河伯本已失去信心，这时想今天太阳怎么从西边出来啦？“哦，对了。”河伯心想，“宓妃的品位很高，除了像羿、鲧这样的神中翘首、人中之龙，其余的毛神和凡人都不放在眼里。如今羿和鲧都归天了，我冰夷虽然破了相，毕竟是下界水神霸主，况且经过东海高手的整形，自己的脸面还算看得过去，她离不了男人，不来找我还能去找谁呢？”

河伯正在胡思乱想，就听宓妃说：“你要是不忙的话，就跟我到洛水去散散心吧！这里人来人往的不清净。”宓妃看看河伯的虾兵蟹将，嫌他们碍事。

“好好好，我不忙，不忙。”河伯转身对保驾大将乌游说，“你们回去吧，顺便把那件事儿办了，在极渊宫等我。”

原来，河伯把身边原有的女人都送出宫，多半是患上心理障碍症所使。因为自从被羿射瞎一只眼后，他总觉得身边那些女人在暗地里窃笑他，特别是那个游魅，竟抛弃他和巫支祁同居起来，还为巫支祁生了个儿子。一气之下，河伯把所有的女人都赶走了事。但河伯是个荒淫之徒，怎能少得了女人呢？于是又在大河两岸搜罗美女，以充后宫。昨日他在少华山下物色到一位少女，命当地长老给她斋戒沐浴，打算今晚回程时受用，没想到邂逅宓妃，并受到邀请，喜出望外，于是改变主意，命乌游先把少女带回宫去，自己随宓妃向洛水走去。

河伯中了宓妃的调虎离山计，将人马撤离大河水路。虬龙背负着黄龙，跟随鸱龟逆水而上，通过高峰绝谷、峻阪迂回的殽、函地带，在山泽稍停后，又沿渭水一路上行。此一去，有水行水，无水行陆，翻山越岭，直上昆仑。原来，陆吾要带鲧远赴昆仑，去找十巫讨要不死药，这是救他命的最后一丝希望。[1] 那虬龙一出生就经受如此磨难，竟是愈来愈健壮，愈来愈坚强，到后来，背负黄龙登高爬低、越岭跳涧，如履平地，就差腾空起飞了。

一日，一座摩天绝壁挡住去路。陆吾化作人形，对一路随行的敷手说："我们来到了穷山脚下。这穷山曾经是黄帝驻军之地，是个圣地，连狩猎的人也不敢朝这个方向射箭。眼前这个绝壁是穷山的迎门墙，山高万仞，连飞鸟都不能逾越。"

"那我们怎么办呢？"敷手问。

"这里已是昆仑腹地，你们先住下来，我去寻找十巫。"陆吾说罢，身影一晃，消失在万山中。

敷手领着虬龙走进一个山洞，打算在这里留宿，忽听一个声音传来："夫人，你看这是什么？"

敷手抬头观看，发现空中有一位年轻人和一位光华四射的丽人，

[1] 屈原《天问》："焉有虬龙，负熊以游？""阻穷西征，岩何越焉？化为黄熊，巫何活焉？"

脚踩彩云飘然而下，降落在山坡上。

大禹出世

来者是大禹和云华夫人。原来，十几年前，当鲧离开汶川老家时，他的恋人修已就有了身孕，十月怀胎，遭遇难产，剖腹产下一个男孩，口中含着一颗明珠，取名叫文命，字为密。[1]关于禹这个称呼，有两种说法。一种是说，禹是他死后追加的谥号；另一种是说，禹本来就是他的名字。原因是在尧舜禹时代，还不兴谥号，古帝王们都是以名为号的，并不忌讳直呼其名，如前面的尧、舜。到了后代，帝王死后才称谥号。我赞成后一种说法。谥号是在人死后按其生前事迹评定褒贬给予的称号，如周文王曰“文”，周武王曰“武”，等等。而“禹”是一种虫子的名字，无论文人们如何牵强附会，也无法用它来代表大禹的光辉形象。“禹”很可能是他一生下来就被称呼的名字，因为剖腹产在当时是很危险的，他的母亲会受到极大的伤害，很可能为此献出了生命，因此人们给他起了一个不雅但适应性很强的名字。而所谓“名文命，字密”等说法，倒值得怀疑是后人誉加的，当时的文字使用水平不高，恐怕没这么多讲究。大禹，是对禹的尊称，譬如“大人”“大神”等，很是古朴，应是当时人们对禹的普遍叫法。

这位云华夫人不是别人，乃是炎帝少女、女娃的孪生姐姐瑶姬。瑶姬师从神仙赤松子，通过服食水玉、入火自烧而成仙。后来，瑶

[1]《史记·夏本纪》注引扬雄《蜀王本纪》：“禹本汶山郡广柔县人也。生于石纽。”又，《史记·夏本纪》注引《帝王世纪》：“（禹）父鲧妻修已，见流星贯昴，梦接意感，又吞神珠薏苡，胸坼（chè）而生禹。名文命，字密，身九尺二寸长，本西夷人也。”

姬又拜在西王母门下，修成回风练神飞化之道，散为朝云，聚为夕雨，或龙或鹤，变化万端，道行贯通天地，成为西王母的得力助手，被收为第二十三位干女儿。云华夫人不仅容貌端庄秀丽，而且为人大方，极会处事，西王母把许多出头露面的事都交给她来办，自己乐得静心修炼。按说，西王国的女子是不允许嫁人的，至于她为什么被称为云华夫人，丈夫又为何方神圣，统统不得而知。大禹受命于天，肩负神圣使命，必赖神灵护佑。他在很小时就被云华带到西王国，修习治水之术、帝王之道，韬光养晦，以待天时。因此，禹早就把云华看作是他的严师慈母。鲧自沉羽渊之后，西王母亲自指导禹制定治水策略，让云华送他出山，继承父志。

此时的鲧，由于极度虚弱，又退化成了更低一等的动物三足龟，叫作黄能。按古老的神界说法，天神都是能变成人形的飞龙。他们的所谓死，只不过是不能飞升、不能变化成人罢了，就如前面提到的窫窳一样，只能保留一个龙身或龙首蛇身。鲧由黄龙变成低一等的动物黄能，说明他的生命又死了一回，也就是生命又降低了一个层次。至于那些修炼成人形的禽兽虫鱼、草木金石之类，一旦死去，就是前功尽弃，回到了原形。

言归正传。虬龙发现来人，忽然亢奋地昂起头来，放下黄能，谨慎地向大禹和云华夫人移动。禹急忙护在云华的前面。

“那条虬龙就是你父亲鲧的元神。”云华对禹说，“你母亲孕育了你的凡身，而你父亲则给你留下了他的元神。你吸收了他的元神，就继承了他的全部智慧和力量。去吧，去大胆地拥抱它！”

禹早就从云华的口中了解了父亲的事迹，对鲧充满向往之情，听了她的话，惊喜地大步迎上虬龙。此时，云华忽然将一颗明珠抛向虬龙和禹，口中念道：“元神归位，神禹降生！”

这颗明珠，就是大禹从娘胎里带来的那颗宝珠。宝珠在禹和虬龙之间“啪”的一声炸成粉末，将二者包围，形成一团旋转的混沌，在山谷间上下游弋。当混沌停止旋转、渐渐飘散开去时，一个身高九尺有余、目光如炬的伟岸男子已经站在云华面前。他就是叱咤天地、震撼古今的大禹！

大禹倒身要给云华下拜，被她一把拉住，说："你还是先去救你那伟大而可怜的父亲吧！"她从锦囊里掏出一个蛇卵形的东西——玉横，交给大禹说，"这玉横里装的是从十巫处讨来的不死药，你去喂给黄能吃，它就是你父亲。"

黄能萎靡不振。大禹颤抖着双手把不死药塞在它的嘴里。黄能吧嗒吧嗒嘴咽下肚去。瞬间，黄能的头变成了龙首，接着，龙身、龙爪相继显现，一条活灵活现的黄龙又出现在人们面前，昂首长吟。戮手喜不自胜，眼巴巴地盼望着鲧的复生。但黄龙连翻了几个滚，依然是条黄龙，奇迹并没有出现。黄龙发出一声叹息般的低吟，无奈地朝云华摇摇头，意思是说，不行了，变不成了。大禹和戮手明白了它的意思，一个抱住龙头、一个搂着龙身，号啕大哭起来。

"他活了，你们还哭什么？"云华夫人接着说下去，"为了让儿子继承他的遗志，鲧把自己的元神和能量传给了禹，而把个人的生命等级降到最低层次，化成了黄能。这说明鲧对治水事业的执着，我们应该赞美他的伟大。不死药已经使鲧的生命提升了一格，达到了龙身等级，这就足够了。只需再经过一个劫数的修炼，他就能恢复天神地位。这种生死劫数在神界是正常的，他现在就好像进入了休眠期，你们大可不必为他伤心。"

"那他什么时候能变成人呢？"戮手泪眼涟涟地问。

"几千年、几万年都是有可能的。不过，这在神界来说是很短暂的。"看着戮手可怜巴巴的神情，云华忽然想起什么，从怀里摸出一个蟠桃，对黄龙说道："鲧，你听着，临来时王母塞给我一个万年一熟的桃子，你吃后可以变成人身，不过桃子的能量有限，只能允许你说上一句话。可怜戮手依恋你半生，你就和她道别一声吧！"说着，亲手把蟠桃放进黄龙口中。

在大家期待的眼神下，黄龙身体一晃，变成仪表堂堂的鲧。戮手一下扑向他的怀抱。鲧抚摩着歎手的秀发刚要说什么，又忽然推开她转身急促地对大禹说："儿子，记住，要在洪水退后的淤泥地上及时播种黑小米，以解民饥……"

一句话没说完，鲧忽然扑身倒地，又化成了黄龙。黄龙向目瞪口呆的歎手点点头，表示歉意，然后义无反顾地离去。

云华无声地流下眼泪。她一手搀着歎手，一手牵着大禹，目送黄龙消失在深涧里。

"永别了，亲爱的鲧。"歎手哽咽着说。

"不，你们还有见面的机会。"云华随口说道。

"等他回来，都几千年过去了，"歎手伤感地说，"到那时，连我的坟都没有踪影了，哪里还谈得上会面呢？"

"你不会死。"云华忽然说，"你本来就是天景星下凡，是来人间传播真、善、美的。你在人间的表现胜过百世修炼，已经加入了仙家行列，今后只有劫数，没有生死了。"

"你是说，我能活到鲧再变成人的那个年代？"歎手惊喜地追问。

"当然。"云华盯着歎手依然青春焕发的脸，俏皮地说，"到那时，鲧迎回家的还是一朵刚刚绽放的鲜花呢！"

"谢谢您的指教。"歎手向云华款款一揖，转身跨上毕方腾空而起，摆摆手说，"云华姐再见，奴家陪鲧大哥去也！"

云华感慨万千，对仍然呆望着天空的大禹说："你父亲给你留下了无价的遗产，你要用治水成功来报答他。你任重道远，前行的道路上充满了艰难险阻，王母赠给你两件宝器，一件是召神令，一件是御龙鞭，为你助力。"她把一条鞭子送到大禹手上，又把一块黄、黑两色的圭玉挂在他的腰间，接着说，"这条御龙鞭想必是驾驭龙用的，遇龙方知其威力；这块召神令的咒语是这样的……"云华边歌边手舞足蹈，大禹照葫芦画瓢，一一练熟。大禹由此成了一名能够通神的大巫。他用以召神的歌吟和舞蹈为后世巫者所效仿。巫者的歌吟就是咒语，各有不同，但舞步大体相仿，后世称其为禹步。

云华刚刚交代完毕，忽听龙吟虎啸，知道一场恶斗正向这里逼近，便拉着大禹跳上一处高崖，拭目以待。

正在以死相拼的，是那位倒霉的窫窳和它的仇人陆吾。当初，陆吾用息壤把窫窳变成了岩石，在瀑布下经受熬煎。当天帝为了惩治鲧而下令收回流失在世间的息壤时，禁锢窫窳的那坨息壤也被收归大库，窫窳得以解放，恢复了自由。也是时来运转，此时十巫炼制不死药成功，为完成当年天帝交给的任务，十巫找到这里喂给窫窳一粒，使它由龙头蛇身变为龙头龙身，功力大增，但仍然不能飞天。刚才窫窳不意间邂逅陆吾，仇人相见，分外眼红，不由分说便大打出手。陆吾显现法身，虎身而九尾、人面而虎爪，与龙首龙身的窫窳打了个昏天黑地，鬼哭狼嚎。此时的鲧，就是那条黄龙，还没有走远，也闻讯前来助战。窫窳当年曾是天帝的得力助手，是一等一的天神，虽然落难，神威犹存，从山头打到深谷，力战二将，仍然游刃有余。大禹观战有时，见黄龙和陆吾不能取胜，忽然大吼一声："爹！我来啦！"甩动御龙鞭，居高临下跳将下去。

"大禹小心！"立在山头上观望的敤手惊叫。

大禹恰恰地落在窫窳身上，手中的御龙鞭缠住它的龙角。窫窳感到犹如五雷轰顶、七窍生烟，心知不妙，急忙跳出战圈，一边往山坡上奔跑，一边扭动着身躯，企图把背上的大禹甩掉。一抹红云迎面飞来，蒙住窫窳的双眼。它"咯噔"一声立在当地。

红云原来是云华抖出的红绸。

"恭喜窫窳，云华要给你披红挂彩了。"云华说。

"我窫窳倒霉透了，何喜之有？"窫窳惊惧而又恼怒地说。

"你的劫数将要结束了。"云华说，"只是还需要做一些功德，来赎回你在人间犯下的过失。天帝已经下达指令，让西王母监督执行。目下大禹要治理天下水患，还缺一件代步工具，这个机会就让给你吧！珍重呀珍重！"云华说罢，把红绸向空中一抛，化作彩云一片。大禹的一个“谢”字还没来得及出口，云华已经踏上彩云，渐行渐远，变成一个红点消失在天际。

大禹感到身下有异动，低头一看，发现窦窳已经变成一辆辇车。辇车呈流线型，可乘坐三人，铁头铜尾，下面有四条能够任意伸缩的腿，不须人挽马拉，仅凭操纵者的意念便可慢行快走、腾挪跳跃，在山地上行走起来十分方便。大禹如获至宝，欣喜若狂。有了这天赐之物代步，他将如虎生翼，驰骋于天下治水战场。

“大人请留步！”大禹思绪飞扬，正欲驱动辇车起程，忽见两人从大石后面钻出来，大声呼唤。

“你们是何人？找我有事吗？”大禹问。

“我叫朱虎，他叫熊罴，我们是朝廷派来的使者。”朱虎答道，“当今摄政王虞舜请您入朝商议治水大业。”

朱虎撒了谎，假传虞舜旨意，想促成大禹尽快进朝。

“在下刚刚出山，从来没有见过朝廷要人，摄政王怎就会邀请到我？”大禹提出疑问。不过刚一出世就引起朝廷重视，他还是高兴的，毕竟天下治水大业需要在朝廷统一领导下才能完成。

“摄政王本来是让我俩来寻找伯鲧的，”朱虎说，“看了刚才发生的事，我们认定您就是鲧的儿子，是他的事业的继承者，所以就冒昧直接邀请您了。”

“说得有理，禹十分高兴遇到两位，也无条件地接受朝廷的驱使。”大禹说，“不过，这里距大河源头不远，我想顺路从头到尾对大河水势做一番实地考察，再去觐见摄政大人，二位看如何？”

“好哇，”朱虎对熊罴说，“兄弟，你先回朝禀报，我随大人去走一遭。”

熊罴告别离去。大禹对朱虎说：“以后咱们同朝共事，你就称呼我的名字好了。”

积石山施法

欙车载着大禹和朱虎，翻山越岭向大河源头进发。一路上，它的表现一次次给大禹带来惊奇。当滔滔黑水拦住去路时，欙车连停也不停，当即从河崖上跳下，立时变作木船，劈波斩浪，逆流挺进。前方又遇到二百里淤泥地带，叫作流沙，木船瞬时变成竹橇，在淤泥上蛇一般滑行，了无声息，让以奔跑擅长的朱虎赞叹不已。行走在毗邻西王国的草原上，窫窳又变成了四轮大车，隆隆飞驰。[1] 看来大禹是幸运的，一切征兆都预示，他得到了天佑神助，治水大有希望。

前面峰峦峥嵘，郁郁葱葱，积石山到了。积石山下有一石门，河水从这里冒出来，又掉头向西而去，曲折迂回，流向东方。[2] 大禹驱欙进山，却不见河道踪迹；原来大河被整个压在积石山下，变成了阴河！眼前尽见奇花异木欣欣向荣，珍禽怪兽奔走出没，却不曾遇到一个人影。据说，在这方圆三百里的积石山中，天下万物应有尽有。但大禹治水心切，无暇欣赏，与朱虎沿山谷一路趱行，探寻大河源头。

穿过积石山，眼前豁然开朗。让大禹备感震惊的是，原本广袤美丽的高原牧场，却成了一片汪洋，远接西海。一道道山陵变成孤岛，给幸存的人们和禽兽提供了避难所。大禹乘小舟在波涛中穿行，看着那一双双迷茫无助的眼睛，听着一声声嘶哑凄厉的哀号，心如刀绞。更可怕的是，一旦此地发生地震，山崩地陷，这大河上游积洪将会从天而降，横扫神州，人民尽鱼鳖矣！想到这里，大禹心惊胆战，

[1]《史记·夏本纪》：“（禹）陆行乘车，水行乘船，泥行乘橇，山行乘欙。”
[2]《山海经·西次三经》：“积石之山，其下有石门，河水冒以西流。”

不寒而栗。积石山啊积石山，你什么时候才能开启大门，让这滔天的洪水徐徐泄入东海呢？

一个黑衣人孤零零地立山坡上，长发和黑色的斗篷迎风飘飘。终于发现了一个人，大禹喜不自胜，拉着朱虎一跃上岸，朝那人跑去。这时，后面忽然传来一声愤怒的吼叫，卷起一阵疾风。大禹回头一看，可不得了啦！原来是窫窳发疯似的扑了上来！大禹身手敏捷，左手一把将朱虎拽到身后，右手当即甩出御龙鞭，勒住龙角。窫窳委屈地趴在地上，兀自“呜呜”哀鸣，似有无限的委屈。

“你竟敢偷袭我，”大禹斥责道，“原先说好了的怎么又变卦啦？”

“不，不，……我不是……”窫窳忽然口出人言，却欲言又止，浑身发抖，不知是气极还是怕极。

“它是冲我来的，不是偷袭你的。”说话的是那位黑衣人，缓缓地从山头上走下来。

“阁下是？”大禹打量着来人问。

“应龙。”应龙说，“你一定听说过一条青蛇抢食了天神窫窳的不死药而变成飞龙的故事。现在，两位当事人都站在你面前。窫窳想吃掉我变成飞龙，升上天庭，因为我的血液里有天赐不死药。”

“你就是应龙？”大禹惊讶地说。“应龙还是我祖上句龙的拜把子兄弟呢，他的故事我当然知道！”

“你是共工氏什么人？”应龙问。

“治水的鲧是我父亲。”大禹说。鲧虽然治水失败了，但却是天下尽人皆知的名人。

“哦？鲧还留下个儿子？太好啦，太好啦！”应龙见窫窳还在怒目而视、吟啸不已，于是问道，“您先告诉我，这位窫窳老兄怎肯屈就您的代步工具呢？稀罕！”

大禹把他的经历和云华夫人的话简要叙述一遍。应龙大喜，说：“当年我曾经答应过句龙大哥，要帮助他的后代治理洪水，如今终于可以兑现诺言了。”又对窫窳说，“老兄啊老兄，没想到咱俩的事都过去了好几百年了，你还耿耿于怀。现在你应该想明白了，当时让我抢走了你的不死药，其实是天意。如果当时天帝要你立即升天，神通广大的十巫怎能会犯如此低级的错误呢？说不定是天帝让你留在人间，以躲避更大的劫难呢！能够参加治水大业，是千载难逢的积德修业机会，升天之时指日可待，你又何必舍此去铤而走险呢？何况，为了拯救你，我已经向十巫提供了三成血液，用来提炼不死药。应龙用鲜血来偿还你的遗失，还不够吗？”

“是啊，云华夫人不是说过了吗，协助我治水成功后，你就能飞升了，怎么忘了呢？再说，你和应龙决斗，又有几分胜算呢？”大禹也加入了说服队伍，他生怕失去这个得力的伙伴。

“大禹治水又有几分胜算呢？”窫窳抬起头来，口齿清楚地说，“我担心还会像共工氏和鲧一样，以失败告终。到那时，建功不成，说不定又添新罪呢！”

“老兄，你在天上人间都混过，连这点奥妙都没有看出来吗？人间的水旱冷暖，其实都取决于天意。”应龙说，“鲧治水时代，是洪水上升期，天上降雨，雪山融化，年年加码，洪水防不胜防，鲧能力再大，能斗过天吗？不过天道阴阳交替、物极必反，经过十几年的折腾，老天的脸色由阴转晴了，降水将会逐步恢复正常，大禹面临的将不是降水，而主要是地上的积水。天意难测，但人间的事情再难也是可控的。应龙愿与你冰释前嫌，从此结为兄弟，协力助禹完成治水大业，也不枉来世上行走一遭，你看如何？”

窫窳点点头，说道:“一言为定，绝不反悔！”说罢摇身化作辇车。

应龙和大禹会心地一笑，招呼朱虎上车，开始对积石山进行详细勘察。积石山层层垒垒，谷深树密，钻进去难以见到天日，犹如进入迷宫一般。大禹叹道：“积石山方圆三百里，似这等高山深壑，盘来转去，不要说穿过它辟出一条排水河道了，恐怕连路线图也很难确定下来。”

“这积石山是大地震造成的，巨石重重叠叠，工程浩大，需动员众神、众人，齐心合力才能收到功效。”应龙说，“至于引水路线，我已经勘察多次了，现在就可以把它标出来。”

应龙跳起身来，忽地化作一条飞龙，钢爪似戟，铁尾如帚，所到之处，电闪雷鸣，碎石断木，在积石山中划拉出一条痕迹。大禹随他一路行来，恰恰地到达了石门阴河出水处。

大禹大喜，正要向前祝贺，忽听一个声音羊叫似的高喊：“哪里来的恶龙，胆敢毁我青山？”

崖上立着一位人面羊身的山神，手指应龙大声呵斥。应龙经过多年修身养性，面对无端指责，也学会控制了，他收起法身，冷静地说：“我是应龙，不是恶龙。阁下是？”应龙客气地询问对方的来历。

“应龙？你就是当年砸烂琼枝树的那个应龙？”羊山神如撞见鬼魅似的跳开几步，随即破口大骂：“青山无辜，草木安分。你这个偷嘴吃的蛇虫，竟然无缘无故地毁坏山林，纯粹是吃饱了撑的。你还犟嘴说不是恶龙，我看你是头上长疮、脚底流脓，整个都坏透了……”

当初因抢吃不死药而发迹的那当子事，是应龙最忌讳不过的，不想山神偏偏就提起了这把漏壶，看来还要没完没了地骂下去。应龙再也忍受不了，大叫：“你还有完没完！”一跃上前，胳臂暴长数丈，伸手去捂山神的臭嘴。

羊山神有所防备，见应龙袭来，忽然不见了踪影，只留下了一股青烟。

“咩——”一声尖利悠长的羊叫刺破云天。原来，羊山神借土遁溜走，又在另一个山崖上冒出来，朝天发出警报。

“咩——咩——咩——”羊叫声接力棒式地传递，远山呼应。

“有麻烦了。”应龙回头对大禹说，“你躲开一点，我来对付。”说罢，他跳上近处的一个山头。大禹也驱辇登上另一个山头，拭目以待。

东边天空冒出一团乌云，掠过树梢滚滚而来。羊山神不无得意地说："应龙，你不要仗着神通广大欺负我这个小小的山神。告诉你，如今本神是西山联盟成员，本事虽小但势力强大。西山联盟有78位成员，影响力遍及西部大多数部落、氏族，即使是天神下凡，也从来不敢小觑我们。你看，我们的副盟主'飞兽之神'赶来了，要打你和它们打吧！"

云飘雾散，副盟主现身。所谓"飞兽之神"，[1]原来是长相一模一样的七头黄牛怪物的组合。它们人面牛身，却长出了一只臂膊，还拄着牛头拐杖，形状威猛。这"飞兽之神"是好斗的主，只看见羊山神朝应龙一指，说："就是他！"也不问青红皂白，便大吼一声抡动拐杖扑向应龙。

应龙何许人也，他不屑与这些毛神动手。当七条拐杖搂头砸下时，他已经骑在了其中的一头牛背上，口里还叫道："打，打，给我使劲地打！"

牛怪发现它们扑了个空，回头见应龙骑在一头牛背上笑得前仰后合，怒气大增，又转身抡起拐杖朝他一阵猛捶。

应龙早就转移到了另一头牛背上，口中依然喊道："打，打，给我狠狠地打！"

当牛怪们发现上当时，它们的一位同党已经被拐杖敲得头破血流。被打者气不打一处来，突然飞身跃起，一个"力劈华山"朝应龙当头砸下。

这一闷棍又准又狠，遗憾的是没有打在应龙头上，它们的另一位同党却应声倒地，再也挣扎不起来。

"飞兽之神"身经百战，从来没有受过如此奇耻大辱，这时终于明白遇上了高手，不约而同地从腰间取下牛角号，朝天猛吹。

---

[1]《山海经·西次二经》："其十神者，皆人面而马身。其七神皆人面而牛身，四足而一臂，操杖以行，是为飞兽之神。"

“呜——呜——呜——”号声抑扬顿挫、节奏铿锵，明显是在搬救兵。

北面，一团白云越过山顶，势若奔马。不错，的确是一群奔马。马啸声传遍长空，四面八方云山骤起，——不，也许是真山，——隆隆然蜂拥而来。

“应龙，你竟敢戏耍、伤害堂堂副盟主，闯下大祸了！”羊山神幸灾乐祸地叫道，“你看，盟主马十面亲自出马啦，这是马十面摆下的十万大山风云阵，大小神灵齐出动，你在劫难逃！”

那马十面原来是长着人面马耳的十匹马的组合，分黑、白、红三色，面相有几分温文尔雅，此时却是怒容满面，每人擎着一面旗帜，迅速分散在四周，掌控着身后兵将，步步合围。

应龙跳到大禹、朱虎身边，说：“他们采取人海战术，布下十面埋伏阵，很不好对付。我先把你俩背出包围圈，以避池鱼之殃。快！”说罢摇身变作飞龙，俯下身来。

“不！”大禹坚决地说，“打通积石山终究还要依靠当地的神祇、民众，他们既然来了，我怎能躲起来呢？我要给众神喊话。”

朱虎大声喊道：“西山盟主听着，今有朝廷大臣大禹大人，奉天子之命到此视察水灾，幸和众神相逢，很高兴同大家当面沟通，请约束部曲，就地静听！”

马十面一怔，摆旗命令停止围攻。大禹开门见山地说：“应龙先生是受我的请求，为修渠排水规划线路，不是故意破坏。”

“你有什么权力在这里开山挖渠？”羊山神抢过话头厉声质问。

“我们这里天高皇帝远，从来不听朝廷使唤。即使天子亲来，也要埋玉杀鸡祭山，得到默许后才能伐木动土。谅你一个臣子，有何资格指手画脚？”“对，对！不听他说！”“飞兽之神”欲报仇雪恨，唯恐天下不乱，一张嘴质问，六张嘴一齐起哄。

朱虎按捺不住，大声喝道：“率天之下，莫非王土？偏你积石山就不能动一动啦？”

十万大山风云阵开始骚动。“飞兽之神”举起拐杖随时准备冲锋。这里，应龙摇身变为飞龙，连窫窳也现出龙头法身，护卫在大禹两旁，严阵以待。马十面手中的令旗齐唰唰地举过头顶。千钧一发，箭在弦上。

一阵低沉而具穿透力的蜂鸣声响起，划破紧张而又静谧的气氛，抑制住所有人的冲动。大家都在悄悄地回顾左右，预感到有一种神秘的力量即将出现。

蜂鸣声来自大禹腰间的召神令。召神令是一只方形玉琮，晶莹剔透，上面镌刻着紊乱的、不知所云的花纹。自打从云华夫人手里拿到后，大禹还从来没有使用过，也不知它究竟有什么神通。此时大禹跳起舞步，念动咒语，那玉琮便嗡嗡作响，随后突然射出一束紫光，照在羊山神的脸上。羊山神惊叫一声，立即变成一只公羊，伏在地上。紫光随即一闪，又射向“飞兽之神”，“飞兽之神”发出一声沉闷的哞叫，也改头换面，现出黄牛原形，抖作一团。

眼前这一幕，让马十面胆战心惊，威风扫地，齐齐地跪下，以头叩地，哀求说：“小神不知王母钦差驾到，多有怠慢，还请原谅，但有吩咐，小神照办就是。”

大禹第一次见识召神令的威力，心花怒放：原来可以用它来役使鬼神！他立即有了主意，威严地命令道：“西山盟主听令：天降洪涛，西海泛滥，水逼西王国境，灾临昆仑圣地；牧人失去游牧之地，禽兽少有栖息之所。今命诸位神界领袖，率西山神祇、民众，沿应龙划线，劈山导河，打通积石，排水东下。此举若能成功，对上可慰王母之心忧，对下可解生灵之倒悬，功莫大焉，望好自为之！此令。”

大禹一口气发布完毕，双目神光如炬，扫向众神。

“钦差放心，小神马上去办！”马十面毕恭毕敬地齐声答应，随后又跪下恳求道，“念‘飞兽之神’和羊山神是初犯，可怜它们积千年之功才修成个人面，请予以赦免，让它们戴罪立功吧！”

“羊山神守土有责，其实，我是十分佩服他的敬业精神和胆量的。”大禹的话音未落，召神令接连闪出两束绿光，分别射向羊山神和“飞兽之神”。在众人期待之下，他们又慢慢恢复了人形头面。

华山玉女

三人乘船顺水下行。大禹提起琼枝树的事，应龙说：“当年应龙年轻气盛，一怒之下毁坏琼枝神树，留下终生遗憾。后来费了很大力气从海外找来赤泉水，才把它救活。人哪，要经过许多教训才能学会处事做人呢！”

“我刚出世，准备迎接各种挑战，希望得到您的指点。”大禹说。

“我答应过你的祖上句龙，这是义不容辞的。”应龙说，“不过，有了西王母这个召神令，你将走遍天下无阻挡。按照分工，西王母只管女仙，男仙归东王公制约，但自从他俩结合以后，男仙们也都乖乖地听从西王母调遣了。”

“我发现一个现象，”大禹说，“弟兄们多才能称霸。马十面哥儿十个，就是盟主；‘飞兽之神’哥儿七个，就只能屈居副职了。”

“这是原始以来的规矩，”应龙说，“不过‘西山联盟’的出现说明，这些山神土地也学会结党了。”

他们边说边行。应龙不时变成飞龙，修改一段河道线路。遇到部落聚集区，大禹总要上岸了解民情，宣传治水。一路上，他还虚心向应龙讨教天文地理知识，向朱虎详细打听鲧治水的情状和朝廷人事事务，牢记在心。一日来到五泉山，迎头遇到熊罴。他说，虞舜听到大禹出世的情况汇报后，要在渭水卦台山登坛拜将，授命大禹全权主持治水，请大禹速去会合。大禹邀应龙同去赴会。应龙说：“我只愿给你帮忙，不想受他人约束。从这里一直到太行山，河道虽经九曲十八弯，但基本路线变动不大。可是一过太行山，大河就迷失了方向，频频变换入海路线，酿成灾害。我想再到那里去勘察一番，规划几条路线[1]供你选择。”临别，他忽然想起了什么，说：“你的先祖句龙曾设计过一幅大河治理图，不知何时落到了河伯手里，该向他讨回来才好。”

话分两头。却说宓妃为保护鲧的安全，毅然把河伯引向洛水。宓妃主动邀请河伯到她的住处，这还是第一次。两人夫妻多年，直到如今河伯也不知道宓妃的家是个什么样子。

“看来她是真的回心转意了。”河伯得意地想，紧随着宓妃飞速奔驰，不时问上两句，宓妃也顾不上答话，大概也是懒得回答。

转过一座座山，绕过一道道弯，眼前山水如画，鸟兽成双成对，宓妃只是没有停下来的意思。河道越来越窄，水流湍急跌宕，他们来到华山之阳。

“到了。”宓妃指一指上面的一个山洞说。

“好哇，”河伯回顾四周，赞叹道，“没想到洛水之源如此幽静秀丽。”

宓妃也不答话，径直进入岩洞。河伯也随即跟进。岩洞里时阔时窄，洞中有洞，地形复杂。

“你的下榻之所在哪里呢？”走到一个三岔口，河伯发出疑问。

“就在这里。”宓妃朝右一指。

宓妃指处闪出昏黄的亮光。河伯好奇地两步跨过去，看到的是一个宽敞的所在，一颗夜明珠镶嵌在岩壁上。但当他回头招呼宓妃时，发现她失踪了。河伯终于明白，宓妃是有意把他甩开了。

---

[1] 屈原《天问》：“应龙何画？河海何历？焉有虬龙，负熊以游？”（意译：应龙是如何画地助禹治水的？江河是经历何处流入海洋的？哪儿有虬龙，背着黄熊击波游泳？）

他没有喊叫，而是化作一条青蛇，伏在地上谛听周围的动静。一粒石子的滚动声打破寂静。青蛇箭似的扑去。“哎呀！”宓妃惊叫一声，拔腿就跑。青蛇紧追不舍。宓妃清楚地知道，身后的青蛇就是河伯，但此时已经没有了回旋的余地。她凭借对地形的熟悉，在崎岖的岩洞里钻来钻去，可无论如何也摆脱不了河伯。青蛇并不去咬她，只是时不时吐出蛇信子。宓妃感到恐怖至极，几近绝望地尖叫。

岩壁上忽然钻出一匹石马，马背上还有一位瘦弱的骑士。那骑士一把将宓妃揽在怀里，又撞入另一边的岩壁。青蛇反应极快，尾随而进。马尾“噗”地扫来，蛇头一歪，只听“砰”的一声，裂缝合上，整个过程就如白驹过隙，瞬间完成。河伯一惊，恢复人形。他摸摸脑袋，庆幸没有被夹在石缝里。

“他是谁呢？”河伯不怀好意地揣测着，悻悻地按原路返回。他发誓要夺回宓妃，“任他是谁，跟我争老婆都得去死！”

其实，不速之客是个女人，且与宓妃素不相识。她叫玉女。[1]玉女与天帝同庚，应邀充当天帝的形象大使，很受天帝器重。玉女体肤圣洁如温玉，歌舞水平不亚于嫦娥，而且吃酒不醉，经常应天帝之招赴宴作陪。酒宴上都少不了一种叫作投壶的游戏，就是主人和客人依次把箭投向一只特制的敞口壶，中多者为胜，中少者就要饮酒，其规则大概像当代的划拳一样。只要有玉女侍宴，赴宴者都会喝得酩酊大醉。每当此时，天帝就乐得手舞足蹈，哈哈大笑，整个天空就如闪电一般。玉女名声远播，成了天庭数一数二的当红人物，追求者更是不计其数。玉女怜惜自己冰清玉洁的身体，不肯轻易许人。再者，她也厌倦了灯红酒绿的生活，于是来到人间，在华山隐居修行。玉女居住的地方在华山东峰左下方，峰顶有一石龟，身长二十余丈，龟背上排列着大小不等的五个圆形水坑，水色青里

[1]《神异经》：“玉女与天帝投壶，天为之笑，今电光是也。”又，张衡《思玄赋》：“载太华之玉女兮。”

透红。后人把玉女隐居的山峰称为玉女峰，据说，那五个水坑就是玉女的洗头盆。

玉女用华山石雕刻了 匹石马，权充坐骑，可以在山体间自由驰骋，此谓山遁。这日，听到大山腹中宓妃的惊叫声，玉女迅疾赶来施救，听完宓妃的诉说，很是同情，于是留她同住，暂避河伯追逐。一日两人同盆洗头，发现水中倒影十分相似，犹如一对孪生姊妹，玉女认为有缘，随与宓妃结为姐妹。宓妃是洛水女神，总是惦记着她的责任，回去又怕撞上河伯不知怎么应对，向玉女请教。玉女说："不幸的婚姻就应该果断地结束，一个如此龌龊的男人，早就应该远远地避开了。"她沉思良久，又补充说，"不过，你终究是要做河伯妇的，谁叫洛水总是源源不断地投入大河的怀抱呢！"

宓妃一脸的迷茫，说："那我该如何是好啊？"

"坚守个人的意愿，静候命运的安排，也只能这样了。"玉女说，"我在这里的行踪已经暴露，需要换个地方。南方有一座洞庭山，漂浮在水上，我在山底下新建了一所住宅，这两天就迁过去。这匹石马给你留下，你可以骑着它去视察洛水，即使遇到河伯也可以躲进山岩里。不过不要行程太远。"

玉女走了。宓妃乘石马到洛水视察过两次，倒也安然无恙。这天，风和日丽，百花飘香。宓妃正在玉女盆中沐浴，忽听一人高叫："那不是玉女吗？我可见到你啦！"

宓妃抬头一看，见东峰上一男子正大步跳跃而来，惊慌之下，急忙跨上石马遁入地下。

来者是天庭大将巨灵。原来，自从巨灵遵照天帝的命令强行收回息壤后，一直感到心中有愧。期间，两位留守人间的大神昆仑山的陆吾和青要山的武罗，连续向天庭报告，要求发放息壤以助治水、惩办腐化堕落的河伯。天帝最终批准了他们的报告，并招募新任河伯的人选。巨灵感到这是一个将功补过、消除自己心病的机会，于是毛遂自荐来到人间。其实，还有一个促使巨灵下凡的动力，那就是玉女。巨灵对玉女暗恋已久，几近痴迷。但玉女的追求者中，不乏神界名流，他们尚且被拒之门外，巨灵感叹自己一介赳赳武夫，岂能有份儿？巨灵颇有自知之明，始终不敢向玉女表白，只是把她藏在心里，作为梦中情人夜夜思念。后来听人说，在下界的华山发现了玉女踪迹，这就更坚定了他下凡的决心。如今遇上玉女，巨灵认为是天赐良机，于是一改畏畏缩缩的态度，主动出击，大有不追到手决不罢休的气概。

那石马在地下运动，总有些蛛丝马迹反映在地表，一般人不会发现，但逃不过巨灵的慧眼。他见一处树木摇摆异常，抡起开山斧劈下，山体应声开裂，果然发现了石马和它的主人。

“玉女，你不要躲着我，巨灵刚从天上来，有话对你说！”巨灵的声音柔和了许多。

“我不是玉女，你认错人了！”宓妃回答。

“我不会认错的……”

巨灵的话还没有说完，石马又钻进石缝不见了。当他又一斧子劈开山岩时，石马倒是找到了，不过已经变成了死马，而它的主人，也失去了踪影。

巨灵捶胸顿足，后悔不迭，说：“玉女，我是见你心切，并不想伤害你的石马，你可不要记恨我呀！”他失望之极，感到和玉女见面的机会再也没有了，万般无奈，只好寻路下山，赶去赴任。

巨灵被宓妃甩开，是中了她的声东击西之计。当宓妃骑着石马横穿一个岩洞时，当即跳下地来，让石马继续撞入山体奔跑，把巨灵引开。宓妃慌不择路，沿着岩洞飞奔，不想一头撞进一个大花轿里，做了笼中鸟。

原来，河伯被宓妃甩开后恼羞成怒，所有的积怨一齐涌上心头，下决心用武力制服她，好好羞辱一番。他调集人马封锁了华山之阳，派手下抬上特制的花轿守在洞口。当宓妃慌里慌张地钻进花轿时，轿门“咣当”关闭，被人抬起来就走。

翻山越岭颠簸了一夜，花轿停下来，落在船上。通过透气孔向外窥视，宓妃判断这里是位于华山之阴的山泽。这时，花轿门忽然打开，一个人被推进来，又随即关闭。进来的是个尚未成年的少女，双目紧闭，嘴唇发紫，浑身颤抖。宓妃急忙把她揽在怀里，解开衣襟为她暖身。少女慢慢睁开眼。她忽然一振，惊异地“啊”了一声。宓妃抚摸着她的头发轻声说：“别怕，我是洛水之神宓妃，是被河伯抢来的。你也是被抢来的吧？”

少女又仔细打量宓妃一阵，坐起身来说：“你好美，真的是洛神。”她告诉宓妃，她叫秦怀，家住华山脚下，一日在水边浣纱，不幸遇见河伯，被指定为新妇。在巫师和长老的监督下，秦怀斋戒沐浴，于今日凌晨被绑在羊皮筏上，推进河里，在惊涛骇浪中颠簸。“有人救了我，又把我送上大船，被关进这里。姐姐，我们这是要到哪儿去？我好害怕。”秦怀说。

“可能会被送到极渊。”宓妃重新把秦怀搂在怀里，安慰她说，“不怕，有姐姐陪着你呢。”

大船抛锚。虾兵蟹将拥簇着花轿一直沉到极深极深的水底。只听有人高喊：“新妇送到！”

“先送到鸳鸯宫，我随后就到。”宓妃听得出，这是河伯的声音。

鸳鸯宫虽在水底，却不见水，也不见天日，用贝壳砌成的墙上镶嵌着数颗夜明珠，散发着暖融融的光。这里是河伯专门迎娶新人的地方，空间不小，摆设却很简单，只有一个毛皮大铺和一条靠墙摆放的石凳。宓妃不知河伯会如何对待自己和秦怀，心中忐忑不安，紧紧地依偎着这位稚嫩的少女。

河伯踉踉跄跄地推门进来，酒气熏天。

“宓妃，我请你来看出戏。”河伯不冷不热地打声招呼，然后一把拉过秦怀，“哧啦”一声扯破她的衣衫，淫笑着说，“今天我和她是男女主角。”

“不，不！她还是个孩子！”宓妃扑上去抢回秦怀，“你要发泄兽欲就冲我来！”

“嘿嘿，你别着急，以后咱俩有的是机会。”河伯掰开宓妃的手朝墙上一靠，随即伸出两个机关，“啪啪”两声把她拷牢，宓妃便动弹不得。“你不是讨厌我玩别的女人吗？见怪不怪，看得多了就习惯了，今儿个先叫你开开眼。”说着把秦怀按在大铺上。

“禽兽！你这个衣冠禽兽……”宓妃发疯似的叫骂，痛苦地闭上眼睛。

“啪啪！”突然传来两记清脆的耳光声。只听河伯惊恐地叫道：“你，你……”

河伯秦洪海

宓妃睁开眼睛，发现河伯蹲倒在地，白净的脸上被掴出五道血印，眼睛瞪得大大的望着上方。原来，那位少女秦怀正在发生变化，柔弱纤小的她，瞬间变成了一位高大威猛的金刚！他就是在玉女峰上挥斧劈山的巨灵！变化如此突然，连宓妃也惊诧地“啊”了一声。

“姐姐，你先休息一会儿，等巨灵先把这个坏蛋处置完再细聊。”巨灵用手一指，宓妃的手铐“咔嚓”打开了。

河伯本来是认识巨灵的，刚才是被诡异的突变吓晕了。这时他从地上爬起来，大着胆子说：“巨灵！我是天帝亲封的河伯，你敢怎么样？”

“就你这德行，也配当河伯？”巨灵蔑视地说，“有什么凭证？”

河伯摸索着掏出一块绿玉，托在手里说：“你看，这是天庭颁发的符契。”

巨灵伸手一招，那绿玉已攥在手里，当他再伸出手掌时，绿玉早变成了一把粉末。

“你已经不是河伯了，本神才是河伯。”此时，大将乌游带人围在门外，巨灵拿出一枚金光灿灿的金符说，“本神巨灵奉命查办腐败分子冰夷，并取而代之，尔等乐意给我捧场的留下，愿走的自便！”

“末将认符不认人，愿为新大王牵马坠镫！” 乌游跨前一步，首先表态。

“愿为新大王效犬马之劳！”众人齐声附和。

“好，请诸位各就各位，忙自己的事去吧！”巨灵回头指着冰夷呵斥道，“如果不是亲身经历，我都不知道这坏人究竟有多坏！你还有什么好说的？”

冰夷见大势已去，立时像泄了气的皮球一般瘫软下来。他爬到宓妃脚下哀求说：“宓妃，看在当初的情分上，救救我吧！”

“当初那份情谊早就被你糟蹋光了，还提它干什么？”

宓妃朝巨灵说：“既然您是奉命来查办的，还是把他交给天庭处分吧！”

“好吧，你先去南山自我反省，不许乱说乱动，等待天庭的判罚。”巨灵瞪他一眼说，“要不是我姐说话，我就先给你去了势，彻底割掉你的恶习和怪癖，哼！”

冰夷吓得屁滚尿流，抱头鼠窜。

巨灵忽然跪在宓妃面前，说：“姐姐，巨灵只身来到人间，孤苦伶仃，你给我做夫人吧！”

宓妃吓了一跳，一下站起来，就这也不比巨灵跪着高，看着他一脸期待、渴求的样子，稳稳神重又坐下，说：“你不是正在追求玉女吗？”

“她是天上云、水中月，可望而不可即。除了自己的影子，她什么人也不会陪伴，巨灵已经决定放弃了。”巨灵说。

“玉女的选择是女人的无奈。”宓妃忧伤地说，“冰夷当初也纯朴得可爱，谁能想到会堕落到这种地步呢？”

“我和他不一样，”巨灵说，“男人也不都是一样的。”

“有什么不一样？男人得势了都是这副德行。”宓妃说。

“这……这话倒也没错。但我只对玉女痴情呢。”巨灵想一想又说。

宓妃“扑哧”笑了。

巨灵说：“你的容貌堪比玉女，你的心灵至善至美，天下的美丽都集中在你的身上，有了你的陪伴，我还有心思去打别人的主意吗？姐姐，你说过，你要陪伴我。”

“那是安慰秦怀的，不是给巨灵的承诺。”宓妃想起了船上的情景。

“我决定，从即日起，我在人间的名字就叫秦怀……不，叫秦洪海。”巨灵期待地说，“姐姐，你看我跪了这么长时间了，还需要发誓吗？”

“发誓也没有用，”宓妃说，“关键是河伯这个岗位离天太远，没人监督、管教。”

“有！”秦洪海说。

“谁？”宓妃问。

“你！”秦洪海掏出金符，恭恭敬敬地挂在宓妃颈上说，“如果我秦洪海行为不轨，你就没收我的金符，这河伯就是你了。”

“你有这个心思就行了，还是靠自我约束吧！”宓妃把金符还给他，终于吐口说，“这就是我的命吧，谁叫洛水总是投入大河的怀抱呢！”

“那么说你是答应我啦？”不等宓妃回答，秦洪海一下把她抱起来。

羿死后多年，宓妃再次领略到了男人的魅力。她好奇地问：“当时在轿子里，你怎么一点儿男人的冲动也没有呢？”

“我把自己真的当成了那个可怜的女孩儿。”秦洪海回忆说，“再说，当时我心里装的还是玉女，听说你是洛水之神，自然不会起意，后来看到你舍身救秦怀的情景，才真正地被感动了。”

“那么说，秦怀还真有其人？这里面还有故事吧！”

原来，巨灵走下华山时，经过一所孤零零的石屋，房门反锁，一个女孩儿正扒着窗户哭泣。一问才知道，她叫秦怀，是河伯强行索要的新妇，被关在这里等人娶走。

“我把你藏起来，不去不行吗？”巨灵出主意说。

“河伯说了，要是接不到人，他就水淹田地、雷击村庄，给部落降下灾害。”秦怀说。

巨灵怒火填膺，忽生一计，自己摇身变作秦怀，说:“你先藏起来，我替你去顶差，等来人把我接走后，你再回家，就说河伯嫌你丑，又选别人去了。”

秦洪海讲到这里，又说：“后面的事你都知道了，只是不知道秦怀怎样了。”

“这里安排差不多就行了，该外出巡视了。”宓妃说，“咱们路过华山时去看看秦怀，我还想认她当妹妹呢！”

河伯娶妇的传说影响深远。尽管后来河伯冰夷复任后不再频繁纳妾，但为消灾免祸，大河两岸的居民还一直在张罗为河伯送新娘，使无数青春少女葬身鱼腹。直到战国时代，魏国一位有作为的官员西门豹治理邺郡时，惩治了几位巫师、长老，才刹住这种歪风。河伯恶名远播，虽然秦洪海在河伯任内为治水做出过惊天动地的贡献，但人们只知道他是巨灵，是秦洪海，而不承认他是河伯。

大禹在渭水八卦台临危受命，提出请契、后稷和皋陶协助治水。虞舜说：“当前治水是朝廷的中心工作，我本人也随时听从调遣，何况其他人呢！”大禹得令，先点后稷和伯益陪同自己走遍大地，勘测山川湖泽，树立标记，制定出“疏川导滞、钟水丰物”的治水方针。这个方针要求各地在治水时尽力挖掘沟渠，疏浚河川，使洪水通过沟渠排进河道，流入大海，消除水患；同时，要将一些低洼地带整修成湖泊和湿地，涝时可作蓄洪之所，旱时即成灌溉取水之源，还可养殖水产。在此后的日子里，大禹不停地往来奔走，指导治水。所到之处，召鬼神、令诸侯，动员起成千上万的民众，开山挖土，疏浚河道。[1] 大河上下，轰轰烈烈，热火朝天，到处是一派战天斗地的繁忙景象。大禹指派得力专员，分别到大河沿线的几个重点部位，如积石山、龙门山、少华山和砥柱山督察工程进度。他本人每到一地，也都手执耒锸（lěi chā），身体力行。[2] 河水下游是治水的重点。大禹首先修复平原地区灾民聚居的土丘和城郭，加高加固，成为汛期民众的避难所。接着，集中人力挖通了鲧没有完成的大河分流支渠。这条分流渠，从太行山东南阪坡上的覃怀（武陟县城西南）开始，一路沿山麓高坡北上，横穿卫水、洹水和漳水等河并分流后，继续向北，最终与从西山泻下的洚水汇合，注入大陆泽。这条分水渠就是古籍《尚书·禹贡》中描绘的大禹治水路线，应该称其为禹贡河。[3] 值得一提的是，这条禹贡河竟和如今的南水北调工程路线惊人地相似，只是在横穿漳水后，南水北调渠继续沿高坡北进，直达北京；而禹贡河则偏向东北方向，携洚水注入大陆泽。对于洚水究竟在哪里，众说纷纭，实际就是邢台以南的大沙河。大沙河发源于太行山，注入大陆泽。它有一条主要支流叫浆水川。“浆”“降”“洚”音同而写法不同而已，应该是不会错的。大概是由于落差太大，山洪暴发时不遵河道，犹如从天而降，所以古

---

[1] 大禹治水详情见《尚书·禹贡》《史记·夏本纪》等书。

[2]《韩非子·五蠹》：“（禹）亲执耒锸，以为民先。”

[3]《史记·河渠书》：“故道河自积石历龙门，南到华阴，东下砥柱，及孟津、洛汭，至于大伾。于是禹以为河所从来者高，水湍悍，难以行平地，数为败，乃厮二渠以引其河，北载之高地，过洚水，至于大陆，播为九河，同为逆河，入于渤海。”作者注：《辞海》“大伾山”条云：“汉晋南北朝以今河南荥阳汜水镇西北成皋故城所在之山为大伾，见《水经注》《河水注》《济水注》及所引汉晋资料。唐以后以今河南浚县城东黎阳东山为大伾，见《括地志》等。”

人又形象地称之为“降水”，后来的人们也许是见水浊如浆，于是又写成“浆水”。浆水上还有一个古村落，就是如今的浆水镇。

禹贡河从大陆泽流出，又分多路注入渤海，最北端到达现在的天津市。禹贡河的开通，不仅减轻了大河洪水对华北平原的危害，还开通了南北航道。此后，辽河流域，以及东北亚偏远地区的肃慎国等居民，身着兽皮，满载特产，乘船穿过碣石山下的渤海水域，源源不断地驶向大河入海口，来到中原地区向朝廷进贡或进行交易。

在北引禹贡河的同时，大禹还疏浚了济水。济水发源于王屋山，注入大河后，又从荥泽溢出，辗转流经泰山北注入渤海。它的一条支流途中折向巨野泽，汇入泗水，转奔淮水投入东海怀抱。

经过以上两次分流，西来大河之水稍有缓和，但每当山洪来临，依然如脱缰的野马，狂奔而下，使故都帝丘的宗教圣地玄宫和二帝陵受到威胁。鉴于此，大禹引河水至二帝陵西南的大伾山（此大伾山在下游的浚县，不是前面提到的荥阳大伾山）后，再次分洪，在主干道上又开辟一条分支，与如今的徒骇河贯通，叫作漯水，流向东北方向，注入渤海。大河主干道则向北延伸，先后与卫水、漳水的下游合流，然后折向渤海。即使经过以上多次分洪，大河干道溃堤还是时有发生，防不胜防，令大禹十分头疼。

伯益作井

一日，大禹来到一处视察，发现这里是条沙堤，又当水流要冲，因此屡次发生溃堤。大禹打算命人到二百里之外的太行山上，去采石加固大堤。这时，一条黄龙和一只鸱龟做伴出现了。在鸱龟的背上，还堆满累累青泥。只有大禹明白，那黄龙就是他的父亲鲧，而鸱龟则是昆仑守护神陆吾，而那青泥，应该就是天帝禁用的神土息壤了。人们只见黄龙在前面开路，鸱龟尾随在后播撒青泥。[1] 泥沙大堤一经掺进息壤，就变得坚如磐石，固若金汤，变成了名副其实的金堤。青泥播撒完了，黄龙和鸱龟转身一头扎进大河。大禹飞身赶到水边，发现一枚竹简，被波浪推上岸来。竹简正面刻着八个大字“息壤开禁，随时可取”，它的背面还画着一幅路线图。大禹大喜，立即驱车前往昆仑寻找息壤。从此以后，筑城修坝再无难处，一道道金堤拔地而起，洪水也很快得到遏制。河北临西县有一处古堤，叫作鲧堤，传说是鲧修建的。后经考古鉴定，说此堤是宋代遗存。但是，这并不能否定大堤最初是鲧禹时代修建的。因为在决口处，大堤经常被夷平，甚至冲成沟壑，并在原地重新修建，鲧禹时代的夯土层当然就不存在了。

却说大禹按照“疏川导滞，钟水丰物”的治水方针，发动民众，在大河下游扇面形的平原上，疏浚、挖掘了十数条骨干河道，史称九河，导洪入海。河道之间，又十里一大渠、一里一小渠，纵横交错，布满了密密麻麻的沟洫，排出了因山洪、海浸形成的多年积水，陆地成片地显现。同时，对积水较深的低洼地带加以整治，辟成九泽，作为蓄洪之所。至此，在一般年份的汛季，大河洪峰一旦来临，就会横七竖八地被分解，在河渠泽薮的约束下流向大海。[2]

洪水退去了，在山丘和城郭里避灾的居民离水源越来越远，无法生活，于是又纷纷走下山丘，走出城郭，临水而居，既为取水近捷，也为播种、渔猎方便。殊不知，人类这种为了生存而引起的自发活

---

[1]（晋）王嘉《拾遗记》卷二：“禹尽力沟洫，导川夷岳，黄龙曳尾于前，玄龟负青泥于后。”

[2]《孟子 ·滕文公上》：“当尧之时，天下犹未平，洪水横流，泛滥于天下。草木畅茂，禽兽繁殖，五谷不登，禽兽逼人。兽蹄鸟迹之道，交于中国。尧独忧之，举舜而敷治焉。舜使益掌火，益烈山泽而焚之，禽兽逃匿。禹疏九河，瀹（yuè）济漯，而注诸海；决汝汉，排淮泗，而注之江，然后中国可得而食也。当是时也，禹八年于外，三过其门而不入，虽欲耕，得乎？”

动，又招致了洪水的报复。原来，因天时形成的洪水灾害虽然减弱了，没有再发生如鲧治水时那种特大洪水，但每隔三年两载，总有一拨较大的洪峰光临，使迁居河边泽畔的民众重新沦为灾民。

人类离不开水，又屡遭水患，视其如毒蛇猛兽。人类想水、怕水，找水、治水，这种恩恩怨怨恐怕自人类存在以来就没有间断过，今后也没有谁能够彻底解决它。不过，随着人类的进步，每个时代总会有高人出现，用智慧引导人们扩大水利而抑制水患，在一个新的平台上与水共处。在当年那场轰轰烈烈的治水运动中，正当大禹为动员人们远离洪泛区而发愁时，一项伟大的发明——就地凿井取水诞生了。凿井的发明者，就是协助大禹治水的伯益。伯益的这项发明，使人类的生存空间得到拓展，在利用水利、避水害的博弈中迈进了一大步。可以说，井的出现，使人类和水之间的关系产生了距离之美。我们在赞美大禹的功绩时，起码不要忽略这样一个事实：凿井的发明，为大禹治水的成功解决了一个关键性的技术问题。据说，伯益凿井成功，天上的龙都从云层里探出头来吟啸，神祇也站在昆仑山上惊叹，可见此举是惊天地、泣鬼神了。我们不要忘记，伯益同样是一位值得纪念的伟大的治水英雄！[1]

关于伯益当时用何种方法凿井，我们找不到任何记载。不过，绝对不是简单地就地掘坑取水，因为那样掘出的“井”很容易坍塌。古代有一种挖井方法，技术含量很高，直到20世纪50年代还在普遍使用，很可能就是伯益最初发明的。其做法是：用木板拼个圆环，平放在凿井之处。然后在圆环上用砖或石砌起一个上下直立的井筒，用草绳固定成一体，犹如拔地而起的烟囱。一副木架凌驾于井筒上方，顶端安置滑轮。一条又粗又长的绳子穿过滑轮，一端系着泥兜，下到井筒底部；另一端被十数个劳力紧紧牵拽着。掘井人把挖下的泥土装在泥兜里，呼叫一声，外面的人们便喊着号子把泥兜拉上来。

[1]《吕氏春秋·勿耕》：“伯益作井。”又，《淮南子·本经训》：“伯益作井而龙登玄云，神栖昆仑。”

随着掘进的不断深入，井筒逐渐下沉，直到井下出水，才把井筒落在较为坚硬的地层上。一口井就这样建成了。

伯益的第一口井落成后，大禹就立即动员全民打井，把临水低洼处的居民迁往高阜处或城郭里。这项工作的推进力度，不亚于挖沟修渠。因为有消息传来，积石山疏浚工程已经取得较大进展，上游排的水正在滚滚而来！大禹请示摄政王虞舜，让伯益负责放火烧荒，组织民众开辟农田，驯养鸟兽，重建家园；让后稷指导播种，筹措粮食、牲畜，以救济灾民；他带上朱虎则直奔龙门山，督察工程进度。

龙门原来也曾经水道畅通，由于地震，两岸山体滑落，把河床挤成一条窄隙，使上游蓄积成高峡平湖。眼下积石山开通，排水洪峰即将来临，虞舜带领帝都大小官员早已赶来，和民众一起缘山抢修堤堰，防止洪峰漫过孟山，水淹汾水平原。但此时龙门山的开通工程却停了下来。龙门工程负责人是豢龙氏，就是养龙专业户，后来虞舜赐其姓董，人称董父。豢龙氏向大禹报告说，从一个岩洞里钻出两只野兽，一只像野猪，巨齿獠牙；一只是青犬，凶猛无比，把施工的民工都赶跑了。在豢龙氏的指引下，大禹来到那个洞口，一股带有腥味儿的湿冷气息扑面而来。大禹把尚方宝剑交给朱虎说："你俩在洞口守候，我进洞看看。"

"不行！"豢龙氏急忙劝阻，"我带着两条虬龙进去过三次，都被赶了出来，所幸没有受伤，你一个人进去太危险。不如我再遣两条龙打头阵，咱们一块儿进去。"朱虎也坚决要求同去。

"我有护身符。"大禹亮一亮召神令和御龙鞭说，"有这两件宝物在手，一般的神鬼精怪都能降伏，何况野兽，你们放心。"

岩洞里蜿蜒曲折，如同迷宫。大禹举着火把历险探幽，行进数十里，一阵阴风吹来，火把熄灭，洞中漆黑一团，使他惊出一身冷汗。此时，眼前忽然烛光摇曳，一兽如猪，口衔夜明珠前来导引；又见一青犬边吠边行，在前开路。行进十余里，大禹已经感到昼夜不分，好像进入了混沌状态。少顷，天色微明，猪和犬忽然变作人形，身着黑衣，朗声唱道："王母使者到！"

"呜呼，梦里光阴短，醒来岁月迟。谁来了？"一个低沉、沙哑而又惊心动魄的声音传来。

大禹循声望去，发现斜上方有两只眼睛微微张开，如两颗星星，岩洞里也变得亮起来。

"啊！"大禹吃惊不小，差点叫出声来。盘踞在他面前的竟是巨大的人面蛇身怪物，不，是传说中的伏羲！是伏羲的法身！

大禹何等的机警，当即跪地叩首，说："始祖在上，后辈子孙禹前来拜见。"

"禹？你来干什么？"伏羲困惑地说，"事先说好是由鲧来叫醒我的。"

"我是鲧的儿子，是接续父亲治理水患的。"大禹禀告说，"如今龙门不开，水泄不畅，施工受阻，禹是特来向始祖请教解难之策的，望宽恕打扰之罪。"

"后生可畏，邀功心切。"伏羲指着侧面玉壁上的八卦图，对大禹说道，"不止不行，不塞不流。你看，时限未到，你莫要着急。"

"上游特大洪峰已经到来，将漫过孟山，威胁帝都，龙门不开，危害大矣。望始祖垂怜苍生，予以关照！"大禹不解其意，怕错过机会，迫不及待地请求说，叩头出血。

这时，大地忽然颤抖起来，从远处传来沉闷的隆隆声。

"好，好，来得好！来得好！"伏羲忽然动了一下蛇身，目光如炬，洞中一派通明。他拿出一块碧玉，光可鉴人，伸出长长的手臂递给大禹说，"它叫玉简，长一尺二寸，合十二时之数，可用来度量天地。现在你先帮我个忙，立即去山泽测量一下它的水深，不可有误。玉简用过之后，就留给你作为纪念吧。"[1]

大禹还想问龙门山施工的事，只见伏羲两眼一闭，洞中立即漆

[1] 禹凿龙门遇伏羲的故事见《拾遗记》。

黑一团，再也听不到声音。大禹无奈，只好在猪、犬的引导下抄捷径走出岩洞。

洞口围满了人，见大禹出现在面前，发出一阵欢呼。朱虎扑上去，跪在地上抱着他的腿号啕大哭。原来，大禹在岩洞里已经七天七夜，朱虎和豢龙氏几次带人进洞寻找，都被猪、犬逐出，还以为大禹失踪了呢！在此期间，洪峰几次漫过龙门山倾泻下去，今日刚刚平稳了些。所幸的是，孟山堤堰被匆匆赶来的黄龙、鸥龟加高加固，使洪水没有向汾水方向溢出，帝都无恙。大禹没有来得及讲述他的见闻，便招呼朱虎跳上辇车，向下游的山泽赶去。此时他领悟了，伏羲让他去测试山泽水深，一定有其深意，万万耽误不得。

极渊是个与世隔绝的幽冥水府，光阴不与日月轮转同步。秦洪海和宓妃只在府中盘桓了三日，世间已过去三年有余。这日，他们乘坐龙车浮出山泽水面，但见水势浩荡，大异于以往，水位逼近位于高坡上的村舍，曾经关闭秦怀的石屋被深埋水下。秦洪海大声呼唤秦怀的名字，不见一个人出面。好一会儿，才跌跌撞撞地爬出一位人面牛身的山神来。山神告诉秦洪海，前几天水位突然上涨，巫师认为是秦怀逃婚惹的祸，于是又把她关进石屋里。谁知第二天大水就淹没了石屋，还在一个劲儿地上涨。现在的水位已经超过了祖先迁居以来的最高线，村民们都搬走了。“这些天降雨并不多，都是上游大量放水造成的。”山神补充说。

“上游的水总是要放下来的，关键是山泽被太华山拦截，出水不畅，造成水位暴涨。”宓妃对大河中下游的形势比较熟悉，介绍说，接下去又感慨道，“秦怀小姑娘虽然躲过了人祸，却没能逃脱天灾，可怜哪！”她说起秦怀，不禁哽咽起来。

救秦怀、捉冰夷、娶宓妃，是巨灵来到人间的几步连环妙招。他满怀希望地来找秦怀，是想给这段凡间精彩画上一个圆满的句号，结果却大失所望，又见爱妻如此哀伤，更激起一腔悲愤。但周围并没有发泄的对象，他一把推开山神，拉起宓妃说：“走，到太华山看看去！”

太华山和中条山犬牙交错，紧紧相连。河水在两山之间窄狭的山谷中辽回东去，拥挤而湍急。两岸民工如蚁，个个手持青铜制作的斧、锤、钎、铲，挖山不止，偶尔有人使用一两件铁器，也属凤毛麟角。这里的岩石坚硬无比，锤敲钎凿，往往只能见到一串火花、一条白痕。人们燃起火来焚烧岩石，然后泼水激裂，一块一块地剥离，工程进展缓慢。

“如此下去，何时才能拓宽河道？待我试试看。”秦洪海观看良久，忽然发话。他活动一下手脚，运起坤元神功，浑身骨节有节奏地响过两遍，飘然腾空而起，竟如飞燕一般。当他落下时，已经变成一位巍巍巨人。只见他斜跨在峡谷间，两手摁着右边的山腰，双脚抵住左边的山脚，咆哮如雷，身躯慢慢变大，硬生生地将山体撑裂。随着身躯的增长，分成两半的山体徐徐背向滑开。[1]

地动山摇，惊心动魄！一名盖世英雄横空出世！宓妃惊呆了，旋即驱动龙车靠上前去，她要好好见识一下这位与自己同眠共枕的天降神勇。秦洪海浑身汗如雨下，泼洒在宓妃身上。

在山呼海啸中，秦洪海身长增至数百丈，两山后退，让出一条宽阔的河道，山泽洪流犹如山倒天塌一般倾泻而下。

“行啦！行啦！歇歇吧！”宓妃心疼自己的男人，大声呼喊。

秦洪海的吼声戛然而止，偌大的身躯忽然缩成一个小团，跌进滚滚洪流。

“秦洪海——我的天哪！”宓妃眼前忽然闪过鲧跳水那一幕，惊叫着闪电般地扑过去，一把捞起秦洪海，把他救到岸边岩石平台上。

一个顶天立地的巨人，刹那间萎缩成一个小人儿，模样和情态

[1]（晋）干宝《搜神记》卷十三：“二华之山，本一山也，当河，河水过之而曲行；河神巨灵，以手擘开其上，以足蹈离其下，中分为两。以利河流。”又，（唐）李白《西岳云台歌送丹丘子》：“巨灵咆哮擘两山，洪波喷箭射东海。”

竟和当初的秦怀差不多，双目紧闭，面色蜡黄，浑身冰凉。宓妃把他紧紧地搂在怀里，希望用体温把他暖醒。

“秦洪海，巨灵，你醒醒！”宓妃一遍又一遍地呼喊着，眼泪啪嗒啪嗒落下来。

秦洪海睁开眼睛，仰起脸木然地问，“宓妃，是你在喊我吧？”

宓妃声音颤抖地问：“秦洪海，你怎么变成这样了？”

“唉，刚才体能支出超常，突然收功产生虚脱，元神出窍，竟往天庭奔去了，要不是你呼唤，还不知道回头呢！”他重新把头埋进宓妃怀里，说道，“这里才是我的天堂，我哪儿也不去。”

龙门大开

当大禹赶到山泽时，发现华山移位、河道大开，水位在急速下降。那玉简忽然自动伸长，直插到水底，竟然是一支测量水深的标尺。当水位降到一条红杠杠时，标尺立即发出一波波亮光。大禹正在惊奇，忽听龙门山方向雷声轰鸣，紧接着又是一阵地动山摇。大禹感到了某种神奇的出现，匆匆赶到华山脚下。太华山与中条山已被硬生生地分开，只见右面山腰上赫然显示出一双巨人手印，左边山脚下留有一对硕大的足迹。河水滚滚东去，眼见山泽水面急剧缩小。大禹想，此时才是开通龙门泄洪的好时机，于是顾不上考察太华山分开的原因，便逆流北上，向龙门山进发。

大地传来隆隆声响，由远及近；天边浊浪干云，汹涌而来。大禹不知何故，急忙变船为辇，登上河岸沿着崎岖的山路飞奔。几匹快马迎面驰来，原来是摄政王驾到，皋陶、契等几位大臣随待在侧。大禹急忙下辇，迎上拜见。虞舜说，龙门山忽然崩塌，从山体中钻出一条飞龙，左冲右突，辟出一道一百二十步宽的泄洪口，然后直上高空。现场的目击者发现，在龙须上还攀附着一猪一狗。

大禹心头一亮，忽然明白了其中原委，向虞舜禀报说："臣前日在龙门山洞穴里拜见了伏羲，看来他在这里已经蛰居多年了，专门在此时此刻辟开龙门、白日飞升，大概也是想为后代的治水解决最后一道难关吧！"

"山泽情况如何？"虞舜关切地问，"上游水势浩大，如今龙门洞开，洪峰突至，山泽必将暴涨，水漫蒲邑，那里可是天下粮仓啊！我要去视察那里的堤防。"蒲邑岂止是粮仓？那里还有虞舜的家。

"摄政大人放心，山泽出口已被拓宽，排水顺畅，可保蒲邑无恙。"大禹说，"不过我还没有打听明白，究竟是哪位天神帮的忙。"此时大禹意识到，原来伏羲早就预测到有天神来开辟太华、中条，临时抓差派他到山泽探察，并用玉简传导信息，以确定打开龙门的时刻。算计之精准，真令人匪夷所思。

"啊，竟有这事？"虞舜大为惊喜，瞥一眼呼啸而至的洪峰，忽然又想起一件事，急促地说道，"我们必须赶在水头之前到达洛汭，天子每天都到位于河岸的祭坛观察水情，洪峰如此之大，怕有危险！咱们一起往下游去吧！"

大禹随虞舜沿河下行，再次经过山泽时，忽有一条白面长人鱼跃出水面，曰："吾河精也。"随即将一张羊皮图纸抛给大禹，悄然还入水中。[1]大禹打开一看，原来是先祖句龙绘制的那幅河图，大喜过望，拿来与虞舜共同观看。

"大河干道虽已疏通，但支流众多，水势险情尚不明了。"大禹说，"如今肴函、砥柱均已拓宽，下游九河疏通，泛区业已坚壁清野，可从容排洪入海，有后稷和伯益在那里指挥，可保无虞。臣想趁此机会到上游走一遭，一并排除各支流上的堰塞湖，消除隐患。"

---

[1]《尸子》（辑本）卷上："禹理水，观于河，见白面长人鱼身出，曰：'吾河精也。'授禹河图，还于渊中。"（引自袁珂《中国神话传说词典》）

“好，毕其功于一役，功莫大焉。”虞舜赞道，“我派契和皋陶参与这里的灾后重建工作，你放心去巡察吧！”

原来那条白面长人鱼就是冰夷，由于失去了河伯的职位，所以自称河精。当年，时任黄帝后土大臣的句龙，曾委托冰夷把河图交给治水的后代。冰夷不乐意交给鲧，但最后还是践行了诺言，交到了禹的手中。只因这一念之善，冰夷后来又度过厄运，官复原职。这是后话。

帝尧敬畏上天。他认为，人的成败得失、王朝的兴衰存亡，都是由上天的态度决定的。百岁之后，这种信仰更是坚定。他的后半生一直浸泡在洪水灾害里，因此认为自己的天命不好，是天帝降下灾祸在惩罚他。当初他反对起用共工和鲧，不是怀疑他们的能力，而是担心他们的天命。最后，帝尧按照自己的目标精心选择和培养了虞舜。在虞舜通过了大麓的烈风暴雨考验之后，帝尧放心地认为，他的确就是自己所寻求的那位能够承天启运的接班人，于是不顾族人和一些诸侯的强烈反对，把权力交给了虞舜，并以百岁之躯驰骋沙场，征服三苗，为虞舜登位撑腰铺路。帝尧本来以为，把虞舜扶上台后，上天就会满意了，人间就会平安了，自己也可以放心地颐养天年了。但是，特大洪水的降临、鲧的治水失败，使帝尧的美好愿望变成了噩梦。帝尧虽然预测鲧不会得到上天的护佑，但他理智地认为，如此严厉的惩罚却不是因为鲧，而是针对他和虞舜而降临的。自己仍然坐在天子宝座上，当然责无旁贷，上天挞伐，也顺理成章。但虞舜已经摄政，对天下生灵的生存负有义不容辞的责任，难道上天对他也不关照和呵护了吗？帝尧被一种不祥的感觉所困扰，征三苗回来，便大病一场。病愈后，本来精神矍烁的他，一下子变得老态龙钟起来，反应迟缓、步履蹒跚、双耳失聪，像换了个人似的。按帝尧原来的计划，在征服三苗、给虞舜撑开局面后，他要彻底告别人世纷扰，从此进入隐者的世界。但是现在，他放心不下了。他担心，即使虞舜再能干，如果得不到上天的青睐，天灾人祸也会不断地降临人间，他百年来创建的江山就会受到创伤，他的臣民还会遭受没完没了的灾难。

帝尧不再提归隐的事。他指示在洛汭岸边依山修了个祭坛，在祭坛后面的山坡上结庐为居，每天三次登坛祭拜天地河神，为民祈福，除此之外就是在草庐里静修。帝尧之所以执意守在这里，还有一个不为人知的秘密：他要亲自观察洪水灾害的动向，由此判断虞舜的天命，以行使最后的决定权。帝尧虽然不过问政事了，但还是天子，以他近百年执政的权威，对天子的继承人仍然有着不可替代的话语权。

虞舜命纪昌和鸿钧陪侍、保护帝尧，并派篯铿给他专门做野鸡汤。帝尧的子女中除丹朱之外，娥皇、女英与她们的哥哥们也经常去探望，屡屡劝其回都，帝尧只是不从。也是因为耳聋，过去从谏如流的帝尧，如今任谁说话也听不进去了。期间，虞舜曾带大禹来参见，连说带比画一通，帝尧终于明白了大禹是虞舜新任命的治水官员，于是说了一句耐人寻味的话："会不会治水在禹，能不能治水在舜。以后就看你们的了。"

尧坛的高度，恰与上次特大洪峰时的水面持平，帝尧以此直观地判断水灾的走势。这几年，每到汛期，洪峰照样光临，但都没有淹没祭坛，甚至还有逐年降低的趋势，这使帝尧得到不小的安慰。

"虞舜还是有福气的，朕没有看错人。这不，轮到他主政，洪水开始收敛了。"篯铿是帝尧的修行伙伴，有时会听到他发出这样的感慨。这无疑是帝尧的美好愿望和真诚的祝福。但是，历经沧桑的帝尧心里明白，天心难测，天气变化无常，灾难不知何时就会发生，对虞舜的考验还不能盖棺定论。他依旧每天诚惶诚恐地祭拜天地神灵，不敢稍有懈怠。

帝尧担心的事情终于发生了。这天，他独自一人拜罢天地，站在祭坛上远眺长河落日，忽见天边浊云翻滚，如山一般压来。少时，顿感脚下不停地震动，水流加速，原来来者不是云山，而是特大洪峰！帝尧这一惊非同小可，大叫一声：“哎呀！天哪，你是在惩罚哪个呀！”一口鲜血喷在水里，摔倒在地。原来，这场洪水并不是上天重新降下的，而是巨灵开山后排放的山泽积水，帝尧对此并不知情，以致造成了无法挽回的局面。

“陛下……”纪昌从后山打猎归来，忽听响声隆隆，抬头望见巨浪已经接近祭坛，惊呼一声，随即抛下猎物纵身跃下。当他一把捞起帝尧时，发现抱着他爬坡上岸已经来不及了。恰在这时，打柴归来的鸿钧也呼喊着落在祭坛上。两人架起帝尧腾空跃起，落在高处。回望身后，那祭坛早已被浊流毫不留情地吞没了。篯铿正在熬野鸡羹，听到声响，拿着勺子跑了出来，急忙招呼着把帝尧安置好，把脉诊视良久，说:“陛下忧虑过甚，集结于胸，今日受到极大的冲击，身心崩溃，魂魄逃离躯体。不过暂时无碍，需精心调养。”

当虞舜一行赶到时，帝尧已经清醒过来，只是身体虚弱，靠了雉羹的营养才勉强支撑着坐起来。他盘膝靠在大树上闭目沉思，时而望一眼滚滚洪流，双眉紧蹙，一言不发，俨然一尊雕像。

侍候在旁的篯铿轻轻推了他一下，帝尧慢慢睁开了双目。

“知道了，退下吧！”帝尧扫了虞舜一眼，只说了六个字，便又闭目养神。

在场的群臣心里荡起一阵涟漪。因为“知道了，退下吧”这句话，是帝尧朝会时的一句常用语。一名大臣上奏后，如果帝尧觉得他的发言没什么可取之处，就用这句话把他打发了。但对虞舜的话，帝尧从来都听得认真，并且经常与其进行讨论，态度亲切而又透露出尊重，这是臣僚们尽人皆知的。今天怎么啦？怎么虞舜还没说话就被打发啦？大家莫名其妙，面面相觑。

虞舜刚站起身来，帝尧又说话了：“丹朱呢，丹朱怎么还不来？”

这一下更让臣子们震惊了。因为帝尧很少提起丹朱，即使提到他，也是批评为多。在场的人都有一种不祥的感觉，不约而同地把目光投向虞舜。

虞舜面色平静。他虽然长期被作为接班人来培养，但头脑并没有发热，而是越到后来越冷静，言行也越发得谨慎。他设想过各种不利的结局，也许现在序幕刚刚拉开。虞舜也是相信天命的，决定以不变应万变，只要帝尧还活着，就要按他的指令行事，让上天决定自己的命运。虞舜唯一在乎的，是娥皇、女英的态度。一次他半开玩笑地说："如果以后我失宠了，被赶回历山躬耕垄亩，你俩还会跟我回去吗？"娥皇诧异地回答："我俩决定嫁给你时，你不就是个种田人、打鱼人、制陶匠吗？已经做夫妻这么多年了，你回去干老本行，我们为什么还要离开你呢？"女英的表态更干脆："嫁鸡随鸡，嫁狗随狗，你走到哪里，我就跟到哪里，你干什么营生，我就帮你干什么。只要你不变心，这辈子我是不会再跟别人的了。"

此时此刻，娥皇、女英的声音在耳边回荡。虞舜扫一眼众人，手指熊罴说："兄弟，你走路快，速到丹淅请丹朱到这里来。不，请他直接去京都，我们要把陛下送回京都去。"

"是！"熊罴拔腿飞一般离去。

虞舜指挥众人砍树削竹，扎起一顶山轿，正打算设法动员帝尧上轿，忽听怒涛咆哮，大地颤抖，第二拨洪峰又到了。他测算，这应该是龙门泄洪了。此时空中响起一个炸雷，倾盆大雨铺天盖地浇将下来。帝尧忽然腾地跳起身，手指天空大声呼叫："苍天啊苍天，你还有完没完？你要是看着哪个不顺眼，叫他下台行不行？你要是惩罚我，我死给你看行不行！民众何罪，天下生灵何罪，似这样一拨又一拨地山洪暴发，哪年哪月才是个了结？你说！你说话呀！"

帝尧从来没有发过这么大的脾气，无论是对人还是对天。这一次，是几十年来洪水灾害压在他心头的积虑、积愤的总爆发。看来，为了抑制洪水，他把自己的生命都押上了，也不怕得罪上天了，当然就更不怕得罪哪个人了。人们听得出，他所指的"哪个"人，当然是摄政的虞舜。

雷停了，雨住了，帝尧发泄完又一下瘫坐在地上。虞舜等人要把帝尧抬上山轿，帝尧一把推开他们，气呼呼地说：“要把我弄到哪里去？”虞舜告诉他，但他听不见。篯铿急中生智，在他的手掌上画了一个“家”字。

“哪里也不去，就蹲在这里，看洪水还有没有完的时候。”帝尧想了想又说，“你们要是肯帮忙的话，就抬上我，跟着这洪水走。朕要去下游看望在洪水中挣扎的人们。朕没有运气、没有本事拯救他们，就和他们一块儿去死，谢罪天下！”

“这……”虞舜沉吟，不知该不该听命。

“臣看可以。”契说，“下游治理有成，土地或许被淹，人民生命无虞。他亲眼见到，也许会宽心些。”

“听口气，他是怀疑上天降灾惩治人间，但眼下这拨洪峰是人为排放的，是治水的胜利。但我们给他老人家说不清楚，也只好让他去看个明白了。”皋陶插话说，“要是硬把他送回帝都，恐怕对他、对时局都不好。”

虞舜听出了两人的话中话，点点头。篯铿拿起帝尧的手，指向急流奔去的方向。

“走！”帝尧又腾地站起身，竟大步走动起来。虞舜急忙与人抬起山轿，跟上他的脚步。

帝尧之死

西来之水被节节分流，导向九河，注入九泽，然后分头奔向大海。宽广无垠的大平原、大大小小的河渠沟洫，让一路奔腾不羁的“野马”终于学会了一点儿斯文，开始有所收敛。帝尧在群臣的拥簇下乘船顺流而下，不时遇见满载着粮食和猎物的船只，驶向城郭和丘台，救济在那里避难的灾民。经询问得知，粮食是后稷从非灾区征调来的，猎物是伯益组织人在山地围猎所得。一路所见让帝尧大为震惊。从他断断续续的自言自语中，臣子们听出了这样的意思：在人和洪水的长期斗争中，如今终于在这里打了个平手。但是，如果天不佑人，继续连降暴雨，导致山洪频发，即使再加倍努力，民众也难以安居乐业。看来，笼罩在帝尧心头的那个魔咒并没有解除。他赞赏与天斗，但更希望取悦于上天。在帝尧看来，眼前的一切，再次证明了虞舜确有智慧和能力，作为一个治世能臣已经足够了，自己至少选对了一半。但是另一半，就是虞舜是否能够得到上天的赏识和佑护、能不能做一个货真价实的真命天子，却令他感到越来越迷茫了。

由于受到巨大的精神压力和劳累，这位一百一十六岁的老人已经身心憔悴。虞舜几次要靠岸进城休息，都被帝尧制止。他要尽量多地巡视一些地方，看看洪水造成的灾害有多大。他时而兴奋时而萎靡，时而清楚时而糊涂，但对那个事关天下安危的接班人问题，却始终没有间断过思考。

如果虞舜没有做天子的命，那么传给谁呢？帝尧千百次地问自己。当初有个卜者曾经说过，他的九个儿子中，只有丹朱具有帝王命。但帝尧认为丹朱修为较差，而且能力不足，虽有大臣推荐、夫人唠叨，却一直不被他看好。如今到了生命的最后，帝尧对虞舜的怀疑却越来越深，接班人出现危机，于是丹朱的样貌又在他的脑际浮现。帝尧联想到，上次那场毁灭性的洪水，是在他讨伐丹朱时发生的，“莫非丹朱真的有天子命？难道是我对他的讨伐引起了上天的震怒，上天才降下特大洪水惩罚我的？”他反复地、默默地问天、问地、问自己，痛苦地思索，却始终得不到答案。但是，有一点帝尧是十分清楚的，那就是丹朱确实欠缺治世的本事，和虞舜比相去甚远，把天下交给他实在放心不下。可是，他万一真的具有天子命相呢？帝尧脑际灵光一闪，忽然发现一对组合，堪称完美。那就是，把天子之位让给丹朱，试一试他的天命，而让虞舜继续摄政，发挥他的治世才能。这样做的另一个好处是，可以和谐东西南北几大族群的关系，在自己身后维持天下太平。这事做起来并不难，难就难在他们两人能否相互配合了。一山容不下二虎，历史上是有教训的。当初炎帝遁世，黄帝摄政天下，聘请蚩尤统帅军队，两者强强联合，可谓天下无敌。但好景不长，一朝分手，便成寇仇，搞得天下大乱，黎民涂炭。帝尧想到这里，不寒而栗。他打算把虞舜和丹朱叫到一块儿详细谈谈自己的想法，看看他们有什么反应再做决定。

鉴于帝尧的身体状况，虞舜决定停船登岸，在一个城郭休息。这个城郭坐落在九河之一的漯水河湾上，它的一面城墙就是金堤。这一次帝尧没有反对，他提出要在这里见丹朱。契和皋陶都感到不妙，认为丹朱到来之后，帝尧有可能当场封坛祭天，把天子之位传给他。这是有违天下百姓心愿的，也不符合帝尧的初衷。他们主张应执行帝尧清醒时的旨意，而不应当按照他糊涂时的言语行事，建议阻止他们父子会面。虞舜说：“我不敢断定自己就是上天之子。如果我没有这个福分，硬靠强势手段登位，就会像被架到火上烧烤的麋鹿一样受煎熬，天下黎民百姓也会跟着我遭罪，何苦呢？如果丹朱是真命天子，我们做他的臣民又有何不可呢？”他立即派人分几路去迎接丹朱。

帝尧心力严重衰竭，自知来日无多，口中一直念叨着丹朱的名字，坚持要登上城墙等他前来。虞舜只好在城墙上搭起帐篷，率领众人陪帝尧日夜守望。这日，风大浪急，乱云飞渡，远远望见上游一个白点在浪涛间起伏，少时便驰近城边。“来啦，来啦！丹朱来了！”众人齐声呼叫。帝尧看得清楚，来者是他的白马骊龙，骑手正是丹朱！他调动全身最后一点儿力气站起身来，扬起胳膊向丹朱频频招手。

看到帝尧，白马忽然亢奋起来，扬起前蹄昂首长啸，一跃窜上城墙，围着帝尧“咴儿，咴儿”直叫。而马背上的丹朱却不见了，早已被它抛下了滚滚洪流！

“噫！”众人惊诧莫名。虞舜一怔，旋即飞身跨上白马，追波踏浪，去寻找丹朱。

波涛拍打着城墙，好像在和帝尧叫板。帝尧忽然明白，自己最初的选择也许是正确的。丹朱的确不是天子的料。在关键时刻，连白马骊龙都会抛弃他。而虞舜则能驾驭一切，包括自己的白马骊龙。一代涵养如天、和谐万邦的帝王，放下了最后一点儿牵挂，平静地闭上双眼，倒在籛铿的怀里，走完了他一百一十六年的人生路程。

虞舜在对岸的河曲处发现了丹朱，就近拖到一个丘台上将他救醒。此时，白马忽然昂首长啸，撇下二人，掉头返回了。虞舜望着滚滚洪流发呆。他惦记着帝尧，不知能不能让帝尧最后见上丹朱一面。

“听天由命吧，反正我这个做儿子的早就有了不孝的名分。”丹朱从腰带上解下两个锦囊，说道，“反正走不了，咱俩不如弈盘棋打发时间吧。我好长时间没遇到对手了，寂寞啊！”

虞舜的棋艺受单卷亲传，本在丹朱之上。每年给帝尧拜寿时，两位高手都要过过招，以博帝尧高兴，结果虞舜总是胜多负少。但今天他心中有事，不时走神，就不免落了下风。“你一生好强，总是高我一筹，以后咱俩对弈的机会也不多了，可不要把最后一盘棋输给我呀！”丹朱说，似乎话中有话。

“运气也不总是在我这边，咱俩的成败总也逃不脱天意吧！”虞舜的话也很耐琢磨。

就要收官了，丹朱望着举棋不定的虞舜，不无得意地说：“我丹朱今天时来运转，你要扳回已经很难了！”

“等一等，这里还有子可下，胜败还难说呢！”虞舜说。他的棋子还没有落下，棋子大的雨点忽然砸在棋盘上，一阵狂风骤至，竟把羊皮棋盘卷进河里。

“哎，到手的胜局变成了和局，我认命了。”丹朱失望地说。这时，白马又返回来，长啸几声，忽然化作骊龙，回归东海。虞舜和丹朱都意识到，帝尧升天了。

后人称帝尧逝世的这个小城为尧王城，称丹朱滞留的这个丘台叫郾朱。尧王城和郾朱都在如今的山东省鄄城县境内。《竹书纪年》上说，虞舜把晚年的帝尧囚禁起来，并设置障碍阻止丹朱和他的父亲相见。[1] 但以《史记》为代表的主流舆论，却坚持认为尧与舜之间的交接是完美的禅让。

帝尧死后，人们像死了父母一般悲痛。朝廷颁诏为帝尧举哀，三年不许演奏音乐，四海之内一片寂静。丹朱在帝尧冢前搭建草庐，为父亲守丧三年。虞舜提出，守丧完毕后要拥戴丹朱为天子，以实现帝尧临终的心愿。契、后稷和皋陶几位重臣商议后宣布："当初天子陛下曾经说过，天心即民心，天意即民意，谁能得到民众的拥护，谁才有资格践天子大位。如今丹朱要为天子守制三年，朝廷决定，三年之后，根据二人的民心向背，再商议天子大事。此期间，各路诸侯、朝廷臣子，务必在摄政王的领导下敬天礼神、守土爱民，尽职尽责，以报答帝尧隆恩。"

却说大禹仔细研究过句龙留下的河图，发现图中涵盖了河、济、江、淮，即所谓"四渎"的广大流域，山、川、湖、泽处处标识得一清二楚。他决定全面治理"四渎"，从此开始了以治水为主要宗旨的巡行活动。依赖神异的交通工具，在不到三年的时间里，大禹走遍了长江上下，大河南北。所到之处，他都要带上地方首脑，遍访民间贤达，与他们一起考察山川形势，谋划治水策略。大禹聚集了一大批青年才俊，并在这些新秀中选拔地方治水领军人物，向他们传授为人之道和治水知识，授予其符契，赋予可在当地调遣人、财、物的权力。这批干将成了大禹的忠实追随者，依靠他们的努力，治水运动得到广泛深入的开展，并最终成就了大禹的事业。

[1]《括地志》云："故尧城在濮州鄄城县东北十五里。竹书云昔尧德衰，为虞舜所囚也。又有偃朱故城在县西北十五里。竹书云舜囚尧，复偃塞丹朱，使不与父相见也。"

这天大禹来到泗水，发现一道大坝高耸入云。登上坝顶，浩瀚无垠的堰塞湖涌到眼前，座座山头变成了孤岛，漂浮在碧波之上。俯瞰下游，河滩由窄到宽延伸开去，一条从坝下渗出的溪水潺潺流淌，滋润着连片的草地和农田。河滩两旁，错落有致地分布着九个山丘，绿树掩映，炊烟袅袅，鸡犬之声不时随风传来，看上去是个人烟稠密的地方。原来，自从共工氏的一支孔任被流放以后，生活在九土上的其他共工家族怕殃及池鱼，纷纷迁来这里投奔相柳，分别在九个山丘上定居，并推举出自己的氏族或部落首领。神话中所谓相柳“九首，以食于九山”之说所折射的实际情况就是如此。堰塞湖大坝是由于山体崩塌而成的，坝体宽厚，高低不平，其上有人工修建的一道堤堰。可以看出，湖水曾经淹没过坝上低洼处，浸淫到堤堰脚下。大禹和朱虎在大坝上行走，玉简忽然跳将出来，化作状若利剑的标尺，垂直地插入脚下的坝体。少顷，玉简发出闪闪红光，并伴随着“叮铃”“叮铃”的鸣叫声。大禹还没有弄明白是怎么回事，玉简已经自动拔出身来，跳到另一处地方，重复上演。如此反复多次，有的地方反应强烈，有几处则毫无动静。大禹恍然大悟：伏羲赠送的这件宝贝实在神奇，不仅能测量水深，还能够探测地下的虚实和异状，这堰塞坝体中肯定存在着孔隙甚至是空洞，隐患累累。望一望坝上坝下极大的落差，大禹不寒而栗，吓出一身冷汗！

玉简做完示范动作，便回到大禹手中，由大禹手工操作继续进行探测。当玉简又一次插入地下时，突然发出刺耳的惊叫，“嗖”的一声弹出地面。大坝一阵剧烈地抖动。大禹和朱虎立脚不住，匍匐在地。他们预感将发生什么。果然，只听“噗”“噗”一声接一声响，从玉简拔出的缝隙中一连冒出九团黑气，冲上半空，随风飘去。

九头相柳

大禹正在惊疑，忽听有人大喊："大胆贼人，竟敢放走蛇精九婴！"一个红发红髯的大汉像一支火炬踏波如飞而来，一跃登上大坝。

来者是汹水诸侯共工氏相柳。[1]朱虎虽未与相柳见过面，但此人长相特殊，一看便知，于是跃起身来，举着尚方宝剑迎上前去，厉声高叫："相柳听着，朝廷治水大臣大禹驾到！"

相柳"咯噔"一声当即立定，拱身道："相柳不知大人驾到，有失远迎，恕罪、恕罪！"

"久闻相柳大名，不期今日相见，幸会、幸会！"大禹客气地说，"相柳，我问你，你说我放走了什么蛇精九婴，究竟是怎么回事？"

"大人有所不知，刚才冒出的九股黑气，是一个叫作九头雄虺、后来又变成九婴的蛇精，神通广大，被九子母女歧用襁褓收捕后镇压在大坝下面。"相柳从蛇精雄虺头触黑塔山、形成堰塞湖说起，到羿射杀九婴、女歧救子伏妖，向大禹进行了绘声绘色的禀报，最后又补充说道，"此怪修成了借体还阳之法，它的阴魂附在谁的身上，就会变成谁的身形，就像九婴那样，原本是天真可爱的孩子，也变成了害人的恶魔。如今被它逃出来，危害相当大。"

"有物不死，终会现身，让它窝在这里，迟早也是个祸害。"大禹说，"更何况，这道大坝已经存在着极大的隐患，一旦崩溃，将给下游造成不可弥补的损失，比妖怪的危害要大千万倍，早就应

---

[1]《山海经·海外北经》："共工之臣曰相柳氏，九首，以食于九山。相柳之所抵，厥为泽溪。禹杀相柳，其血腥，不可以树五谷种。禹厥之，三仞三沮，乃以为众帝之台。……相柳者，九首人面，蛇身而青。不敢北射，畏共工之台。"

该开坝放水了。”

“相柳也考虑到了这一层，前几年就开始了拓宽堰塞湖排水河道的工程。”相柳无奈地说，“只是因为那河道峡谷又窄又长，山石质地又坚硬无比，直到如今也难见成效。”

“那为什么不开坝放水呢？”大禹问。

“一是怕放出了蛇精九婴，”相柳说，“更主要的是议事会多数成员不同意。”

“议事会？什么议事会？”大禹不解地问。

“天子虽然把此地封给了我，但这里并没有多少人烟，民众大多来自共工氏不同的部落，分别居住在九个山丘上，我的部落只是其中之一。”相柳开始介绍他这里的政治制度，“我们成立了一个部落联盟，由九个部落头头儿组成议事会，商议联盟有关大事。我是议事会首领，但只有一票。开坝放水要淹没不少部落的牧场和农田，因此一直得不到议事会的通过。”

“如果溃坝的话，受害的可不只是你们几个部落，而是关乎下游数十个部落的生命财产。他们的命运怎能由你们九个人投票决定呢？”大禹情绪有些激动，接下去说，“朝廷要对治下所有的臣民负责。作为治水大臣，本人有权对此做出决定。你去通知下游居民，立即撤出危险地带，很快要开堤放水。”

“大人可以发布朝廷命令，但相柳必须按部落联盟议事程序办事。”相柳不卑不亢地说，“如果他们不搬迁，总不能让洪水冲走人畜吧！”

“好吧，给你三天的期限。”大禹说，“要让部落首领们明白，上天不迁就不顾大局的人。”

相柳转身要走，忽听一连声的尖利的叫喊随风传来：“妖怪来啦！”“妖怪吃人啦！”“头人被妖怪吃掉啦！”接着，犬吠猪号，人声鼎沸，只见从九座山头上同时升起九股黑烟，在半空汇集成一条巨大的、模糊的黑蛇。那黑蛇生有九个人的脑袋，口中喷火，朝大坝飞来！

“蛇精九婴！”相柳惊叫，“它吃掉了九座山上的首领，其中包括我的副手，借体还阳了！”

大禹“唰”地抽出御龙鞭，准备迎敌。

“趁它还没有嬗变成形，我先去灭其锐气。”相柳说罢，也摇身变作九首巨蛇，腾空而起，迎上蛇精九婴。那妖怪哈哈大笑，震得群山颤抖、乱云狂舞，叫道：“来得好，来得巧，只差你一个，我就功德圆满了！”

相柳喝道：“蛇精听着：当初羿除恶不尽、女歧心肠慈悲，才使你阴魂不散，害我同胞，为祸人间，我相柳今日岂可再放过你！”

“相柳此言差矣！今日不是你要不要放过我的问题，而是肯不肯心甘情愿接纳我的问题。”妖怪说，“当年我雄虺变成九婴时，就已经散尽了妖气，嬗变成仙了，如今经过又一次轮回，功力不觉大增了十倍，只要能和你合二为一，就可以胜过大神、天下无敌了。来，来，来呀！咱俩不是敌，而是一个共同体。”

“呸！我相柳是共工氏后裔，堂堂诸侯，岂能和妖孽同流合污，拿命来！”相柳说罢，蛇身一弓猛扑过去。

妖怪并不招架，忽然化作一大团浓重的黑云，把相柳层层包裹起来。大禹和朱虎只见那块黑云忽东忽西、天上地下地翻滚，空中隆隆声不绝于耳，约莫过了两个时辰，黑云渐渐变淡、消散，原来的两条九头蛇剩下了一条，又一缩身，变成相柳，徐徐落下。

“你赢啦？”大禹问。

“我赢了。”相柳回答。

“你现在可以去召集议事会了。”

“不用了，”相柳诡谲地一笑说，“议事会成员除我之外都死光了，现在我一个人说了算。”

“哦？”大禹略感惊疑，随即又言归正传，“那就组织人开坝放水吧！”

“不行。”

“为什么？”

“因为我不同意！”相柳跺跺脚说，“大坝下面有女歧的襁褓，那可是个好东西，在里面待上十年，堪比修炼千秋，我要把此地作为闭关修炼道场，为什么要让洪水把它冲走？”

听到这里，大禹忽然明白了什么，厉声喝问：“你到底是谁？”

“哈哈哈！”这位相柳仰天大笑，“本人曾用名雄虺，后改名九婴，现在又叫相柳啦！九山之间有供我食用的人畜，我怎舍得淹没呢？你找错人了吧？”

原来是蛇精雄虺！它吃掉相柳后变成了蛇精相柳！蛇精相柳说完后又是一阵狂笑。

大禹怒不可遏，从朱虎手上抽出尚方宝剑，斩向这个改变了本性的相柳。蛇精相柳伸手握住宝剑，眼放精光，暗中运动真火，手臂很快变得犹如火炭一般通红。高温通过宝剑传导到大禹手上，使他感到灼热难耐。尚方宝剑是朝廷权力的象征，怎好撒手让人？他咬牙坚持着。朱虎见状，一头撞向蛇精相柳，不料竟像撞在岩石上一样，倒在地上爬不起来。危难之际，忽见一道凌厉的寒光闪现，划向蛇精相柳炙热的手臂。冰火碰撞，发出“砰”的一声响亮。

蛇精相柳一跃后退开，吃惊地叫道：“伏羲玉简？”

大禹看看自己手上，不知何时换成了一柄晶莹剔透的碧玉剑，知道是神奇的玉简变来的，惊疑地望着这个变成相柳的妖魔说：“不错，的确是伏羲玉简，你怎么知道？”

“好哇！真是冤家路窄，仇人有缘。”蛇精相柳并不回答大禹的发问，而是莫名其妙地像是对玉简说话，“可曾记得，当年你帮着伏羲狩猎，追得我屁滚尿流，侥幸逃生。数千年过去了，我雄虺从一个脑袋修炼成了九个脑袋，几遭劫难而重生，难道还惧怕你不成？先尝尝我的九阳真火！”蛇精相柳说罢，摇身变作九头人面巨蛇，九道火焰从口中喷薄而出。大禹正不知如何应付，那碧玉剑已经脱手，旋转成一个寒气四射的碧玉盘，将熊熊烈火拒在十步开外，爆发出震耳欲聋的轰鸣声，腾起一团团浓重的烟雾。

大禹抱起朱虎跳到后面的辇车上，欲避开阵阵袭来的热浪，没想到玉简也随之后退，仍然与他保持十步左右的距离。那辇车是窫窳变化来的，受不得高温，掉头就跑。大禹对眼前的水火大战无能为力，又有昏厥的朱虎拖累，于是干脆躲得远远的，也就任凭窫窳奔逃，不加控制。当跑出一箭之地后，大禹发觉碧玉剑又回到手中，回头一看，见蛇精相柳也随之追到，火焰扑面袭来。此时，不待转身，碧玉剑再次呼啸出鞘，阻挡住蛇精相柳。就这样，辇车载着大禹和朱虎落荒逃跑，碧玉剑则与他们不即不离，一路护驾。而已经变成恶魔的相柳却变本加厉，穷追不舍，在空旷的原野上上演了惊心动魄的一幕。

天边云雾缭绕，一座巍峨绵延的大山忽隐忽现。大禹急中生智，想起往日雄虺撞山身亡的故事，或许是摆脱蛇精相柳追击的险招，于是驱动辇车加速奔驰。接近山脚，忽然无端地冒出一团若带腥味的浓雾，霎时暗无天日。“天助我也！”大禹暗自庆幸，掉转方向避开险地。

出乎大禹的预料，身后没有发生惊天动地的事件。只听到“噗”的一声沉闷的响动，紧接着传来低沉的、摄人心魄的龙吟，整个大地都为之瑟瑟颤抖。大禹回身观看，只见蛇精相柳从雾霭中钻出来，九张面孔惶惶然犹如丧家之犬，只有逃命的心思，连看他一眼都顾不上。

原来，蛇精相柳闯下了大祸。眼前这座大山叫作钟山。守护钟山的神祇就是赫赫有名的烛阴。烛阴也称烛龙，因双目可光照九阴而得名。它视为昼、瞑为夜，吹为冬、呼为夏，人面蛇身，身长千里。早先，烛阴的资历和神通与中央之帝混沌齐名，号称北帝。因某种原因，烛阴常年不饮不食，静卧在钟山脚下闭目养神。这天，烛阴感到一股少见的热浪袭来，禁不住打了个哈欠，产生了刚才那阵云雾。烛阴那张大口还没有合拢，就被蛇精相柳一头撞在腮帮子上，灼出一个大燎泡，痛得它浑身一激灵。烛阴不想欺负人，但绝对受不得欺负。此时见这个冒失鬼连一声“对不起”都不说，掉头就跑，断定它是有意偷袭，于是乎勃然大怒，嘴巴一合叼住了蛇精的尾巴。蛇精相柳怕被烛龙吞下肚去，用尽力气拼命逃跑。烛龙见这家伙被捉住了还不投降，进一步印证了自己的判断，哪里肯轻易放过？

大禹发现蛇精的行动迟缓了许多，只是蛇身越发地长大了，隆隆然从面前滑过，没完没了，竟然半天看不到尾巴。他不知道，眼前的巨大蛇身已经不是蛇精相柳了，而是号称身长千里的烛阴。不过见这个怪物不再追杀自己，大禹也就不那么紧张了，驱动辇车赶上前头，要看它究竟走向哪里。

一人一骑从斜刺里飞驰而来，对准蛇精的头部连发三箭，冲骑而过。那怪共有九头十八只眼睛，此时被射瞎三只，疼痛难忍，一边怪叫，一边上下折腾，左右扭动，寻找暗箭的施放者，欲伺机回击。由于被烛阴拖住了尾巴，它无法飞起身来，也喷不出火焰，再也没有了来时的嚣张和威风。大禹见状，飞身跃上蛇身，挥动碧玉剑“唰”地削下一颗蛇头，鲜血喷涌而出，箭一般射出好远。蛇精相柳见自己失去了攻击能力，只有拼命逃跑。大禹如切瓜割菜一般，毫不客气地把它的九个脑袋一个接一个地削下，一路抛撒。当蛇精相柳最后一个脑袋落地时，烛阴才发现骚扰自己的家伙已经遭人刺杀身亡，于是松开口，了无声息地退回栖息地。

大禹刚刚跳下地来，蛇精无头的身躯忽然弹起老高，又“砰”地跌下地来。它终于发现了蛇无头不行的真理，没有了头，竟连毕生修炼的真气都汇聚不到一起了，那可就彻底完了。于是它决定找回失去的九个脑袋。好在尾巴已经获得了自由，它可以在大范围内遍地摸爬滚打，反正烛阴已不再插手，别人怕也不敢轻易靠近这个近乎疯狂的无头蛇精。

大禹也在寻找那九颗头，想把它们丢到远处，以阻止蛇精相柳复活。但是，来来回回找了好几遍，竟连一个影子也看不到。它们究竟跑到哪里去了呢？

虞舜登基

刚才三箭射中蛇精相柳的那位不速之客，是共工氏一个首领的儿子，名叫姜艮。姜艮自幼上昆仑山拜师学艺，今日刚一回乡便遇到部落发生了惨祸，于是跟踪追来。连射三箭后，姜艮驰马而过，当勒转马头时，发现蛇精的头一个接一个地滚了下来，个个似曾相识，其中一个就是自己的父亲。姜艮悲从中来，含着眼泪把人头捡到羊皮囊里，送回部落。共工氏九部落合计，把九位首领的人头合葬在一起，堆起了一个高大的坟冢，人称共工之台。很多年以后，共工之台上还每每戾气冲天，令人望而生畏，连射箭都要避开这个方向。

蛇精无头之体挣扎了七天七夜，最后倒在血泊里。它的血洒遍山野，所到之处草木枯萎，臭气熏天。大禹动员人们把这些血污归集到八个大坑里掩埋。令人惊惧的是，一连三次，填满大坑的泥土很快就被血液浸泡陷落，还伴有气泡冒出。大禹命人投放石块，和泥土一起夯实，堆砌成高台。这八个高台分别命名为帝喾台、帝尧台、帝丹朱台和帝舜台，各两台，勒石其上，借这些大人物的威名镇压妖邪。[1]当时虞舜和丹朱都还都没有登基，大禹也说不准他俩谁能上，于是干脆都冠以帝名，以增加身份的重量。情急之下，想着只要能镇住妖魔就行了，他也管不了许多。

[1]《山海经·海内北经》："帝尧台、帝喾台、帝丹朱台、帝舜台，各二台，台四方，在昆仑东北。"

帝尧逝世快到三年了，虞舜以南巡为由离开了帝都，躲避到大河以南去了。朝廷派熊罴找到大禹，通知他回帝都去推荐天子。

“推荐谁？”大禹问，他对朝廷近况一点儿也不了解。

“你看虞舜和丹朱哪个行就推荐哪个。”熊罴说，并不把自己的意见强加于人。

“诸侯和民众的向背如何？”大禹又问。

“这要等三年后丹朱守丧结束才能看出来。”熊罴说。大禹任命姜艮接替相柳的职位，并负责这一带的治水事宜。姜艮率众在堰塞湖大坝上挖开一道缺口，湖水徐徐泄下。大禹告别共工氏九山之民，向帝都进发。

走到渭水之滨，大禹忽然改变了行程。他让朱虎先回帝都汇报，自己偕同熊罴绕道继续巡行。主要原因是，直到如今他还没有考虑好究竟拥戴谁做天子，也不愿意回到朝廷后人云亦云，他想多了解一些诸侯和民众的意见，然后做出自己的选择。毕竟，谁来做天子是一件大事，直接关乎治水事业的进展。再说，在“四渎”之中，虽说河、济流域的治水已经有了眉目，但江、淮一带的民众发动还不够充分，有不少地方自己也没有走到，心中没底，去看一下，也好为下一步的行动做准备。令他高兴的是，有不少偏远的地方，虞舜都已经巡狩过，开通了道路，还对一些山岭进行过封祭，水患的治理也比自己想象得要好。当问到由谁继承天子之位时，很多地方的民众只知有摄政王虞舜，甚至不晓得候选人中还有个丹朱。大禹一路走来，心中踏实了许多。当来到南河以南地面时，大禹想去觐见虞舜，但到处找不到他的人影，听人说可能去桐柏山封山了。“这个虞舜，说是躲到南河以南回避诸侯朝拜，以此谦让丹朱，实际上争取到了更多的选票，厉害呀厉害！”大禹心中暗自佩服。

一日黎明时分，忽见一颗流星在头顶上空划过，落在前面的一个村庄。这里是荆州地面，已接近大江，大禹驱车赶去，见村民正围着一口水井议论纷纷。原来，那颗流星坠入了这口水井，变成了一只仅次于井口大小的鳖，浮于水面，妨碍了打水，任凭众人用扁担、水桶骚扰，就是缩着脖子不动。大禹心知有异，抽出御龙鞭，伸到井下去试探。那鳖把脖子伸出老长，一口咬住鞭梢，被大禹提溜出来。鳖落地后，忽然变作虎身九尾的怪兽，眨眼之间，又变作虎身九头，惊得众人四散奔逃。大禹举起御龙鞭就要抽下，只听它忽作人言："莫打，莫打。"话音未落，立即变成一位虎头虎脑的伟岸男子，对大禹一揖到底说，"一时失足，陷于尴尬境地，多谢援手。我知道你是谁，咱们后会有期。"说完直挺挺地摔倒在地。大禹伸手去拉，发现他已经没有了气息。

人们把这位怪异的不速之客叫作鳖灵。按照当地的习俗，鳖灵的尸体被抛进江里水葬。令人不可思议的是，鳖灵之尸不是顺流而下，而是逆水而上。人们敬之如神，沿江送出老远，直到被绝壁挡住去路才停住脚步。大禹变辇为船，随着鳖灵进入峡谷深处，但见山高谷深，水流湍急，山体滑坡频现，险滩处处当道，极难通行。而鳖灵之尸却抢滩破浪，义无反顾，似乎是去赶赴一场神圣的活动。大禹顾及自己的行程时限，只好折回，顺流东下。

大禹从江水进入淮水，然后沿泗水上行，到达大河下游。放眼望去，过去的一片汪洋已经改变了模样。河湖中白帆点点，渔歌飘荡；大地上到处在放火烧荒，还出现了一片一片的庄稼。黎民又走出城堡、走下高丘，择地安居，鸡鸣犬吠之声随处可闻，平原上又呈现勃勃生机。经过几十年的煎熬，人们的好日子终于就要到来了。大禹默默地赞赏后稷、契和皋陶，他们都是安邦定国的济世之才。还有那个年纪不大的伯益，已经可以担当大任了。熊罴告诉大禹，帝尧就埋葬在这一带。大禹决定去祭奠这位前任天子，于是一路打听谷林的所在。

远处传来阵阵船工号子。循声赶去，发现一只五彩缤纷的大船在河渠中缓慢地滑动。大禹看得出，这是一条专为排放洪水开挖的大水渠，洪水来时水位暴涨，洪水一退就会断流。花船前面有十几位纤夫，赤身裸体，躬身着地，“嗨哟”“嗨哟”地吃力地拽着纤绳。一人须发花白，站在船头上领唱号子，他的身后拥簇着七八位年轻女子，花枝招展，随声附和。这场景像是在进行一场演出，引来两岸人们的围观。熊罴告诉大禹，站在船头上的那位就是丹朱。大禹也不吱声，把辇车开上去，稳稳地顶着花船迅速前行。人群里爆发出一阵欢呼。丹朱回头一看，惊喜地叫道：“大禹！你何时驾到此地？”

大禹与丹朱从来没有见过面，见他一下呼出自己的名字，甚感惊奇，说道：“大人怎么一眼就认出是我？”说着一步跨上花船，一揖到地。他敬仰帝尧，也对丹朱充满敬意和好奇。

“你那神奇的水陆两栖座驾别无二致，天下谁人不识？”丹朱急忙还礼，诚挚地说，“丹朱是一介平民，请不要称作大人，以后直呼名字就行了。”

大禹没想到丹朱如此爽朗与平易近人，随即拉他坐到自己的辇车上，关心地问：“眼下正在推举天子，你是候选人之一，不去帝都争取选票，还待在这等偏僻的乡间干什么？”

“推选天子是大臣和诸侯们的事，现在他们都跑到南河以南找虞舜诉讼或请示工作去了，我门前冷落，无事可做，待在帝都干什么？”丹朱说完这句话，仰天哈哈大笑。但大禹听得出，那笑声里多少有一些无奈和惆怅。果然，沉默一会儿，丹朱接下去说，“我一无职位，二无权势，又不肯利用族群关系结党营私，说话谁听？又能有什么作为？还不如抛开一切功利目的，做些自己喜欢的事情。”

“你带着这些花船、女子去干什么？”大禹好奇地问。

“我在父皇坟上守丧三年，深受这一带乡亲的关照，我没有什么好报答的，只好带来一些自编的歌舞来慰问慰问大家。”丹朱说，“前天进来时水还满满的，回来就搁浅了，天公不作美呀，干什么都不顺利。”

“洪水刚退，人们都在为衣食居所奔忙，有心思欣赏歌舞吗？”大禹问。

“父皇归天后，天下致哀，朝廷规定三年之内断绝八音之声，四海上下断绝了一切音乐，一片静谧。其实，人是感情丰富的动物，歌舞是人们表达思想感情的形式，喜、怒、哀、惧、爱、恶、欲等七情，都可以通过音乐舞蹈得到充分的抒发，产生精神上的享受。如此长期禁锢，人们怎能受得了呢？因此所到之处还是颇受欢迎的。”丹朱不由自主地对朝政进行了一番评论。

“那么说，这种活动也可以给你拉来不少选票吧？”大禹还是关心天子的人选问题，于是问道。

“眼下庶民还处于饥寒交迫之中，温饱是第一位的，精神需求还是次要的，甚至可有可无。我的举动已经遭到上层人士的非议，选票都掌握在他们手里，对我的当选怕是有害无益。”丹朱不以为然地说，“当天子真的那么重要吗？我的父皇做了近百年的天子，身后不也是只留下了一个黄土丘吗？几十年来族人总是给我叨咕这事，我的母亲和舅舅临死之前还给父皇留下遗言，为我争取登基，好像做不成天子就是奇耻大辱。三年间，我面对这个土丘反复地想，眼前终于豁然开朗。做不成天子，如今对我说来好像得到了某种解脱，感到浑身轻松。”

大禹再也没有话说。连丹朱本人都承认失败了，自己还有什么犹豫的？在丹朱的陪同下祭奠过帝尧，他匆匆赶回帝都。不过，与丹朱的这次对话，给大禹留下了难忘的记忆，为他处理以后的两次政权交接做好了心理准备。

鉴于民意已经十分明显，朝廷早就做好了以天子之礼迎接虞舜回都的准备。但大禹的表态，还是使几位重臣心中的石头落地。毕竟，通过治水活动，大禹的业绩无人可比，他的信徒和势力遍及四海，如果他支持丹朱登基，麻烦就大了。这年正月的一个吉日，虞舜举行登基仪式，祭罢天地，在大臣们的拥簇下来到帝尧的祭庙，与四方诸侯君长谋划政事，打开明堂四门宣布政教，使人们见得真切、听得清楚。这是虞舜时期的一次重要会议，会议记录的完整也殊为罕见，从中我们可以看出，在四千年前，中华民族的国家雏形已经形成了，关爱民生、重教轻刑、公允和谐的治国理念至今让人掩卷深思。如此妙文，作者不敢省略，特译录其中一部分如下，以飨读者。[1]

“啊，十二州的君长！”帝舜说，“生产民食，必须不违农时！安抚远方的黎庶，爱护近处的臣民，亲厚有道德的贤者，信任善良的百姓，拒绝一切邪佞之徒。能够做到这样，处于边远地带的蛮夷部族才会归附你们。”

帝舜说：“啊，四方诸侯之长！你们看谁能奋发努力、发扬光大尧帝的事业，来担任百揆之官辅佐政事呢？”

众说：“伯禹可以做司空，主治水，掌管内政。”

帝舜说：“好啊！禹，你平定水土很有成绩，担任司空后更要努力啊！”大禹跪拜叩首，让后稷、契和皋陶。

帝舜说：“好啦，还是你去吧！”

帝舜说：“弃，黎民忍饥挨饿，你主持农政，教人们播种五谷吧！”

帝舜说：“契，百姓不亲，父母兄弟子女都不和顺。你做司徒吧，谨慎地施行五常教育，要注意宽厚。”

帝舜说：“皋陶，蛮夷侵扰华夏，强盗抢劫杀人，造成外患内乱。你做监狱之长，主管司法和军事吧！五刑各有使用的方法，五种用法各有实施的场所。五种流放各有处所，分布在三个远近不同的地方。要明察公允，使人信服。”

帝舜说：“谁适合做百工的首领啊？”

众说：“垂啊！”

[1] 见《尚书·舜典》。

帝舜说："好哇！垂，你就担任共工，管理工务吧！"垂跪拜叩首，让给殳斨和伯与。

帝舜说："好啦，去吧！你和他俩一起去担任这项工作吧！"

帝舜说："谁能为我掌管上上下下的草木鸟兽呢？"

众说："益啊！"

帝舜说："好哇！益，你就担任虞官，管理山泽吧！"益跪拜叩首，让给朱虎和熊罴。

帝舜说："好啦，去吧！你和他们一起去完成这项工作吧！"

帝舜说："啊！四岳，你们看谁能为我主持郊庙祭祀呢？"

众说："伯夷！"

帝舜说："好啊！伯夷，你担任秩宗官吧。不论早晚都要恭敬地祭祀鬼神，而且要正直、清明。"伯夷跪拜叩首，让给夔和龙。

帝舜说："好啦，你去吧！要谨慎啊！"

帝舜说："夔！任命你担任乐官，掌管诗歌音乐助祭，寓教于乐，教导年轻人，使他们正直而温和，宽大而谨慎，刚毅而不粗暴，简约而不傲慢。诗言志，歌咏言，宫、商、角、徵、羽五声是依据咏唱制定的，六律是和谐五声的。如果八类乐器的声音能够调和，不搞乱次序，那么神和人都会因此而和谐了。"

夔说："啊！让我敲起石磬，呼唤百兽起舞吧！"

帝舜说："龙！我厌恶谗言和贪婪，因为它会惊扰我的民众。我任命你担任纳言官，不论早晚，传达我的命令，转告下面的意见，必须真实！"

帝舜说："啊！你们二十二位大臣，要谨慎啊！要领导好天下大事啊！"

鳖灵治水

帝舜仍将丹朱封在丹渊，帝尧的其他儿子各有封地，其中就有人封在大陆泽一带的唐国。之后，虞舜三年考察一次下属的政绩，考察三次后，罢免昏庸之辈，提拔贤良之才，于是，许多行业都兴盛起来了。不久，帝舜决定从平阳南迁到蒲坂。这里有山河之险、盐池之利，东西通衢，沃野千里，是建都的好地方。当年他从东夷地面举家西迁，就选中了蒲坂，直到如今他的父母还居住在这里，他们无论如何也不愿去帝都平阳。

一切就绪之后，帝舜乘坐龙辇、高挂天子旗衣锦还乡。瞽叟身子骨依然硬朗，失明的双眼在娥皇、女英的料理下已可半明半暗地看东西，只是那双曾经特别灵敏的耳朵有些聋了。听说虞舜回家探亲，赶紧捉来一只鹅在后院宰杀，准备给儿子做顿好饭吃。帝舜刚进院门就大声喊爹。瞽叟听见动静，急忙放下刀和鹅跑到前院来迎接。此时，他见早年被自己虐待的儿子成了天子，心中五味杂陈，两腿一软就要跪地磕头。帝舜抢前两步跪在瞽叟脚下，抱住他的腿，说："爹，儿子把宫室搬到家乡蒲坂来了，以后可以在您跟前尽孝了。"瞽叟说不出话来，用颤抖的双手抚摸舜帝的头发，眼泪簌簌地落下。

一个少年慌慌张张地跑来，翻身下驴，又回身关上大门、插上门栓，趴在舜帝耳边急促地说："爷爷杀人了，皋陶派人来抓爷爷了，赶快躲起来吧！"

来者是帝舜的儿子。娥皇无子，女英给舜帝生了个儿子，取名义钧。后来大禹登基后把义钧封在商地，因此史书上称他为商钧。帝舜没有带义钧进城，而是让他待在家乡从事生产活动，耕作、放牧、渔猎、制陶样样都要从头学起。帝尧生前，虞舜曾多次表态，他要坚持让贤的路线，不搞世袭制，也不打算让儿子出来做官。因此，他让义钧学习各种谋生的劳动技能，以求自食其力，获取一生的温饱。义钧爱好音乐，深得爷爷瞽叟的真传，弹得一手好瑟，吹得一口好箫。因为帝舜要回家探亲，这天义钧早早地就赶着牛群往回走，路上听到几个公差向路人打听瞽叟的住处，说是瞽叟杀人了，他们奉监狱长皋陶之命前去抓人。义钧大吃一惊，撇下牛群、催动健驴跑来报信。

听过义钧的话，帝舜仔细一打量，果然发现瞽叟身上有血迹，惊疑地问："爹，你真的杀人啦？"

"你说啥？"瞽叟没听明白，用手罩着耳朵反问道，"你大声点！"

"我问你是不是杀人啦？"虞舜大声说。

"杀了！杀了！"这回瞽叟是低头看着舜帝的口型听的，像是听清楚了，接着有点遗憾地说，"太仓促了，敢情还没死呢！"

"你怎么会杀人呢？"帝舜茫然地大声问道。他还从来没有这样大声对爹说过话。

"还不是为你杀的！"瞽叟回答说。帝舜的头"轰"的一声胀大了，一时手足无措。

"咚咚咚！"传来踢门声。义钧顶住门喊道："爹，快逃吧！"

一句话提醒了帝舜，他一把抱住瞽叟的双腿扛在肩上，冲出后门，钻进了山上的密林里。

"瞽叟出来吧！自首能得到宽大，老年人可从轻处罚，无心之过还可以赦免，赶快出来自首吧！"山外传来声声呼唤。

刑法是虞舜在当摄政王时主持制定的，条款内容他当然熟知。杀了人虽然不至于偿命，但也要被流放，最轻也得受到鞭挞。老爹偌大年纪，怎能受得起如此折腾呢？可是，自己制定的刑律，如果自己还要逃避，又如何让民众遵守呢？此时忠孝相克，帝舜一时犯了大难。

“放过我爷爷吧，我跟你们走！”山外传来义钧尚带稚气的哀求声。

“唉！我怎么没想到这一点！”帝舜猛地一拍脑袋，接着凑近瞽叟的耳朵说，“爹，您先在这里凉快凉快，我去去就来。”瞽叟莫名其妙，没想到拜见天子的仪式竟是如此折腾人。他不敢乱说乱动，只好老老实实地听招呼。

当帝舜回到家门时，正遇上皋陶骑着独角神羊獬豸匆匆赶来。皋陶跳下神羊正要下拜，帝舜急忙上前拉住他说：“家父杀了人，我请求代替他伏法，请监狱长大人开恩批准。”接着又加了一句，“我建议把这一条写进刑法。”

“陛下的指示当然要执行，不过儿子应该是自愿的，不可强制。”皋陶说。

“那么说你同意我本人的请求啦？”帝舜迫不及待地说。

“这次就没有必要了。”皋陶一本正经地说。

“为什么？”帝舜问。

“真凶已经被獬豸找出来了，是一个装扮成盲人的刺客。老大人是被冤枉了。”

一只鹅“扑棱”“扑棱”地跑出来，脖子上有一道伤口，还嘀嗒嘀嗒地流着血。

舜帝恍然大悟。原来瞽叟把“杀人”误听为“杀鹅”，使自己受了一场虚惊。他一把推开皋陶，一溜烟似的奔上后山。

古蜀国地处长江上游的都广之野，偏远而闭塞。唐朝诗人李白有诗《蜀道难》，道尽其路途艰险。诗中开篇言道：“噫吁嚱，危乎高哉！蜀道之难，难于上青天！蚕丛及鱼凫，开国何茫然！尔来四万八千岁，不与秦塞通人烟。”但这里物宝天华、人杰地灵，自蚕丛开国以来，又经过柏濩（huò）、鱼凫（fú）两个朝代，传到杜宇王朝。杜宇是一代明君，号曰望帝，经过他几十年的开发治理，蜀地已是泱泱大国。只是由于地震的发生，玉垒山崩塌，江水大面积堵塞，排泄不畅，致使富庶的蜀中盆地遭受洪水之灾。杜宇组织民众奋起抗洪，但成效不大。一日，杜宇携老妻梁利在郫地视察，见一浮尸逆流而上，甚是惊奇，于是命人打捞上岸。浮尸上岸后立即复活，自言来自荆地，人称鳖灵。鳖灵之所以变成浮尸溯江而上，是为了探察山川形势、洪水走向，既然遇望帝而复活，想是有缘，愿意住下来协助治水。

据说望帝杜宇“从天坠”，也是个来历不凡的天神或转世真人，颇具慧眼，知道鳖灵不是凡人，闻言大喜，当即封鳖灵为宰相，着手领导治水。

这位鳖灵的确不是凡人，他就是陆吾，天帝下都昆仑山的守护神。陆吾的法身是虎身九尾，经常呈现在人们面前。除此之外，他还有另一个法身，被见过的人形容为“类虎而九首”，称之为开明兽。陆吾久居昆仑，阅尽人间水患惨状，产生了挥之不去的治水情结。他不满足于协助鲧、禹父子治水，一心想亲自试上一把。好在昆仑下都已经成了废墟，天帝早就不来光顾了，他完全可以私自离开一段时间。蜀中水患给陆吾提供了一显身手的机会。他是天神，本来打算像羿一样落在红尘，直接变成凡人，但却失足落井变成了乌龟。被大禹救起后，陆吾再次努力变人，最后还是没有成功，只落下一具被称为鳖灵的尸体，承载着一腔的抱负，艰难地寻找着治水的机会。这也许就是上天对他私自行动的惩罚吧！

望帝杜宇使鳖灵获得了新生。[1] 他开始运用神力疏浚水道。但江水在十万大山中蜿蜒穿行千里之遥，到处都有塌方和淤塞，靠一

[1]（汉）扬雄《蜀王本纪》：“后有一男子名曰杜宇，从天坠，止朱提；一女子名利从江源井中出，为杜宇妻。乃自立为蜀王，号曰望帝。望帝积百余岁。荆有一人名鳖灵，其尸亡去，荆人求之不得。鳖灵尸随江水上至郫，遂活，与望帝相见。望帝以鳖灵为相。时玉山出水，如尧之洪水，望帝不能治。使鳖灵决玉山，民得安处。鳖灵治水去后，望帝与其妻通，惭愧，自以为德薄不如鳖灵，乃委国授之而去。如尧之禅舜。鳖灵即位，号曰开明帝；帝生卢保，亦号开明。望帝去世子规鸣，故蜀人悲子规而思望帝。”

己之力何时才能见效？他虽然是天神，但没有得到天帝授权，没法调动下界众神。

“请谁来帮忙呢？”鳖灵一路走一路想，不觉来到巫山。前面有座庙，香烟袅袅，门楣上镌刻着“巫山神女庙”五个大字。巫山神女就是炎帝之女瑶姬，瑶姬就是西王母的干女儿云华夫人，她可是个手眼通天的大人物，大禹就得到了她的提携和帮助。鳖灵庆幸自己的奇遇。但神女朝云暮雨、变化无常，要找是找不到的，鳖灵于是干脆坐在庙前等她归来。

太阳落山了，夜幕降临，山雨蒙蒙。“此景此情正是神女出现的征兆。”鳖灵心想，竖起耳朵谛听周围的动静。果然，从随风摇曳的竹林间，飘来鸟鸣般的吟唱：

我这人啊，喜欢住在深山幽静之所，
身披薜荔之衣，腰系女萝之带，
美目含情流盼，笑靥妩媚自然，
你爱我吗？我心地善良而窈窕淑贤。
……

歌声委婉清丽、动人心弦，似是在向她心爱的人倾诉心声。歌声停止，雨也停了，云也散了，一轮明月在乱云中时隐时现。鳖灵听得如痴如醉，颤巍巍地站起来说：“您是巫山神女吗？鳖灵在这里等候多时了。”

“鳖灵？我怎么没听说过这个名字呀？”神女边说边走出竹林。月光下的她正如歌中描述的那样，袅袅婷婷，不是云华是谁？

“云华，你不认识我啦？我是昆仑山守护神陆吾。”陆吾打量一下自己，笑笑说，“我已经出山进入俗世了，人呼鳖灵，这副行头是我的肉身业体。”说着深深一揖。

“噢？原来是天神驾到，欢迎欢迎。”这位神女目光流盼、笑靥如花，优雅地转身还礼说，“您在昆仑威风八面，镇守一方，到这里找我有什么事呀？”

“我被望帝杜宇聘为宰相，奉命治水，想请您帮忙动员一下诸位山神，助我疏通水道。若事有成，鳖灵感激不尽。”

“你跑到深山老林来找我，就为这点事吗？”神女眼神里闪出一丝落寞，接着嫣然一笑，挑逗似的说，“这里就咱们两个人，你就没有点别的什么想法吗？”

陆吾明白神女的意思，但始料不及，结结巴巴地说：“没，没，没敢想别的。就是想请求您帮忙治水。”此时他肯定想到了自己的朋友鲧。鲧为专心治水发誓终身不近女色。

这位神女更大胆直白地表明她的强烈愿望：“你不会是嫌我丑吧？”

“不，不，”鳖灵也不那么紧张了，由衷地赞誉说，“您有闭月羞花之容、沉鱼落雁之貌，多少神界风流倜傥之辈梦寐以求而不可得。鳖灵虽然对您心仪已久，岂敢有非分之想？”

“哈哈哈！”神女笑得前仰后合，衣带渐开，扭动着诱人的身躯。

鳖灵已被神女的挑逗冲破防线，野性大作，突然猛虎扑羊一般扑上去。

“大胆！”一个银铃般的声音从山巅上传来。神女犹如听到了晴天霹雳，用力推开鳖灵，一骨碌爬起来，光着身子前跑几步，又突然跪倒在地，磕头如捣蒜。

“起来吧，快穿上衣服！看你那狼狈样子，丢人不丢人？”一件薜荔衣飘落在神女身上。一位仙女光艳四射，飘然而至。

杜宇让贤

鳖灵偷眼相看，两人长相别无二致，只是后者多了一些庄重，眼神里透露出海一般的深沉。“这位神女才是云华夫人！”鳖灵想到这里，像做了贼一般，趴在地上装睡，大气也不敢出。

假神女一句话不说，只是一个劲地磕头。云华伸手把她拉起来，给她整理一下散乱的长发。假神女“哇”的一声扑在云华的怀里，哽咽着说出自己的心事。

假神女本是白猿精，至今已经有了千年的修行。自打瑶姬——也就是后来的云华夫人——来到巫山后，白猿精就开始以她为标准修整自己的容貌，并处处模仿她的言谈举止。经过三百年苦修，白猿精已经能够变成云华的模样，但不能持久，身上时而白净、时而生毛。她的这种忽而美女忽而猿猴的身份，被山民称为山鬼，祭为山神；而在山神圈内，则被呼为山妹子。山鬼谙熟人性，亦人亦兽的身形成了她的悲哀和不可承受之耻，千方百计想尽快嬗变成完全的人。她曾献身多位自称神通广大的人和神，但都没有明显效果。“听说只有采集到天神的精血才能产生飞跃，但一直苦无机会，不料今夜邂逅天神陆吾，所以就……”山鬼说到这里，再次跪地叩首，哀求道，“夫人若能赦免奴婢亵渎之罪，虽粉身碎骨也难以报答。”

“都是女人家，知道做女人的难处，何况还想做个出人头地的女人，那肯定需要更多的付出。”云华想起追随赤松子修炼的那段经历，不无同情地说，“不过像你这样靠出卖色相获得突变的漂亮女人，不管装得多么贤淑文雅，在俗世间也都被视为妖精，想正经嫁个有品位的男人是困难的。今后你还会遇到新的烦恼，这不能不说是女人的悲哀。”

“夫人能帮我吗？”山鬼可怜兮兮地请求。

云华抚摸着山鬼的头发爱怜地说，“最好的结局是，那个男人能把你娶回家，别人也就不来嚼舌了。”云华说完，犀利的目光朝鳖灵一闪，随即收回。

两人的对话被鳖灵听得一清二楚。他此时再也不能置身事外了，于是鼓足勇气走上前说：“云华夫人您好，多日不见，陆吾是特意来拜访您的，适才丑态毕现，羞于与您见面，让您见笑啦！”说罢一揖到地。

“哎，说哪里话，男女之事是天理人伦，不然怎能催生出新的生命呢？”云华莞尔一笑，又补充说，“你既然变成了鳖灵，就称呼为鳖灵吧，这个名字很有意思呢。”

人们难以启齿的男女性事，被威仪庄重的云华夫人拔到如此高度，这是鳖灵万万没有想到的。云华就着话题一转说，“我看你和我小妹就是天作之合。”

“这……”鳖灵犹豫了。刚才的激情，至少有一半是冲着云华而爆发的。现在才得知，眼前这位山妹子，原来是个还没有脱胎换骨的白猿精，本来是自己连看都不看一眼的。再说，自己身居宰相，如果娶回一个妖精，也有点太失身份了吧？

鳖灵最终妥协了。他还有求于云华，不能得罪了她，于是说道：“既然如此，恭敬不如从命了。”做出承诺后，他还不忘自己的大事，于是趁机说道，“鳖灵还有一事请夫人帮忙……”

“不就是动员山神们帮你治水吗？刚才山妹子已经答应了，就交给她去办吧。既然做了夫妻，你的事就是她的事了。”

“她能行？”鳖灵怀疑地看着山妹子。

“你放心吧，巫山以西所有山头的山神，雌性都是她的姊妹，雄性都是她的情人，如今她又位居显赫，还能不一呼百应吗？”云华说。

“那么巫山以东呢？那里山体滑坡很严重呢！”鳖灵一心想着

他的治水大业。

“大禹带领的治水大军，已经疏浚了荆州以下江、汉水道，九江也归宗入海，云梦大泽得到治理，眼下止沿江西进呢。我送大禹一本丹玉之书，我的神界朋友及其联络方式都在上面，可以随时请他来帮忙，还能有克服不了的困难吗？”云华意味深长地接着说，“只要你把西蜀的水患治理好，再就是照顾好自己的老婆，也就功业圆满了。”

山妹子从一个山精野鬼一跃成为美丽的仙女、宰相夫人，一下成了山神、土地们追捧的对象。他们夫妻志同道合，很快组织起一支治水大军，开山劈岭，导水排洪，蜀地治水运动蓬勃开展。但山妹子已有身孕，肚子越来越大了，鳖灵只好把她送回蜀都郫，不久便生下个儿子。此后，鳖灵走遍巴山蜀水，日夜操劳，一直没有腾出时间回家探望妻儿。三年后，蜀地治水大功告成，鳖灵邀大禹在巴地大江北岸涂山相会。两人曾有一面之识，再次见面，意气相投，互诉衷肠。当得知鳖灵已经有了儿子时，大禹不无羡慕地说：“老弟年纪不大，就已经立嗣了，为兄我年近而立，尚未娶妻，何时得有后焉？唉！”

“兄长身高九尺有余，相貌堂堂，伟丈夫也，又身为司空，治水功业昭著，天下美女谁个不倚门相望、期待着委身与你？何故老大不娶？”鳖灵不解地问。陆吾虽然变成鳖灵，但神性犹在，当然知道大禹是自己的好友鲧的儿子；大禹是个凡人，陆吾不便透露自己的底细，于是只好默认自己是老弟。

“老弟有所不知……”大禹欲言又止，扫一眼四周空旷寂静的山林，终于说道，“我的父亲鲧九年不近女色，潜心治水，最后还是因失败而获罪。天气善变，洪水难测，如今水患虽然稍见缓解，谁知哪一年又会卷土重来？为兄终日战战兢兢，如履薄冰，哪里还敢娶妻生子啊！再说，我常年奔走于野外，夜以继日，哪有闲暇呀？像弟媳那样与你趣味相投的伴侣，可真是可遇而不可求呢！”这些掏心窝子的话，大禹也许只能向鳖灵一个人倾诉了。

“兄长差矣，”鳖灵说，“天下从无宁日，但人类和禽兽也从来没有停止过情爱和交配活动，可以说，因担心事变和工作忙碌而回避男女情事，是有悖人伦的。至于趣味相投之说，也不必刻意追求，四海之内，那些成双成对的男男女女中，又有多少情投意合的呢？还不一样生男育女吗！生命是宝贵的，但人生不过百年，后代才是未来的希望，不可或无。”陆吾不愧称作开明兽，的确有些见识。

“老弟言之有理，立嗣的事确实应该提到日程上来了，再拖延下去会错过时机。”听了鳖灵一席话，大禹心动了。

“山下涂山氏有位姑娘，仪容秀美，秉性贤淑，由于想招赘个上门女婿，条件要求也高，所以年过二十尚待字闺中，我唤她来与你见上一面吧？”鳖灵趁热打铁，欲迅速促成大禹的婚事，也好给自己的朋友鲧延续香火。

“来不及了。”大禹摇摇头说，“刚才收到朱虎急报，桐柏山山洪暴发，淮水泛滥成灾，帝舜命我立即赶往桐柏山与他会面。你也赶快回家和妻儿团聚吧，以后有机会我会去看望侄子的。”

鳖灵的儿子起名卢保，活泼可爱，只是不认识鳖灵这个爹。山妹子皮肤愈加白皙细腻，体态丰腴，更像个雍容华贵的宰相夫人了。望帝杜宇为鳖灵摆下庆功宴，夫妇俩亲自降阶作陪，为鳖灵夫妻把盏，以褒扬他们的治水功绩。杜宇毕竟是神人下凡，虽然年近百岁，依然身体健壮，精力旺盛，看来再执政三五十年也不成问题。皇后梁利风韵犹存，容颜尚在，开心的笑容总在脸上徜徉，使她愈发显得年轻漂亮。君臣和谐，气氛活跃。山妹子异常兴奋，喝到酒酣耳热，忽然举起满满的酒杯说：“奴婢敬陛下三杯酒。这第一杯祝您寿比南山，江山永固。”宰相夫人光彩四射、艳绝当世，一直吸引着众人的眼球，此时更是格外引人注目。

“第二杯，祝陛下和皇后夫妻百年和谐，表率天下。”山妹子说完，主动与二老碰杯，一饮而尽。望帝和皇后也相互碰杯喝干，相视而笑，很是开心。

“这第三杯么，”山妹子碰一碰鳖灵说，“你也陪我一起敬。感谢陛下对我们母子体贴入微的关怀和照顾。在我丈夫忙于治水的日子里，陛下不顾年迈之身，助我产后恢复元气……”

这句话一出口，其他人还在莫名其妙，望帝和鳖灵已经目瞪口呆。

“你真的……”鳖灵的脑袋“轰”的一声胀得老大。他明白，自己真的当王八了。令他憋气的是，给他戴绿帽子的是望帝，手握生杀大权。

“你不信？”山妹子掀起裙子，露出雪白的、鼓溜溜的肚皮说，“孩子都五个月啦，这可是陛下恩赐给你的龙种，还不赶快谢恩！”众人“哗”的一声大笑起来，又戛然而止。此时的望帝面色如纸，汗流浃背，望着宰相夫人发呆。鳖灵的脸色由红变黄，又由黄变红，瞬间颠倒了几个来回，忽然捧起满满的一杯酒，说：“谢陛下，臣下先喝为敬！”扬起脖子“咕噜咕噜”一气儿喝了个底朝天，倒头瘫在地上，不省人事。

“没出息！”山妹子咕哝一句，又对望帝、皇后道个万福，略带歉意地苦笑说，“拙夫激动过分，有伤大雅，请陛下看在臣妇的面子上，赦免他的慢君之罪，感恩不尽！”说罢，竟拒绝别人的帮忙，亲自背起鳖灵打道回府了。

桐柏山山神

宴会上一阵骚动。谁都没有想到，万民敬仰的望帝竟然奸淫大臣的老婆，而这位大臣正在不顾死活地治理水患！皇后梁利浑身颤抖，脸色蜡黄，忽然拍案而起，拂袖而去。望帝挥挥手，表示撤宴，然后脚步蹒跚地步入后殿。

事后几天，山妹子向望帝禀告说，鳖灵醉酒过甚，变成了乌龟，暂时不能上朝，相府有些急事她就代为处理了。皇后梁利万万没有想到，和自己携手创业、相敬如宾的丈夫，竟然被宰相夫人的美色所俘虏，为老不尊、私通起大臣妻妾来。她感到杜宇对自己确实厌倦了，此生缘分已尽，于是悄然出走，不知去向。朝廷内外沸沸扬扬，舆论多对望帝不利，一些部落已在暗中串联，准备弹劾望帝。内外交困，望帝感到民心已去，再撑下去怕国中生乱，起卧彷徨不安。这天，几只杜鹃止于庭上，一声接一声地啼叫："不如归去，不如归去……"望帝长叹一声，挥笔写下禅让诏书，挂冠而去。

一年年过去了，望帝的过错渐渐被蜀民忘却了，而他的丰功伟绩却如峨眉山一般雄踞于人们心中。因此，每到杜鹃啼叫，都唤起人们对这位古蜀帝的怀念之情。也有人说，望帝死后化为杜鹃鸟，在向后世子民倾诉他让位时的复杂心情。后代文人墨客写了不少关于杜鹃（或称子规）的诗文，来赞扬这位古蜀帝，大都有为他喊冤叫屈之意。

鳖灵一觉醒来，发觉自己不知何时已经黄袍加身，坐上了龙庭宝殿，成了蜀国帝王。他不忘自己的出身，自号开明帝，封赏有功臣民，大赦天下，致力于民生。对自己的夫人山妹子，鳖灵似乎一醉之后忘记了她的不端行为，将其封为皇后，恩爱有加。此后，山妹子协助鳖灵治理蜀地，善举多多。人们说尽皇后的好处，渐渐淡忘了她过去的丑事。

当时蜀地已经较为富庶，地方头人和大户都积攒了不少私有财产，为保证财产和权力被自己的嫡亲子孙所继承，一些部落兴起"杀长子"的歪风邪气。因为他们认为这些"长子"不是自己的种，怀疑是妻妾和她们的婚前情人所生。更有甚者，一些有头有脸的男人整日里疑神疑鬼，以为自己的老婆有了外遇，总要设法杀害她生下的孩子。有人劝鳖灵除掉夫人肚子里的异种，避免将来和自己的亲生儿子卢保争权。鳖灵说：“寡人身为蜀帝，国中男女都是我的子民，难道还容不下望帝一滴骨血乎？”孩子生下后，鳖灵视为己出，干脆就呼他为“龟儿子”。后来“龟儿子”做了一方诸侯。为此，鳖灵还下令制止“杀长子”的歪风。

鳖灵的儿子卢保即位后也称为开明帝，尊鳖灵为丛帝。开明王朝一代一代传下去，直到一千七百多年后的战国时期，五丁壮士开通蜀道、招致秦国入侵才灭亡。

这次跟随大禹出行的是夔。大禹特意邀请夔同行，是想向他学习音乐。作为领袖人物，这是不可或缺的。夔多才多艺，生性活泼，很容易和陌生的部族男女打成一片，也对动员群众起到了不可替代的作用。每到一地，夔不忘采集民歌，了解民俗，趁乘辇赶路的闲暇，同大禹讨论声乐，在繁忙的治水工作中自得其乐。一日，他们路过一个十分偏僻的山坳，一曲拙朴的山歌随风飘来，歌词曰：“断竹，续竹；飞土，逐肉。”夔惊喜地叫道：“《弹歌》《弹歌》，这里有人会唱《弹歌》！”不等辇车停下便一跃跳下，迎着歌声奔去。大禹急忙驱车追上。

几名猎人手提弹弓、肩扛猎物，沿着羊肠小道鱼贯而行，此起彼伏地唱着“断竹，续竹；飞土，逐肉”。夔怕惊扰他们，远远地尾随在后，跟着反复吟唱，直到猎人拐进山村。

“你好喜欢这首山歌呀！”大禹说。

“这是最古老的一首狩猎歌，产生于伏羲渔猎时代。”夔兴奋地说，“我只知道歌词，不知道唱法，还以为失传了呢，没想到在这里遇上了！”

“也只有在这与世隔绝的十万大山当中，古风、古音才会有完整的遗存。”大禹说，“我只听到反反复复的八个字，到底唱的是什么意思呢？”

“歌声产生于谋生活动，这八个字就把当时的狩猎过程交代明白了。”夔进一步解释说，“‘断竹，续竹’，是歌咏‘弹’的生产制作过程。这就是先将竹竿截断，然后用弦连接竹竿两头制成弹弓。‘飞土’是指将泥制的弹丸射出，‘逐肉’是指猎手们追逐被击伤的猎物的情景。”

“好一幅远古狩猎图，我能深切地体会到他们内心的欢乐。”大禹赞叹道，“还有你，我很喜欢听你歌吟奏乐。”

“歌声能表达言辞无法表达的情感，”夔说，“音乐是我生命的一部分。”

“看来帝舜也很喜欢音乐。”大禹说。

“帝舜不仅喜欢，而且很在行。”夔说，“古代帝王大都谙熟音乐。伏羲、女娲制琴瑟，用以开启蒙昧，这是人们都知道的。黄帝以后的重大祭祀活动都离不开乐舞。黄帝时的伶伦，也就是神仙红崖先生，制作《云门大卷》；颛顼大帝令飞龙效仿八面之风，制作《承云》；帝喾有咸黑的《九韶》；帝尧则有《咸池》和《大章》，《咸池》是老乐师质修订的古乐，《大章》是舜父瞽叟的作品。质正在专心为帝舜编制乐舞《箫韶》，其中也饱蘸了帝舜的心血，《箫韶》将是乐舞的一个高峰。”

“你很佩服乐师质啊？”大禹问。

“是的，我从他那里学到不少东西。”夔神色黯然地说，“可惜他老了，身体也不好，能挺到《箫韶》交卷，就是万幸了。”

“那么说，当朝除了质，你的演奏就是最好的了吧？”大禹由衷地赞叹。

“音乐这东西，没有最好，各有千秋，永无止境。”夔神秘地说，“你不会想到吧，其实皋陶的音乐水平远在我之上，只是深藏不露而已。帝舜因担心质的身体，曾想让皋陶主持《箫韶》的制作，被他婉言谢绝了。”

“噢？真没想到。”大禹说。

他们路过伊耆氏部落，一起领略了葛天氏之乐。[1]夔在那里采集到一首腊月里祭祀百神的歌，叫作《蜡辞》，[2]还学唱了几首三皇时代的民歌，收获颇丰。大禹何等的聪慧，在和夔朝夕相处的日子里，很快精通了五声六律，连说话的声音都发生了变化，具有铜钟一般的韵律。

这日，大禹和夔赶到桐柏山，但见惊风走雷，石号木鸣，车轮大的山石里三层、外三层，围绕一个山头疯狂地滚动。原来虞舜和伯夷等人被围困在上面，耳旁响声如雷，震耳欲聋，根本无法用喊话取得联系，情况十分紧急！

大禹甩开舞步，念动咒语，祭起招神令，想找个山神问个究竟。半天，才见一位老者带领几位灰头土脸的人赶来。老者自称是桐柏山千里长，回答大禹的问话说："帝舜封祭桐柏山，用的是'少牢'之礼，众山神嫌规格低，要求改用'太牢'。帝舜不答应，因此他们摆下滚石大阵群起围攻。"

原来，山也和人一样，分为三六九等，享受的祭品规格也有高下之分。高等的祭品牛、羊、猪三牲俱全，称为"太牢"；中等的用羊和猪，称为"少牢"；低等的祭品是只有一只羊或一只白狗，还可以外加一只鸡。这些或多或少，都是必须有的，另外还要加上谷米和圭玉之类，那就遂人心愿了。对于特殊的、神灵显圣的神山，还需要更加丰盛的祭品。对这些规矩，大禹是了解的，但从未听说过山神向天子强行索要祭品的事。天子代表上天，反对天子就是反对上天，地上的神祇一般是不敢和天子作对的。

"这里的山神既敢围攻天子，又不听西王母召神令的召唤，为

[1]《吕氏春秋》云："昔葛天氏之乐，三人操牛尾，投足以歌八阕：一曰'载民'，二曰'玄鸟'，三曰'遂草木'，四曰'奋五谷'，五曰'敬天常'，六曰'建帝功'，七曰'依地德'，八曰'总禽兽之极'。"

[2]《礼记·郊特牲》《蜡辞》："土反其宅，水归其壑，昆虫毋作，草木归其泽。"（译文："土返回它的原处，水回到它的沟壑，昆虫不要繁殖，草木回到它的沼泽。"）

什么如此猖狂？怎么就来了你们几位？”大禹问。

“大人有所不知，”千里长说，“西王母的这块黄、黑两色召神令，只管西方和北方系列的山神，还有一块蓝、绿两色的召神令，才能调动东方和南方的山神。桐柏山位于南北分野、东西之间，除了我们几个占据西侧和北侧山头的山神，其他山神并不在您这块召神令的管辖范围之内。”

“噢？还有这一说。”大禹收起召神令又问道，“围攻帝舜的都是什么山神？你既然是桐柏山的千里长，就不能约束一下他们吗？”

“他们是鸿蒙氏、章商氏、兜卢氏和犁娄氏，原本是接受我的约束的，”千里长说，“只是他们后来加入了巫支祁的淮水帮，不断扩充实力，才嚣张起来，还反过来欺负我们。”[1]

说话间滚石阵又迅速膨胀，竟潮水般地朝山上漫延，帝舜银蛇鞭“啪啪”山响，随从们也各自施展看家本领奋力抵抗，只是无法阻止。大禹大怒，手中玉简“赤凌凌”变作宝剑，道道寒光射向滚石阵，只听得声声炸响，巨石接二连三地崩裂。但那滚石阵并没有停顿，又有更多更大的岩石补充进来，变成一块块疯狂的石头。靠山吃山，山神们整日里玩的就是石头，这滚石阵还真是难破呢！

一阵沉闷、雄浑的敲击声在耳边响起，乱云惊飞，落叶潇潇，大地筛糠似的颤动。大禹等人不由自主地匍匐在地。一刻钟之后，奇异响声停止，山峦的回声也渐去渐远，周围一片寂静。曾经气势汹汹的滚石阵突然无影无踪，一群怪物抱头跪在地上，好像得了疟疾一般发抖。它们当中有的是鸟身龙首或龙身鸟首，有的是兽身人面或鸟身人面，个个叩头出血，面色蜡黄——它们就是那些兴风作浪的桐柏山山神。大禹环顾左右，发现夔站在一圈大鼓中间，木偶般地举着鼓槌发呆。他忽然意识到什么，惊叹道：“好，好个夔皮鼓！”

夔好像被推了一把，晃晃悠悠如醉酒一般。两只鼓槌自动脱手

[1] 桐柏山神及巫支祁故事见《太平广记》卷四“李汤”条。

环绕一周。同时，十五面大鼓萎缩成蟠桃般大的小鼓，被鼓槌穿糖葫芦似的串成两串，围在夔的腰间。此时的夔如梦方醒，朝着大禹嘿嘿地傻笑。

这十五面大鼓，就是黄帝赖以击败蚩尤的东海夔牛皮鼓，而两只鼓槌则是震泽雷兽的腿骨。夔的先祖是夔皮鼓的制作者，立下功勋，被赐姓夔。这些鼓也鬼使神差地变小，被夔氏家族收藏，成了后代子孙的娱乐器具。今天夔皮鼓忽然现身，重振雄风，连夔也始料未及。只是当时在滚石阵的威逼下，他产生了强烈的抵抗欲望，下意识地把两串腰鼓解下，拼命甩动。接下来，他脑袋里一片空白，似乎变成了一个击鼓的木偶，直到大禹把他惊醒。

九尾狐提亲

帝舜下得山来与大禹会面，依法罢免带头闹事的山神鸿蒙氏、章商氏、兜卢氏、犁娄氏等山神职位，命千里长把他们羁押起来，以观后效。说到此事的起因，舜帝告诉大禹说，泰山、华山、衡山和恒山已经被分别封为东岳、西岳、南岳和北岳，祭祀时均享受太牢之礼，只剩下中岳还没有御封。中岳的候选对象有嵩山和桐柏山，“大臣和诸侯们比较倾向于嵩山，但桐柏山也势在必得，于是发生有组织的围攻事件。我已经拿定了主意，中岳非嵩山莫属，现在就去封祭。这样，纵观东、西、南、北、中，有五岳压星定盘，天下就安稳多了。”帝舜接下去关切地说，“朝廷决定由你继任伯鲧的爵位。嵩山原是伯鲧的封地，我把它的范围又扩展了三百里，作为你的封地。——你老大不小了，也该安个家啦！”

帝舜一行自去嵩山进行封祭大礼。大禹当即召集部族首领，命他们组织民众开展淮水治理工程。当年鲧治理淮水时采取“避水”方针，一边疏浚水道，一边从洪泛区迁出大批移民，以便蓄洪，并修建高台作为避水之所，一时也缓解了水患的危害。几十年过去了，由于洪水时来时退，有不少居民又返回蓄洪区。此外，因山体滑坡、泥沙沉积，淮水从支流到干道都发生了不同程度的淤塞，一遇山洪暴发，便泛滥成灾，民不聊生。大禹制定了治淮方案，从桐柏山开始，疏通淮水和它的各个支流，与北来的沂水、泗水汇合，导向东海。但是，鲧有一个没有解决的难题，令大禹也很伤脑筋：淮水没有形成一个与它的流量相适应的入海口，只能通过多条狭窄的沟洫进入东海。这些沟洫极易被沉积的泥沙淤塞，造成排洪不畅，是淮水灾害频发的主要原因。在沼泽地带清淤挖沟难度很大，屡有蛇虫水怪作祟，施工民众经常受惊逃散。一天，应龙出现在治水现场，变作飞龙，驱散蛇虫水怪，摆动有力的尾巴在地上划过。一条水渠随着应龙的移动向前延伸。大禹惊喜莫名，变辇为橇追随着应龙驶向海边。水到渠成，应龙停止施法，落在大禹面前，开门见山地说道：“你看，这样是不是给你解决问题啦？”

“好，好，再好不过了！”大禹兴奋得不知说什么好。

“好是好，只是怕好景不长。”应龙说，“淮水的泥沙会在这里大量沉积，河道土质松散，又很容易坍塌，几年之后还会淤塞如故。我的使命快完成了，不能常年盯在这里给你开渠，所以你还得寻找一条别的出路。”

“出路？你是说给淮水另找一个入海口？”大禹追问道，“你看导水路线走哪里合适？”他想，应龙心中一定有了路线图，得抓住他不放。

“不是给淮水另找入海口，而是引导它借道入海。”应龙果然胸有成竹，接着说道，“听说淮水原来有一条通往江水的水道，后来被地震堰塞了。从长远看，引淮入江要比直接导其入海划算得多，只是一次性的开发工程较大。另外，淮水改道所经之地的民众需要动迁，怕会引起一些诸侯和山水诸神的不满，有不少的麻烦。”

“天下如此之大，天灾人祸此起彼伏，各地需要相互救助和支援。诸侯食邑一方，自然会顾及乡土风俗和固守本地利益，而天子君临天下、威加四海，就是为了协调万国、互补长短，让各地各族民众共生共荣。”大禹不觉激动起来，斩钉截铁地说，“局部必须服从全局。麻烦是会有的，不然，还要我这个水土全权大臣干什么？我马上去勘测一下路线，再做些动员、准备工作。到时您一定要来帮忙啊！”

“对不起，我不想到那里去。”应龙幽幽地说。

“为什么？”大禹十分惊奇，应龙从来是有求必应的。

“每个人都会有所保留。”应龙说完转身走了。

大禹在淮水中下游奔走，想找一条理想的导淮入江路线。但是，诸侯并不怎么听从指令，大禹调查发现，不管在哪里施工，都会遇到当地强烈的阻扰。语言不通，召神令也发挥不了作用，大禹和夔连日里往来奔波，引水渠的位置还是确定不了。法不责众，尚方宝剑也唬不住那么多部族首领和民众。大禹感叹道：“朝廷一定要强，要能够掌控、调动天下诸侯和部族，不然什么事也做不成。”

一日，他们来到一个去处，只见一山突兀而起，气势雄伟而清幽，蓝天白云下，似有一股灵气氤氲其间。淮水从山间穿过，但河道严重淤塞，流水不畅。

“你知道这山叫什么名字吗？”大禹问夔。

“涂山。”夔回答道。

“涂山？怎么这里也有个涂山？”大禹想起了江水上游巴地那个涂山，惊奇地问，“你怎么知道？”

“据我所知，大江南北有四五个叫涂山的地方，都是因为居住着涂山氏而得名。”夔说，“我曾经到这里来拜访皋陶，因此得知。”

“皋陶不是泰山下的寿丘人吗，怎么会来到这里？”大禹问。他对皋陶这个同僚还是很关心的。

“这里是淮夷地面，属于东夷。当年皋陶接受帝尧的委托，来到江淮一带组织义军讨伐三苗，曾到这里和涂山氏歃血为盟。”夔进一步介绍说，“涂山多美女，听说皋陶的一个儿子还被涂山氏招赘上门了呢。”

“噢。”大禹若有所思，说道，“咱们上去看看吧！”

山坡上翠竹点点，桑林成片，隐约可见裙钗往来其间。桑林间响起一阵银铃般的吟咏，引起大禹的注意，他不觉驻足细听，其词曰：

独行求偶白狐狸，九条尾巴大又长。
我家祥瑞又欢乐，来客定可为帝王。
两人婚后成家室，你会因我而盛昌。
天上人间呈吉兆，循此行事路通畅。[1]

大禹点点头，自言自语地说：“征兆已经很明了啦！”径自向桑林深处走去。

七八个丽人正在采桑，个个容颜如玉，好似下凡的仙女一般。那位哼着小曲的姑娘垂着乌黑的长辫子，更是出类拔萃。她动作敏捷而优雅，面容庄重而顾盼生辉，歌声不高而韵味十足，犹如天籁。大禹轻轻击节附和，看来已经被眼前的声色陶醉了。

“哎嗨……”

耳边忽然响起惊人的一嗓子，如同一鹤冲天，不独大禹吃了一惊，连采桑女们也跑出来观看——原来是夔在引吭高歌：

---

[1]（汉）赵晔《吴越春秋·越王无余外传》云：“禹三十未娶，行到涂山，恐时之暮，失其制度，乃辞云：‘吾娶也，必有应矣。’乃有白狐九尾，造于禹。禹曰：‘白者吾之服也，其九尾者，王之证也。涂山之歌曰：绥绥白狐，九尾痝痝。我家嘉夷，来宾为王。成家成室，我造彼昌。天人之际，于兹则行。明矣哉！’禹因娶涂山，谓之女娇。”

一群仙雉落地来，
两只凡鸟慕裙钗；
哪个欲尝人间味儿，
对支山歌诉情怀。

姑娘们一阵哗然，推出长辫子对曰：

五月饲蚕采桑忙，
哪有闲暇找情郎？
君若属意涂山女，
十五赶圩到台桑。

歌声一落，姑娘们又是一阵大笑，背起竹篓一个紧跟一个没入林间。长辫子姑娘走在最后，回头见大禹二人还立在原地，嫣然一笑，快步跟上队伍。

大禹还在踮着脚寻找姑娘们的背影，夔说："禹兄，长辫子姑娘对你有意思，你要是看上了她，咱就等着到台桑对歌去吧。有我的帮衬，管保叫你马到成功！"

"她在回应你的歌声，是看上你了吧？"大禹认真地说。

"哪儿能呢，你身高九尺有余，相貌堂堂，威仪气质赛过天神，哪个男人站在你身边都会吃亏的，在情场上是无法与你竞争的。"夔接着说，"谈情说爱也要瞅机会，机会来了就要主动进攻。"

"我三十未娶，如果要娶，也应该有吉兆显现。"大禹若有所思地说。

"吉兆？什么吉兆……"

夔的话还没有说完，忽然传来婴儿的啼哭声。二人抬头望去，发现不远处的山岩上有一只白狐正在嚎叫。那白狐尾巴蓬蓬松松，又大又长，如旗幡一般摇摆。

“九尾白狐！”夔失声叫道，“很少见呢，它的现身是不是你说的吉兆？”

“嗯，也许吧。”大禹模棱两可地应着，径直朝白狐走去。白狐跳下山岩，钻进了灌木丛。

大禹和夔正在仔细观察，忽听背后有人说话：“司空大人，小神在此等候多时了。”

来者须发皆白，乃一老翁。大禹问：“你是这里的山神？”

“然也。”山神回答。

“刚才那只九尾狐钻到哪里去啦？”大禹问。

“不瞒大人，它就是小神的原身。”山神说。

“噢？”大禹打量打量慈眉善目的山神说，“听说九尾白狐产于青丘之山，有食人的嗜好，和你是同一类吧？”[1]

“大人博古通今，所言不差。世上所传食人白狐就是小神，不过那是千年以前的事了。”山神不卑不亢、坦诚相告，“我自从修成九尾之后，就变成了人形，人性渐长，兽性渐消，如今早已以吃人为耻了。不过，每当想起当初的丑陋行径，仍然感到万分惭愧，无地自容。”

“知耻者善。”大禹安慰他，又不解地问，“那你为什么还要变为兽身在人前现身呢？”

“我现出原形，摇动九尾，见者都认为是宜于‘成家成室’异兆，想以此来促使大人在涂山娶妻。”山神苦笑着说。

“你真是用心良苦呀，多谢，多谢！”大禹的感谢是由衷的，于是问道，“你给我介绍的是谁家的姑娘啊？”

“涂山氏女娇。”山神说，“就是刚才对歌的那位长辫子姑娘。”

“啊！怎么又是一个涂山氏女娇？”大禹惊讶地说，“在巴地涂山时，鳖灵给我介绍了一位女娇，没有来得及约会。怎么这里也

[1]《山海经·南山经》：“青丘之山，有兽焉，其状如狐而九尾，其音如婴儿，能食人，食者不蛊。”

有一位女娇？”

“此女娇即彼女娇也。”山神说，“各地涂山氏都是我的后裔，相互联系密切，往来频繁。您离开巴地后，鳖灵还是给涂山氏首领提及了此事，并告知他，您下一步要来淮水治水。所以他们不远千里把女娇送到这里居住，找机会与你约会。”

“天下男人随处都有，何必跑这么远来追寻一个从未晤面的人呢？”夔不解地问。

“美女爱英雄嘛！”山神说，“再说，我们涂山氏有个传统，就是尽量招赘高智商的男人上门，以提高后代的素质。大人若是有意，我让女娇来见你。”

“不是说通过赶圩对歌来谈论婚嫁吗？”大禹问。

“特事特办嘛！”山神说，“我给女娇托个梦说说就成了。”

“不，还是入乡随俗的好。女娇要我们赶圩对歌，就按她的意思办好了。”大禹说，“不过，眼下是来不及了，我们得抓紧时间组织导淮入江，事情麻烦得很呢，还说不好什么时候能赶回涂山来。”

“当然，治水事大。”山神说，“大人导淮入江的难处我已经知道了，小神不才，可以助您一臂之力。”

“你能把涂山的河道疏通就行了，导淮入江路线应该选在下游，怕你也帮不上忙。”夔插话说。

“二位大人都见到了，涂山可是出美女的地方。”山神不无骄傲地说，“江淮之间有不少部族是涂山氏的姻亲，由我出面和那里的山神、族长沟通，还有什么话不好说呢？当初皋陶就是指腹为婚，先和涂山氏联姻，才很快组织起一支联军的。”

“好吧，那就有劳您老的大驾了。”大禹客气地说。

“咱可有话在先，”涂山神半开玩笑地说，“事成之后您一定要到台桑去赶圩啊！”

“那是一定，你放心，我拖也要把他拖来！”夔抢着代为回答说。

涂山氏女娇

涂山神陪同大禹展开游说，每到一地便介绍大禹、夔与当地山神见面，把部落头人召来做动员。他还说，大禹是当今天子最倚重的大臣，不久的将来就会继承大位，君临天下，“告诉你们，这位大禹先生要入赘涂山氏，以后大家都是天子的亲戚，我们都要捧捧场啊！”他打出了亲情牌，进行号召。谁不愿意和天子攀亲戚呢？于是搬迁的搬迁、出工的出工，导淮入江工程很快在全线铺开。大禹发扬一贯的作风，光脚赤膊，手持耒耜带头劳作。人们见他小腿上的汗毛都磨光了，头上的帽子、束发的簪子掉在地上都顾不得捡起来，很受感动，干劲儿倍增。

一日，涂山神访友回来说，入江口冒出一个水怪，吃了几个民工，把人们都吓跑了，工程已经停顿下来。大禹连忙乘辇赶到江边，见一物有数十丈长，在浩浩江面上沉浮。大禹手持碧玉剑遥遥向水怪劈刺。只见几束寒光接连射出，水怪无声地断为三节，沉下水面。大禹他们以为水怪已被除掉，正要招呼众人来干活儿，忽见江面上涌起三座小山一般的巨浪，竟向岸上横压过来。大禹身下辇车反应灵敏，一跃后退一箭之地。原来江中水怪由一个变成了三个，各携巨浪作祟。大禹连连挥动碧玉剑，水怪随浪退回大江，少顷又卷土重来。如此反复，僵持许久，只是无法复工。大禹掏出云华赠送的丹玉之书，正要求助于大神，耳边忽然奏起乐曲来，由远及近，大气磅礴，如江河行地，万马奔腾。

“《枫鼓之曲》！”夔兴奋地跳起来，介绍说，“黄帝战胜蚩尤后，作了十支乐曲描述战争的激烈过程，通称为《枫鼓之曲》，这是其中最后一曲，叫作《波荡壑》。”

“那八成是江神混沌帝江巡江来了。”涂山神说。

“江神不是侠女奇相吗，怎么又成混沌帝江了？”大禹问。

“混沌本是中央之帝，他的朋友南帝和北帝为他开凿七窍，不幸致死。复活后，在昆仑山被黄帝的乐曲征服，潜伏在黄帝身上。因此人们传说黄帝就是混沌。”涂山神说，“黄帝飞升后，混沌重现江湖，混迹于江汉，自称帝江。自此之后奇相就不见了，大概是把江神的位子让给了混沌帝江。”

“噢……”大禹恍然大悟，一拍脑袋说，“怪不得应龙不愿意到江水来，原来是他不想见黄帝这个老丈人。”

“是的，当年应龙虽然帮黄帝战胜了蚩尤，但两人却是不欢而散。”夔补充说。

“黄帝的政令没有到达过江水流域，他死后竟然跑到这里做起神来，看来南北一统早就是他的愿望了。”大禹说。他的思维总是离不开天下统合。

说话间，只见一物赤如丹火，六足四翼，无头无尾无面目，随波逐流而来，好像漂浮在水面一样，自由自在。

“它就是混沌帝江。”涂山神小声说。

从《波荡壑》传来的那一刻起，水怪们就感到不妙，赶紧蛰伏于水下，企图蒙混过关。不想那混沌帝江虽然七窍不通，感知却极强，径自漂到水怪躲藏处，突然大放光芒。水怪受到强光照射，无处藏身，哇哇怪叫着跑上岸来，原来是非人非兽、形状稀奇古怪的三个活物。大禹眼疾手快，挥剑如风，三怪化阵妖风遁去。涂山神说，这三个怪物分别叫作桓胡、木魅和水灵，是巫支祁淮水帮的骨干成员，“它们破坏导淮入江，可能是受巫支祁指使的，不会就此罢手，后面还会遇到麻烦的。”

淮水入江口又恢复了一派繁忙景象。根据涂山神的提议，大禹决定巡视一遍全线施工进展情况，并赶在八月十五到达涂山，顺便到台桑去赶圩，约会女娇。正如涂山神所料，三个怪物又制造了几起事件，但是大禹他们及时赶到，并没有造成太大的影响，不过大禹他们已经赶不上台桑圩场大会了。涂山神决定先走一步去做安排，嘱咐说："你们一定要到涂山落脚啊！不然，乡亲们会失望的。"

路途上只剩下了大禹和夔。

"你在想什么？"夔忽然问。

"涂山的河道应疏浚好了吧？"大禹随口应道，"那一带是多条支流的汇合处，还需要下功夫整治整治呢！"

"女娇的事你可要想好，现在差不多已经生米做成熟饭了。"夔见大禹满脑袋想的还是治水，提醒他说，"可是你仅仅远远地看过她几眼，连话也没搭上一句，对她还没什么了解，马上就要面临选择了，怎么能不好好考虑一下呢？"

"还需要了解什么？"大禹一脸茫然地问，显然还沉浸在茫茫江河湖海里。

"按你的条件，普天下的姑娘随你挑哪个都行，怎能不找个满意的呢？"夔说。

"女娇的人都见过了，我看长相可以，没啥好挑剔的了。"大禹说。

"第一眼有新鲜感，着重整体印象，掩盖了很多细节问题，接触时间一长，才会产生审美的角度和深度。"夔以专家的口吻说。

"十全十美的姑娘到哪里去找呢？"大禹打断夔的宏论说，"再说，谁有那么多工夫去研究呢？"

"美女是天地的造化，由各种美好的元素凑成一体本来就不容易，不然，为什么会惹得男人梦寐以求呢？"夔说。

"每个人的审美观点都与他的修养、爱好和情感有关，如果把美女身上的部件及其组合都标准化了，岂不抹杀了欣赏者的个性？"大禹说，"娶妻是为了过生活，自己满意就行了，难道是专门给别人看的？"

"你说的也是。"夔话题一转接着说，"这样就更应该对女方进行深入了解了。两个人朝夕相处，习惯嗜好、性情脾气是否相合至关重要。”

“男女婚姻本来是自然而又简单的事，被搞得越来越复杂了。”大禹说，“只要女娇能支持我治水，不管她有什么性情脾气我都能迁就。男人只要有利于自己的事业，其他的顺着女人就行了。我都三十岁了，一意追求婚姻的完美，怕要错过生育后代的时机了。”

“你说的是。”夔由衷地说，“事业是你的生命，子孙是生命的延续，这才是最重要的，但愿女娇能随你的心愿。”

大禹和夔在黄昏时赶到涂山，此时圩场集会已经散了三天了。他们把船系在岩石上，打量着从山上垂下来的几条羊肠小道，正不知到哪里去找女娇，忽然跑来一高一矮两个少女，问道：“你们是来会女娇的吗？”

“是啊，你们是谁呀？”夔答道。那位个子高些的粗手大脚，口齿清晰，倒也平头整脸，颇为耐看；个子矮的眉清目秀，尚未长成，躲藏在同伴的身后。

“这位小姑娘是女娇的小妹。”高个子姑娘边说便推出小妹，“我是女娇的侍女芥壬。女娇让我俩在这里等候她的远方客人。”

“她人呢？”大禹迫不及待地问。

“她在台桑等候您三天了。你听，这是她的歌声！”芥壬提醒说。

“兮猗——”“候人兮猗——”“候人兮猗——”……

歌词翻来覆去只有“候人”“兮猗”四个字。“候、人、兮、猗”配以“宫、商、角、徵、羽”五声，每遍声调一变换，吐字清晰，运气舒缓，如长风送雁、江河行舟，绵远悠长，飞过千山万水。

“这歌声发自肺腑，是心田的颤动。”良久，夔赞叹道，“从她喉咙里流淌出来的不是音乐旋律，而是情感的激荡。夔听歌多矣，无如此南音者。禹兄，你应该是她的知音吧？”

大禹轻轻地点头击节，如醉如痴，经夔一点，才如梦方醒，身不由已地迈步向前，喉咙里忽然飞出一曲：“人来兮猗——”“人来兮猗——”声若洪钟，空谷回应。

夔从来没有听过大禹唱歌，心里着急，总想替他对上一曲，没想到大禹一出口就合仄押韵，美妙而令人心动！女娇的歌声节奏忽然加快，犹如在沙漠中行走的人望见了绿洲。大禹的歌声高低起伏，抑扬顿挫，随着女娇歌声的变化而变化。二人一个高音，一个低音；一个空灵，一个雄浑，你唱我和，一曲绝妙的男女二重唱随风飘荡，袅袅入云。两人距离逐步靠近，歌声也渐渐由高到低。当夜幕终于降临时，夔期待着欣赏最后一句结尾的合唱，但歌声却戛然而止，一时万籁俱寂。显然是这对男女求偶欲望过于心切了，没有顾及艺术效果的完美，就坠入了爱河。但作为音乐家的夔，却感到有点缺憾，甚至隐约地预感到些许不祥的味道。

据古籍记载，《楚辞》中具有特殊韵味的语气词“兮”，就来自女娇的“候人兮猗”。[1]我们相信，上古涂山氏的山歌可能大都具有这种风格，不过只有女娇的“候人猗兮”一句传下来而已，这还是借了大禹的光。时间创造了许多，也磨损掉许多，历经几千年还能够传世的东西，就带有神圣的意味了。

大禹和女娇的蜜月只有四天。四天里，大禹白天巡察淮水中游的治水情况，日暮才赶回涂山与女娇幽会。因为淮水的治理才刚刚开始，这样相对稳定的生活本来可以持续一些日子，但在大禹和女娇见面后的第四天，一封急报过早地促使他离开了涂山：巫支祁打上了桐柏山，山神们又反了！

早年间，巫支祁夫妇受到河伯冰夷的羞辱之后，龙女珊瑚感到世间人心险恶，对巫支祁也大失所望，于是径自跑回东海娘家，再也不回淮水来了。巫支祁的涂山氏情妇，也因为产下一个有尾巴的婴儿，受人歧视，与他断绝了来往。巫支祁受到强烈刺激。他认识到，自己光有一个淮水水神的头衔不行，连老婆都保护不了，要想立身

[1]（秦）《吕氏春秋·音初》：“禹行水，见涂山之女，禹未之遇而巡省南土。涂山之女乃令其妾候禹于涂山之阳。女乃作歌，歌曰：‘候人兮猗！’实始作为南音。”

于诸神之林，还必须扩大势力，只有增强神通，才能威震江河湖海，避免遭受欺凌。为此，几十年来他潜心致力于两件事：一是广泛结交山神水怪、石妖树魅，组建了一个以他为首的、颇具实力的淮水帮。二是遍访神仙、真人，修炼绝技。河伯冰夷被巨灵扫地出门后，游魅彻底脱离了他，又跑来和巫支祁同居。经过种种曲折和磨难，两人都成熟了许多，倾心相爱，在距巫支井不远处的淮水宫定居下来。巫支井淹没在一片汪洋之中，是个极其秘密的所在，除了龙女，现在只有巫支祁和游魅两人知道了。三年来，巫支祁一直在井中闭关修炼一种叫作“阴阳分身术”的秘术。据说，此术练成后，他的灵魂随时可在阴、阳两种状态中转换，本事就大多了。他告诫游魅，在他出关之前，不允许任何人前来打扰。

桐柏山山神被大禹囚禁后，桓胡等精怪就跑到淮水宫来呼唤过巫支祁，被游魅打发走了。时隔不久，他们又跑来大喊大叫：“巫大哥！你赶快出来吧！如果再晚来一步，咱们都变成亡国奴啦！”在他们身后，山精水怪们三三两两地陆续赶来，越聚越多，呼叫声越来越大，脚步杂沓地涌向宫门，游魅哪里制止得住？正在急难时刻，一个声音随风飘至：“吾来也！”

水面上空飞来一朵黑白相间的浓云，飘然落地后，一个别样的巫支祁进入游魅的视线：他原来浑身的黑毛和白发，变成了半边黑半边白，本已白净的面庞也成了阴阳脸，左右手臂上分别缠着一条青蛇和一条银蛇，一身的阴阳怪气！

“哇！”在一片惊叹声中，巫支祁身形连晃几晃，忽然裂变成两个巫支祁，一个雪白，一个乌黑。那黑毛巫支祁只亮了一下相便不见了踪影，原地只剩下了白毛巫支祁。

“桓胡，究竟出了什么事，大惊小怪的？”巫支祁问。

“桐柏山的弟兄们被朝廷扣押起来了，这还是小事；大事是，淮水就要改道入江了。我们淮水本来是‘四渎’中独立的一支，将来就要归在江神阶下，受其节制了。我们不能任人宰割呀！”

“欺人太甚！”巫支祁眼冒金光，振臂一呼，“走，弟兄们都跟我走！先去桐柏山，把山神们救出来再说！”

大战巫支祁

大禹和领兵赶来的皋陶会合，选择在一道山梁上安下营盘。巫支祁不敢大意，也约束山神水怪在对面山坡上扎寨，与大禹隔壑相望。在他的队伍中，还有一些氏族武士，都戴着面具，装扮成妖怪模样。大禹射去一封战书，约巫支祁第二日阵前相见。皋陶告诉大禹，为全面推动江、河、济、淮“四渎”的治水进展，帝舜已经批准了一条法令，凡是反对、阻碍大禹治水者，皆以反对帝舜王朝论罪，朝廷要动用武装力量予以制止。

“法令是你起草的吧？”大禹问。

“那是为臣的职责所在。”皋陶轻描淡写地说。

“听说你在音乐上很有造诣，近来有所创作吧？”大禹很想将这位才高八斗的东夷领袖引为知己，主动与他攀谈道。

“目前四夷诸族时归时叛，中原诸侯心怀不轨者也大有人在，四海之内仍处于万国林立状态，朝廷政令难以通达。我作为监狱之长，每日里寝食不安，如履薄冰，哪有工夫发展业余爱好呀？”皋陶接着又说，“巫支祁势力强大，南到江、汉，北到涡、泗，都有他的支持者，不少氏族都把他当作神来供奉，这场战争非同小可，必须全力以赴。”

“应该让沿江诸国偕同作战，开辟第二战场，从南向北包抄巫支祁。”大禹说。

“帝舜已经发出了传檄，尚未得到回应。”皋陶说，“如果南面的三苗、汪芒两个强国响应天子号召，事情就好办了。”

“派朱虎、熊罴二人分头再去督促，”大禹说，“命三苗、汪芒国君亲自领兵火速赶来。”

翌日，双方各自出寨列阵。大禹出阵，单独驾辇降至坡底。巫支祁也约退众神怪，纵身一跃落在大禹对面五十步之外。大禹见其形象便知是巫支祁，于是开门见山地质问：“巫支祁，你为何聚啸山林，与朝廷作对？”

“你就是朝廷司空大禹吧，我本来有话要问你，你倒先问起我来了。”巫支祁呵呵笑道，“这桐柏山乃淮水源头，地处江、河之中，界连东西南北，正是中岳首选之圣山，为什么弃而别选嵩山？不就是因为嵩山在你的封地上吗？”

巫支祁的问题十分尖锐，直刺大禹本人。大禹也隐约感到，舜帝可能有照顾自己的意思，但他不能承认，因为五岳的封祭毕竟是天子决定的。于是答道：“选择嵩山为中岳，乃天子广泛征求大臣和诸侯的意见后确定的，与本人有何关系？”

“就算是听了大臣和一些诸侯的意见，那也是有失公允的。试问，天子可曾征求过江汉、江淮一带族群的意见？”巫支祁不等对方回答，又继续说，“自黄帝以来，历届盟主都以河水中下游为活动舞台，建都封侯，号称中原，自以为得了天下。其实，江淮流域以至海岱地方部族，有着比中原人毫不逊色的智慧和创造力，但他们却很少有话语权。天子本应平等对待天下各地人群，而如此偏袒中原而蔑视四夷者，竟也号称天子，不亦羞乎？”

大禹阵前单独约见巫支祁，本想以攻心为上，来个先礼后兵，没想到他几句话就辱及天子，不管他的话有没有道理，都不能容忍了。于是怒斥道：“大胆巫支祁，竟敢辱骂天下至尊，罪该万死。”

“大王少和他啰唆，滚石阵来也！”大禹的话还没有说完，早已恼怒了众山神，边叫边操纵滚石阵居高临下隆隆而来！巫支祁纵身退回本阵，为滚石阵让路。大禹也知道厉害，驱辇疾走回避。

皋陶压住阵脚，稳如泰山，看看滚石阵整个儿爬上坡来，宝剑一挥，下令道：“火！”只见一位青年跳出阵来，他便是皋陶的大公子伯益。

伯益深受其父熏陶，自幼聪明过人，四岁就跟着大人治水，后成为大禹的得力助手，小小年纪便被帝舜封为伯，人称伯益。伯益还得到异人传授，掌握了一种放火烧荒的神技。洪水退后，蒿草、芦苇丛生，蛇虫遍地，帝舜授命伯益为烧荒总指挥，指导人们在荒原上放火烧荒，赶走虫兽，用灰烬湮填泥泞湿地，使之变为可耕种之良田。出兵桐柏山时，皋陶考虑到对手都是些精怪，人力难以对抗，特召伯益随队出征，伺机采用火攻之法。此时，只见伯益双手呈抱球状，上下互动，两掌之间随有燧石噼里啪啦相互磕碰，形成一个火球。伯益双手运动越来越快，火球越来越大，忽听“砰”的一声响，火球炸裂开来，变成无数小火球，点燃了荒草，沿着山坡滚下。一时间，风助火势，火助风威，一道熊熊大火迎头撞上滚石阵。真乃水火无情，神鬼皆怕。面对突然冒出的无名山火，山神石怪们惊慌失措，放下滚石，掉头便跑。那些反应迟钝的倒霉鬼早被烧焦了尾巴和体毛，还有的被反转的滚石轧断了腿。

巫支祁没有料到山神的滚石阵如此不堪一击，急忙下令营救。大小水怪一齐作法，无数飞瀑倾盆而下，扑灭大火，救出狼狈不堪的山神石怪。

“上！”巫支祁果断下令进攻。水怪们推波助澜，一浪高过一浪地攻上皋陶军阵。

“撤！”眼看就要水漫山梁，皋陶才下令撤军。将士们分头向左右跑去，原地只留下大禹和夔，直面惊涛骇浪。他们乘坐的辇车可以变为船，是不怕洪水的。

水怪们正在得意地上蹿下跳、兴风作浪，山梁上忽然出现十五面大鼓，一字排开。夔抡动两根雷兽骨挨个擂起，山谷间顿时爆出声声炸雷，强大的冲击波摧折大树、震裂岩石，地动山摇。水怪们被震昏了头，一头扎进水底，山洪哗啦啦退下。巫支祁大叫：“趴下！

埋头！”

此时神怪们一个个捂住耳朵、撅起屁股，把头拱进泥土里瑟瑟发抖，连巫支祁也双手捂住耳朵，不敢稍有大意。夔像被施了魔咒一般，一口气擂了一个时辰。这是夔皮鼓阵法的一个大回合，一般情况下敌人都会失去作战能力，擂鼓者也该停下来喘口气了。但是，战局就在这一瞬间发生了逆转。巫支祁以其深厚的内功扛住了冲击波，头脑相当清醒，目光依然敏锐，夔手中的鼓槌刚一停下，他手臂上的两条蛇突然变成投枪，闪电般地飞出，只听“噗噗”两声响，大鼓已被刺破两面。一排大鼓倏然消失，变成小鼓回到夔的腰间。这十五面夔皮鼓浑然一体，是有灵性的，因此一损俱损，一蹶不振，从此便从历史的战场上销声匿迹了。

大禹的反应只是迟了一刹那。当他的碧玉剑刺出时，巫支祁的蛇标已经回到了他的手上，立即旋转成两只盾牌，遮拦住碧玉剑的寒光。大禹频频发射，巫支祁手持盾牌护身，步步前进。只听两边山梁上一阵呐喊，飞矢、投枪雨点般地射向巫支祁，却如撞到岩石一般纷纷落地。

“丹书！快祭起丹书！”夔见战况越来越危险，赶忙提醒大禹。

大禹这才想起云华赠送的圆筒状的丹玉之书，随即默念咒语，顺手抛向空中。丹书接连闪烁三次红光，划过一个大圆弧，又回到大禹手中。此时，巫支祁手持亮晶晶的盾牌逼到近前。原来，他手中的蛇已经变成冰盾，碧玉剑射出的寒光只能使它变得越来越硬。夔忽然发疯似的一跃而起，抡起雷兽骨砸将过去，只听得“咣”“咣”两声响亮，冰盾哗啦啦碎裂落地。巫支祁大怒，伸手抓住夔，用力甩向空中。

“夔——”大禹惊恐地大叫。

“夔——”山梁上将士们一齐惊呼。

“夔在这里！”一个稚嫩的声音传来，像是远山回应。瞬间，那声音忽然在耳边响起，“巫支祁休得撒野，童律来也！”

一匹飞马飘忽而来。马背上是夔和一位长着一张娃娃脸的、自称童律的年轻人。飞马落地化为一根竹竿，童律拿在手里权作兵器，说：“巫支祁，你还是息兵散伙吧，免得大家伤了和气。”

“小娃儿不当家不知道柴米贵，”巫支祁讥笑他说，“还是骑上你的竹马找女娃娃玩过家家去吧，莫管闲事！”

童律最忌讳别人说他是三岁小儿，闻言勃然大怒，竹竿点地飞身腾跃，双脚凌空朝巫支祁头上踹来。巫支祁伸手去抓他的脚腕儿，不想童律出溜滑落在地，一脚蹬在巫支祁的脚脖子上。巫支祁打了个趔趄，不敢大意，从腰间抽出一条青蛇，迎风一晃变作金棍，与童律好一场大战。

大禹见童律久战不下，山神水怪一个个苏醒过来，蠢蠢欲动，于是又如法抛出丹书请求帮助。这次来的是一个黑脸大汉，乌发虬髯，吼声如雷：“童律兄弟稍息片刻，乌木田来也！”边吼边抡起乌木大棒砸向巫支祁。巫支祁见来者都是大神，难于应付，急忙现出法身，身长数十丈，金目如炬，雪牙似剑，脖子一伸可达百尺之外，神力胜过九只大象，搏击腾挪，往来如风。童律和乌木田也显现巍峨法身，联袂大战巫支祁，一时间天昏地暗、地动山摇。山神水怪趁乱重又作祟，分头祭起滚石阵和洪涛阵，向左右山梁上攻击。大禹担心久拖生变，干脆再次求助于援兵，以求速战速决。这次来的大神自称庚辰，还带来了一群天兵神将，轰隆隆如泰山压顶般的开来。庚辰大戟一指，天兵神将如狼似虎，把山神水怪打了个落花流水。皋陶趁机挥军进剿，山神水怪抱头鼠窜，四散奔逃。这边，庚辰挥动大戟加入战阵，三人你退我上，围着巫支祁展开车轮大战。日落日出，大战进行了一日一夜，庚辰三人越战越勇，招式百变。巫支祁渐渐感到体力不足，取胜无望，于是虚晃一棍，将法身收起，一头扎进水里，溜了。

童律和乌木田分别奔走在淮水两岸，庚辰在水面上空飞行，指点着巫支祁的去向，跟踪追击。大禹变辇为船，在后掠阵。那窦窳陪同大禹治水多年，积德多多，自觉功力大增，此时估计治水将要成功，自己升天的日子临近，更是精神大振，那船竟如疾飞一般，紧跟在庚辰三人身后。巫支祁逃到淮水下游，怕暴露自己的老巢巫支井，掉头向南拐去。这里是刚刚开通的导淮入江水路。大禹对夔说："汪芒国君如果在入江口派水军设伏，出其不意，可轻易制胜。"但一路行来，只见有民工还在筑堤修堰，并不曾有一兵一卒。"汪芒国没有出兵。"夔判断说。

巫支祁潜入水底，一口气冲进大江。这里水深浪阔，可东入大海，西上昆仑，有很大的回旋余地，是躲灾避难、休养生息的好去处。巫支祁正在庆幸，忽闻一阵乐曲飘荡，伴随着一个闷声闷气的声音说："你带着淮水帮投奔我老人家来啦？欢迎，欢迎，就给我混沌做个马前卒吧！"声音刚落，一股强大的吸力拽起巫支祁就走。巫支祁大惊失色，眼看着就要被眼前这个没有七窍和面目的怪物俘虏。巫支祁就是巫支祁，岂能轻易受制于人？他稍微一镇静，手中青蛇立即变成一柄锋利的三股金叉，就势向前猛冲，连人带叉撞进混沌体内。

混沌立即感觉到这是一个烫手的山芋，改口说："好小子有种，不愿跟我就算了，自个玩儿去吧！"说罢，将身体缩到乌龟那么大，又突然膨胀，激起百尺浊浪，把巫支祁抛向空中。庚辰正在搜寻巫支祁，忽见江水翻腾处光芒四射，还隐约听到帝江说话声，紧接着从中飞出一物，如弹丸一般划过头顶，向北飞去。他顾不上打招呼，当即加速紧追，盯住目标不放。当大禹他们掉头找来时，发现庚辰正站在龟山顶上张望。龟山被水包围，眼前一片汪洋。

"明明落在这里，都大半天了，怎么一点儿动静都没有？"庚辰自言自语，又像是对童律他们讲。

"这么大的湖泽，藏个把人到哪里去找啊？"乌木田无奈地说。

庚辰从腰间解下一条汗巾，抖搂开是张网。这张网大有来头，是当年伏羲教民渔猎时的自用网，有名叫作罟瀚。罟瀚是伏羲役使亿万蜘蛛吐丝结就的，丝细而孔大，小鱼易漏，大鱼难逃，收起来一把抓，撒开可网五湖三江。黄帝时曾由大将鬼臾区收藏，后来流落到河伯处，不知何时又到了庚辰手上。庚辰一直不愿使用，就是怕惊扰其他的水族。“不起用罟瀚就让巫支祁漏网了，”庚辰说，“但一网撒下去，恐怕大一些的鱼鳖都逃不掉。请上天恕我惊扰生灵之罪吧！”

“这里的湖泽涝时洪水积聚，遇到干旱年份就干涸，不会有太大的鱼类。”大禹生怕放跑了巫支祁，留下遗患，于是加重语气说，“即使上天怪罪，也由我来承担，先生只管撒网吧！”

罟瀚无声无息地撒下，可谓天网恢恢、疏而不漏。半个时辰过后，罟瀚自动收起，只网到几段朽木，却不见一个活物。再次抛下，又捞到几块满是泥巴的岩石，显然是从湖底刮上来的。如此几番打捞，就是不见巫支祁。

“巫支祁会不会从网孔钻出去呢？”大禹问。

“绝对不会。”庚辰肯定地说，“此网功能神异，凡是该捞到的，任何神怪都挣不脱、逃不掉。但这个巫支祁能藏到哪里去呢？”

“如果确实在这片湖泽里，那些水魅水怪们可能会知道。”大禹说。他当即决定以朝廷名义悬赏缉捕巫支祁，布告说，凡能指出巫支祁藏身之处者，祭告上天，封其为涡水水神；凡能将巫支祁引出水面者，封其为淮、涡水神。

对淮水水族来说，这个赏格非常之高。淮水沸腾了。水怪水魅们纷纷出动，连巫支祁的铁杆弟兄们也不甘寂寞，宁肯背上忘恩负义的骂名，也要去争取替代他的职位。但是，折腾多日，直到一位知情的告密者出现之前，谁也没有指出巫支祁藏身的地方，更谈不上把他引出来了。

裂石生启

这位告密者就是游魅。她让大禹重申了奖励条款，又提出增加一条：必须保证淮水水系水神建制的独立，不得并入江水或河水。大禹当着三位神将的面答应，此款将同其他封赏一并祭告上天。游魅入水不久就钻了出来，立即跳到龟山上。在她出水处冒出一大串气泡，巫支祁一跃蹿出水面，大叫："游魅！……"后面的话还没有出口，就被一网兜罩住，任凭挣扎，只是无法脱身，被连人带网拖上龟山。

"是你出卖了我？"见游魅和大禹等人站在一起，巫支祁惊诧而又愤怒地质问。

"不错，是我。"游魅得意地说，"这个价码很划算啊！"

谁都没有料到她会这么回答，夔差点笑出声来。巫支祁气炸了肚皮，但还是不愿意在外人面前表现出缺少涵养，强压怒气说："对你当然划算啦，这是拿我的鲜血给你换取了一顶帽子。在这个世界上，我就剩下了你这一个知己，结果还是被你出卖了。难道你就没有一点儿负罪感吗？"

"没有哇，因为我不完全是为了自己。"游魅指指自己微微隆起的肚子说，"你的儿子就要出世了，万一你的狐朋狗友发现了你的藏身之地，被他们出卖，我和你的儿子都会受到牵连，永无出头之日了。"

游魅一席话，让在场的几位大男人刮目相看。这位出卖自己丈夫的女人，一下子变成了巫家的功臣。巫支祁虽然一时还转不过弯儿来，但怒气已经泄掉了大半，只是盯着游魅的肚子说："你可要照顾好我的儿子啊！"

"那还用你嘱咐，孩子是娘身上的一块肉。"游魅说，"你放心去吧，无论关押在哪里，我都会前去探视。”说罢，挺着肚子摇摇摆摆地离开了。

巫支祁要求把他羁押在巫支井里，也方便孤儿寡母去探视。对大禹来说，只要巫支祁不再出来闹事，怎么处置都无所谓。而庚辰等几位天神也觉得无所谓，于是就答应下来。他们在巫支祁脖子上锁上青铜锁链，鼻子上穿着金铃，念动分水咒语，押着他进入隐藏在水底的巫支井。此时巫支祁忽然冷笑道：“你们也太小瞧我巫支祁了，那张网还将就，区区一条锁链怎能关得住我？对不起，吾去也！”

只见巫支祁摇身变作黑、白两个，那白的依然被锁链牢牢锁住脖子，那黑的却撒丫子就跑。巫支井里通道窄狭，蜿蜒曲折，使不得兵器，撒不开罟瀚，庚辰三人路又不熟，竟眼睁睁地看着巫支祁逃掉了。当他们终于摸到出口时，发现巫支祁已经进入东海。当时，天昏地暗，骇浪滔天，巫支祁正同一条飞龙在苦斗。

飞龙就是应龙。[1] 他发现大禹和巫支祁在桐柏山大战，老早就在海边游弋，防止巫支祁潜入东海。他要帮大禹最后一个忙，作为告别的礼物。庚辰认识应龙，高声叫道：“应龙兄稍息，我们抓捕逃犯来也！”应龙闻言冲天而起，只见三座大山如风而至，最后“砰”的一声合在一起，经过高速旋转，三座山最后缩成一块长方形仙石，落在东胜神洲傲来国海外花果山顶峰上。巫支祁告别了轰轰烈烈的岁月，终于又被压缩成一个石卵，蜷缩在仙石里，在无限的寂寞中度过他的一个劫数。

至于巫支祁分身后留在井中的那个巫支祁，后来也被人发现过。据当地县志记载，唐朝永泰年间，官府曾用五十头牛把锁链连同一个怪物拽上来。怪物的形象类似传说中的巫支祁，当时正在酣睡。它醒来后，吓跑了在场围观的人，又一骨碌返回井中，竟把五十头牛也拖了下去。不过自那时起，龟山巫支祁井一直在那里，而巫支

[1]《山海经·大荒东经》：“应龙处南极。”吴任臣广注引《岳渎经》云：“尧九年，巫支祁为孽，应龙驱之淮阳龟山脚下。其后水平，禹乃放应龙于东海之区。”

祁再也没有出现过，只留下了一个脍炙人口的传说。巫支祁之后，淮水也从来没有其他水神亮过相。不知是因为游魅的职位没有被上天批准，还是因为她少了神通、无法显灵而被人们忘记。

自从大禹同女娇分别后，一直没有抽出时间和她会面。女娇新婚燕尔便独守空房，对大禹的思念之情可想而知。她每天倚门而望，深情地唱着那首发自肺腑的歌：“候人兮猗”。歌声低沉幽婉，也许只有她自己能听到，但女娇相信千里之外的大禹听得见，因为那是专门唱给他听的。

女娇对大禹的痴情，是来自涂山氏姑娘一种信念。涂山氏是九尾狐的后代，族人并不讳言，甚至为此而自豪。但有一件事令他们非常难堪。那就是，每隔上几年，总会有姑娘生下个带尾巴的，或者是遍体白毛的孩子，就是我们所说的返祖。此等怪异不管出在哪位姑娘身上，都会令她的族人蒙羞，给她的家庭带来灾难性的后果。她的兄弟姐妹以至下一代，也会因此而遭遇求偶的困局。巫者说，之所以产下怪胎，是姑娘与半人半兽的妖怪交媾的结果。各地涂山神也不断托梦给情窦初开的女孩儿，告诫她们不要轻易对男人以身相许。有些人看起来道貌岸然、衣冠楚楚，弄不好就是个德行浅薄的衣冠禽兽。要选择知根知底的男人。于是，那些有足够选择权的漂亮姑娘，就背负上了家族厚重的寄托。当然，找个神人也成了她们追求的目标。在巴地涂山老家时，时任蜀国宰相、领导治水的鳖灵看上了女娇，主动向她求欢，但被婉拒，原因就是鳖灵的出身，任他怎么追求、许愿都不成。鳖灵了解了女娇拒绝自己的原因后，不得已选择了放弃，后来才把她介绍给大禹。大禹离开巴地后，鳖灵没有放弃撮合，又向女娇和她的家人推荐了大禹，并且非常负责任地强调：“大禹的父亲是天上白马星君下凡，百分之百的天神。他自己从娘胎里一出来就是个百分之百的人类，千万不要听信别人不负责任的传言，错过了机会！”当时他也想说，我鳖灵也是地道的天神，变成王八只不过是一种本事罢了。但此话终于没有说出口。

不久鳖灵做了蜀帝，有人讲给女娇听，以为她会懊恼不迭，但她只是一笑置之，一点儿悔意也没有。不过女娇采纳了鳖灵的力荐，举家迁往位于淮水的涂山去追寻大禹，最后终于如愿以偿。

女娇望眼欲穿也没有盼来大禹，肚子里也没有一点儿怀孕的征兆。她着急了，请人四处打听大禹的去向。一日，飞人朱虎突然跑来，说受大禹之托特来报信。原来，剿灭巫支祁后，大禹正走在返回涂山的路上，忽然遇到朱虎，前来传达朝廷紧急指示，说伊水发生山体大面积滑坡，水道堵塞，河水泛滥，伯益已经带人赶去，命大禹速往治水。大禹请朱虎给女娇报信，自己和夔当即星夜开往伊水，那里正是虞舜划给他的封地。

朱虎走后，女娇坐卧不宁，寝食不安。她想，大禹奔走于淮水上下、几次经过涂山尚且无暇走进家门，如今远走他乡，会面的机会将更是遥遥无期。“等到何时才是个头儿？”女娇思谋良久，决定到伊水去寻找大禹。家人支持女娇，弟弟须牟和小妹都乐意陪伴前往。三人搭载过往船只沿颍水西上，经过钧台、阳城，又在鲧氏族人的带领下翻山越岭来到伊水。此时大禹正带领民众开凿伊水龙门，见女娇找来，大喜过望，随即在熊耳山麓自己的封地上搭建房舍，安了个新家。其后，女娇的家人和巴、淮两地的涂山氏也陆续有人迁来，大禹划定了三座相邻的山岭来安置他们。女娇把涂山氏移民居住地命名为三涂山。其中也暗喻，这里已经是她居住过的第三个涂山了。

伊水龙门开通后，大禹又去开辟轘辕山。每天，劳累的人们收工后，大禹还在劳作不止，夜以继日。此时的女娇已经身怀六甲，她心疼丈夫，总是把饭烧好后亲自送到施工现场，看着他狼吞虎咽地吃个精光，才收拾碗筷回家。后来施工进入危险地段，塌方、滑坡现象不时发生。为避免伤亡，大禹命民工暂停施工，远离现场，由他一人处理险情。女娇担心他的安危，还是爬上爬下、坚持把每顿饭送到大禹面前，并嘱咐上几句，才放心地回去。大禹对女娇说：“这里随时都可能塌方，为了你和咱们的孩子，你要十分小心才行。我在身边安放了一面鼓，每次送饭来时，听到鼓响再下沟来，切记！”他又神秘地安慰女娇说，“我有神功护体，是不会发生意外的，你放心。”

大禹所说的神功，实际上就是他的法身。西羌女子修已生下了他的人身，而鲧通过剖腹产出了他的龙体，二者经过神化结合化育出大禹。他和鲧一样，是个半神半人的人物。只不过大禹的神性基因又比鲧减少了大半，其法身也出现较大的变异，不再是白马和黄龙，而是一头力大无穷的黄熊。在以往的施工中，只要发现异常情况，大禹都会赶走众人，秘密显现黄熊法身，独自一人去排除险情。这次也不例外。正当黄熊用耒耜撬动一方巨石时，几块浮石从上方滚落，黄熊闻声侧身一跃，避过了险情。但是，情急之下，它的前蹄却误踏上了鼓面，发出“嗵”的一声响亮。这时女娇正眼巴巴地捧着饭钵等候在那里，听见鼓声，一溜小跑冲下去。但是，她看到的不是丈夫大禹，而是一头凶猛的黄熊！女娇“咯噔”钉在当地，脸色煞白，双脚发抖。黄熊一怔，摇身变作大禹，惊呼：“你怎么来了？”[1]

女娇惊惧地说：“妖怪……原来你也是个妖怪！”双手一松，饭钵“啪”的一声落地。

“甭怕……”大禹快步上前欲做解释，但女娇如撞见鬼魅一般，掉头便跑。大禹赶了几步，忽然想起自己的耒耜还卡在巨石下。那耒耜不是一般的工具，而是伏羲赠送的那枚玉简变化来的，是大禹赖以驱妖、治水的神器，万万遗失不得，必须时刻放在身上。

大禹返回沟底，用力抽出耒耜，前脚刚一离开，身后忽然滑坡。好险！他几个腾跃蹿上岸来，发现女娇已经跑到嵩山脚下。大禹担

---

[1] 屈原《天问》：（译文）“禹爱涂山之女而匹配交合，生育夏启为其后嗣。为何禹与众人嗜好相同，而一朝快于情爱之事？”又，《淮南子》：“禹治洪水，凿轘辕开，谓与涂与氏曰：‘欲饷，闻鼓声乃去。’禹跳石，误中鼓，涂山氏往，见禹化为熊，惭而去。至嵩山脚下化为石，禹曰：‘归我子！’石破北方而启生。”

心她跑掉了肚子里的孩子，一边箭也似的追上去，一边大叫："等一等！你听我说……"

女娇见大禹追至，反而跑得更快。这时，头顶忽然鼓乐齐鸣，一支乐曲在空中荡漾，声震山峦。女娇一惊之下，失足跌倒在地。大禹吃了一惊，连叫声都跑了调："小心孩子……"

但眼前发生的事让他目瞪口呆，惊倒在地。原来，女娇倒地后变成了一方巨石，横陈道间，兀自摇晃不止。惊诧甫定，大禹忽然跳向前去，发疯似的用耒耜敲打着方石大呼："我的孩子呀！……快把孩子还给我！"

促成大禹婚姻的一个重要因素，就是为了延续子嗣。但如今，眼看就要到手的儿子突然随母变成了石头，让他如何能够接受？他的举动和呼叫，完全是内心绝望的宣泄，压根就没有想到要呼唤出一个儿子来。但是，奇迹却出现了。只听耳边炸雷似的一声响，方石应声裂开，从中飞出一个肉乎乎的东西，恰恰地落在大禹的怀里。大禹一惊非同小可，"噔噔噔"连退三步，一屁股坐在地上。怀里那物事跌落在面前，大禹定睛一瞧，原来是个男婴！男婴浓眉大眼，发齿已全，竟然张着大嘴呵呵笑个不停。从方石中拖出一条几尺长的脐带，附和着婴儿笑声的节拍颤颤悠悠，竟似在为他的歌吟伴奏一般。

"这孩子是个天生的音乐家！"大禹心里赞叹。他急忙割断脐带，结扎起来。男孩的笑声戛然而止，紧接着又大哭不止，泪水滂沱。大禹手忙脚乱，正不知如何安抚他，那条脐带却忽地化作两条蛇，转眼间缠在婴儿的脚腕儿上，变成了两条脚链。婴儿立即停止了哭号，倒头便睡，鼾声连连。

庆功大会

此时大禹才静下心来仔细检视婴儿。他全身没有任何异样。不过，他从娘胎里随身带来了五样物件：除两条脚链外，两只手里还各攥着一把伞状的羽葆幢和一只玉环，腰间还佩戴着一只玉璜。“你全副武装来到人间，看来世道要因你而改变了。”大禹梦呓般地说，一时五味杂陈，不知是福是祸。他给儿子起名叫启，以纪念他是岩石开启而生的异事。史书上多称启为夏后开，是因为汉景帝名启，汉人为避讳当朝皇上，只好给远古帝王改名了。

大禹有没有续弦不得而知。但可以肯定的是，他的儿子应该是由女娇的小妹、启的小姨带大的。有书记载说，嵩山有启母石，汉朝时曾在少室山东面同时修建了启母庙和少姨庙。少姨的地位如此之高，应该就是启的养母。我们不妨推断，这位少姨也可能是大禹的后妻、启的继母。

治水活动在江、河、济、淮全面展开。大禹处理完伊、洛水患，把儿子安置在位于嵩山的阳城，便奉命和伯益、夔巡视“四渎”，带领诸侯百姓大兴水利，将治理水患推向平整水土、再造山河的伟大运动。他们勘定高山大川，规范其封祭规格，使鬼神安享贡祭。为调动地方的积极性，将远近四方的土地分为冀州、兖州、青州、徐州、扬州、荆州、豫州、梁州、雍州等九州，划定疆界，刊木立表作为标记。接着，大禹把土地分封给服从朝廷政令、建有功绩的诸侯，赐给姓氏，并在每五个诸侯国间设立了一个诸侯长。

新的政制建立后，自古以来万国林立、各自为政的割据局面初步纳入了朝廷的掌控。各州、各路诸侯都积极响应朝廷号召，大力开疆拓土，广种五谷，牧放六畜。大禹感伤父亲治水没有成功而被处死，处事格外谨慎，处处克己奉公，不敢有一点儿懈怠。在外八年间，大禹三次路过嵩山，都没有走进自己家门看看儿子。他平时节衣缩食，但祭祀鬼神却很大方。朝廷给他的赏赐，他也都拿去挖沟开河，从不为自己修建好的宫室。他以身作则，马不停蹄，驰骋于九州大地，遵循节气开展适宜的活动。他命伯益给百姓发放稻种，在湿地上广植五谷；命后稷给百姓搞来难以得到的食物；食物匮乏的时候，在贫富之间相互调剂，以达到平均分配。十三年过去了，大禹领导民众开辟了九州，打通了四海通道，疏浚了大江大河，为众多的湖泽筑就了堤防，江、河流域都得到了不同程度的开发。他把九州土地按肥瘠程度分为九等，田赋也划为九等，颁布了第一部税法，命诸侯按等级向朝廷交纳税赋。各地的金银玉石、珍禽异兽、丝织锦帛等方物特产，也都必须按要求向朝廷进贡。帝舜把一块玄圭赐给治水主帅大禹，宣布治水大功告成。

大禹一行外出巡视时，制定了一个详细的调查提纲，每到一地，都要对那里的部族人口、土地肥瘠以及物产资源等情况进行详细调查。此外，每遇山河湖泽，都要召见那里的神祇，向他们询问山河脉络纹理、金银宝藏蕴藏的地方、鸟兽种类、民间祭祀习惯，以及道路远近，等等。他让伯益把沿途收集到的资料记录下来，配之以图形，汇编成册，叫作《五藏山经》。[1]

庆功宴会隆重举行，诸侯百官齐聚一堂。君臣畅所欲言，相互勉励，交谈甚欢。应帝舜提议，大禹汇报了自己尽力尽责领导治水的艰辛历程，并对伯益和后稷大加赞扬，诚恳地建议："陛下啊！在位要谨慎，安于职责，不能瞎折腾。要任用正直贤良的人，在伯益和后稷这样的大臣辅佐下，只要你的政令一出，天下就会立即响应，连老天也会赞赏你。"

"是呀，是呀，大臣就是最亲近的人，最亲近的人就是大臣。"

---

[1]（东汉）赵晔《吴越春秋·越王无余外传》："遂巡行四渎。与益、夔共谋，行到名山大泽，召其神而问之山川脉理、金玉所有、鸟兽昆虫之类，及八方之民俗、殊国异域、土地里数：使益疏而记之，故名之曰《山海经》。"

帝舜说，“大臣是我的助手和耳目。我想帮助百姓，你帮助我。我想治理四方，你辅佐我。我想显示古人身上的图案，做出五彩的服饰；我要听六种乐律、五种声音、八类乐器的演奏，从声音的哀乐中考察治乱民情，你们都要支持协助我。如果我有过失，你们要提醒我，不要当面奉承、背后议论。我会恭敬地对待近臣。至于那些愚蠢而又喜欢恶意中伤的人，如果不懂得做臣子的道理，我会通过射侯之礼警告他们，用棍棒鞭挞他们，并记在刑书上，促使他们改悔上进。”

“好呀！”大禹说，“普天之下的诸侯百姓都是您的臣子，要善于举用他们，赏罚严明。如果不善识别，贤愚并用，就会徒劳无功了。”

“我不会像丹朱那样傲慢不恭，只知贪图玩乐。”帝舜说，“洪水都退了，他还乘船让人推着走，不分昼夜在家中歌舞淫乐，因而无法继承尧的帝位。我为他的行为感到痛心和惋惜。”

大禹说：“我娶涂山女四天就去治水了。后来，启生下来呱呱啼哭，我也没有工夫看护他，一直奔波在外，为治水殚精竭虑，才最终取得了成功。人是要有一点儿精神的呀！”

“说得好哇！”皋陶赞叹道，“大禹仁德齐天，可为纲纪，值得百姓敬仰、万民效法！”皋陶随后制定了一条刑律，布告天下，规定如果有人不遵从大禹的指令，当以违法论处。帝舜的德政由是得以广大。

大臣们一致赞扬说，治水的成功，是帝舜认真执行帝尧路线所取得的胜利。朝廷上下君臣和谐，气氛热烈，夔不觉亢奋起来，叫道：“让我们敲起玉磬、打起搏拊、弹起琴瑟、唱起歌来吧！”祖先、亡父的灵魂降临了，前代帝王的后裔、帝舜的宾客也到齐了，诸侯国的国君也登上庙堂，相互揖让。

待诸公就位，《韶》乐演奏开始。庙堂下首先吹起管乐，打响小鼓，敲起柷（zhù）来，乐曲拉开序幕。接着，笙箫和大钟交替演奏，六律婉转，五声铿锵，八音嘹亮，高潮一波接着一波，袅袅入云。

最后敲起敔（yǔ）来，一曲结束。三曲演过，飞禽走兽三三两两地踏着节奏跑来了。九曲之后，罕见的凤凰也成双成对地飞来了，绕庭翩翩起舞。这时，两条飞龙忽然闯进会场，众人大惊失色。飞龙落地，变成一位天神和一位乌衣人。乌衣人就是应龙。他径直走到大禹面前，说："应龙已完成朋友嘱托，前来告辞，请多保重！"

大禹正要答话，忽听那位天神大声说道："窫窳在人间度过一劫，多有打扰，在此表示道歉，请原谅我的过去。告辞了！"说罢，拉起应龙的手一跃而起，他们化作两条飞龙穿云而上。这两位冤家终因治水走到了一起，冰释前嫌，功业有成，携手远走高飞。

众人出神地仰望着天空。大禹更是心情激动，恨不得插上翅膀追随他们而去。夔猛地敲起石磬，呼道："各位官长，还愣着干吗呀！让我们和着乐曲一同跳起来吧！"

人们衣袂飘飘，和鸟兽凤凰一起舞蹈。一时天地融通，八方和谐，帝舜触景生情，吟咏曰："勤劳天命，像这个样子就差不多了。"进而引吭高歌："大臣勤于王事，君王振作奋发，一切事情都会兴旺发达！"

皋陶跪拜叩头说："陛下，好光景来之不易，要谨慎对待法度、认真依法办事啊！要经常总结经验教训、不断改进工作啊！"接下来起身唱道："君王英明，臣僚贤良，天下太平安康啊！"

帝舜拜谢道："对啊，我们继承帝尧之志，敬天爱民，上天才会消退水患，赐福天下，大家都去认真做事吧！"[1]

聚会散场，君臣各自回到自己的岗位去了。但《韶》乐余音绵绵，绕梁三日不绝，鸟兽、凤凰仍在如醉如痴地狂舞。由此可知，《韶》乐是如何神奇和迷人了。《韶》乐是由乐师质执笔，在《九韶》的基础上改编的，用来歌颂虞舜继承发扬帝尧的美德、和谐万国的事迹。《九韶》本来是帝喾祭祀上天的乐舞，是一个名叫咸黑的乐师创作的，经过质的再创作，达到一个全新的高度。在《韶》的多

[1] 以上内容见《尚书·益稷》《尚书·虞夏书》和《史记·夏本纪》。

种伴奏乐器中，有一种是多管的排箫，因此《韶》也叫《箫韶》。乐舞《箫韶》场面宏大，音乐动人，据《尚书·益稷》记载说，“箫韶九成，凤凰来仪。”也就是说，乐曲演奏九遍，连凤凰都飞来翩翩起舞了。后来的哲人孔子欣赏了鲁国乐工演奏的《箫韶》后，感受是“三月不知肉味”，还评价说：“《韶》，尽美矣，又尽善也。”但令人遗憾的是，如此美轮美奂的乐曲却失传了，孔子之后再也没人听到过。后人对《箫韶》多有研究，也试图复制，但难得要领。我们恐怕很难见到它的神韵和呼龙唤凤的效果了。

在诸侯进贡的行列中，始终见不到三苗君臣的影子。大禹对帝舜说：“治水时三苗国不接受统一指挥，不承认朝廷指定的州牧、诸侯长，也没有听从命令进剿巫支祁，现在又不来进贡，陛下应该为之忧虑吧？”

“但他们毕竟组织了境内的治水，且卓有成效。对此，朝廷并没有对其进行封赏鼓励。”帝舜说，“我们的德行还不够深广啊！要继续弘扬德政，使之润泽四海、恩加三江。对三苗这样的族群，要有足够的耐心，以德化之，因势利导，假以时日，他们终归是会来归附的。”[1] 帝舜命皋陶特制了一批黑陶、彩陶器物，作为礼物赠送给三苗，表示朝廷对他们治水的功绩是肯定的。皋陶在每件陶器上都绘制了礼教文字和刑杀图案，以期对三苗君臣有所教育和警示。

大禹不相信三苗会被感化。他的封地和三苗山水相连，犬齿交错，相邻氏族间经常发生摩擦，估计迟早会有一战。他在自己的封地上组织了一支军旅，日夜操练，以备来日之需。大禹的封地称为

[1] 韩非子《五蠹》：“当舜之时，有苗不服，禹将伐之，舜曰：‘不可。上德不厚而行武，非道也。’乃修教三年，执干戚舞，有苗乃服。”（译文：在舜统治天下的时候，苗族不归顺，禹准备去征伐它，舜说：“不行。崇尚德教还做得不够就施行武力，这不是治国的方法。”于是用了三年时间进行德教，手持盾牌大斧等兵器作为道具跳起舞来，苗族才归顺了。）

夏邑，这支部队就被诸侯称为夏家军。夏家军手持干戚，就是盾牌和大斧子，进行格斗训练，名为干戚之舞，是炎黄时代的刑天发明的，威武雄壮，杀气凛凛。孟涂从外地招来三员大将，是同门师兄弟，分别叫作蜚廉、竖亥和大章。三人力大无穷，皆善奔跑，不用坐骑，可日行千里。他们也不用弓箭、刀矛，而是惯用投枪，百步之内，百发百中。这时的启已是翩翩少年，初露头角，便神性频现。他那两条脚链，原来是两条龙，可随时载着他冲天而起，在空中翱翔。其他的两件玉器和羽葆幢，想必也不只是个摆设，定有神奇之用，只不过未到其时而已。于是，启小小年纪，就成了这支夏家军的一名骨干。

三年过去了，三苗依然没来进贡。大禹向帝舜启奏道："陛下向三苗施恩已有三载，其间还不断派使前去安抚，可三苗国君仍然冥顽不悔。臣看三苗是无可救药了。如果任其傲慢下去，诸侯们会以为朝廷软弱可欺，将起而效尤，怠慢朝贡。到那时，天下又将成为一片散沙、不可收拾矣！"

帝舜沉思良久，无奈地说："既如此，你就发兵去惩戒他们吧。"大禹拜谢，转身要走，又听帝舜说道，"要减少杀戮，最好不战而屈之，去吧！"

大禹得到帝舜的旨意，便亲率大军，浩浩荡荡杀向三苗。

梼杌其人

洪水初期，鲧就让人修建城池。城谓城垣，池谓城河，原本是为防洪而建的。此后各地相互观摩效仿、推陈出新，城池越建越大，水平也越来越高。洪水退后，居民走出城池，散居各处务农放牧。

但城池不仅没有因此而废弛，反而被诸侯发现了新的价值，变身为他们的大本营。原来，不少诸侯早就实行了世袭制，采用各种手段把氏族公社的公有财产窃为己有，聚敛了不少财富，蓄积了相当的实力，虽经连年洪灾，仍然依靠宗族势力统治着一方。水灾过后，大禹把土地分给诸侯，实际上是进行了一场由朝廷主导的兼并活动。一些氏族消亡了，而那些仍然保有实力且治水有功的诸侯得到了大量的土地，财富和实力迅速膨胀。由于贫富差距拉大，引起阶级矛盾的产生，诸侯之间的明争暗斗也日渐加剧。于是，城池就成了较为安全的场所，并逐步发展成为一方的政治、经济、文化中心。中国史前的城邦时代由此产生了。

烈山邑是驩兜氏的都邑，是距夏邑最近的一座三苗城池。舜征三苗时曾经占领了烈山邑，但并没有毁掉他们的宗庙。也就是说，并没有消灭驩兜氏这个族群在世上存在的权力，只是将驩兜驱除到了江南的崇山峻岭，将驩兜氏三兄弟中的老大开山犀流放到了三危。舜帝这种征服敌国而保留其宗族神庙的做法，被称为仁义之举，一直为其后的夏、商、周三代仁义之师所效仿。至于毁神庙、掘祖坟、夷平九族的残忍手段，大概是春秋以后的事了。驩兜老死在江南，他的次子江上鳄回到烈山邑，重新收拾残局，组成三苗联盟。不过他已经没有了其父兄问鼎中原的大志，只求偏安大江两岸、做一方盟主而已。而此时的三苗联盟，也愈加松散了。

三苗国东山再起，得力于一位巫师。这位巫师原本是颛顼大帝的一名不才子，早年溺死后重新活过来，得了一种怪病，就是专门传染疟疾，害人发寒热、打摆子，人称虐鬼儿。虐鬼儿在中原、东夷一带名声狼藉，人们避之唯恐不及。当时帝喾的南正大臣是东方之神句芒化身，他鸟身人面，身跨两龙，奉命缉拿虐鬼儿，但屡屡被虐鬼儿逃脱。后来虐鬼儿被一位神仙收服，在人们的视野中消失了好些年。大禹治水期间，虐鬼儿又重出江湖，此时的他完全变成了另外一个人，不仅掌握了防治疟疾和其他疾病的独门妙招，还学会了仙术，俨然一位神巫。但虐鬼儿的名声太坏了，他一现身就如过街老鼠一般，处处遭人喊打，也时时受到句芒的追捕，根本无法在中原立足，想做好事都不成。虐鬼儿恨透了这个地方，于是南下潜入三苗，以一个巫师的身份在江、汉一带走动，自称成驹。[1]

成驹往来于三苗诸族之间，到处为人驱瘟治病、消灾祈福，几乎有求必应，名声不胫而走，被驩兜氏江上鳄聘为军师。在成驹的奔走斡旋下，已经四分五裂的三苗各部落，重新歃血为盟，并推举驩兜氏江上鳄为盟主。成驹一跃成为三苗联盟的大巫师兼军师，其号召力远在盟主之上。人们敬重成驹，也十分怕他。因为，如果有哪个部落不听招呼，成驹就会在他们的聚居地降下疟疾，以示惩罚，害得满族老少打摆子，直到违抗者表示服从后，才施法为其消除。成驹依仗自己的法术，打算以三苗国为根据地，利用三苗人大干一场，与中原王朝一争高下。在他看来，中原和三苗都曾经是他老子颛顼大帝的天下，不论在哪里起家，扫平海内，一统江山，都是光复祖业，不存在背族叛国问题。

大禹划定江、汉一带属荆州，这里的田地属于第八等，赋税是第三等，贡物多是当地名贵特产，如羽毛、牦牛尾、象牙、犀牛皮和金、银、铜、木料、磨石及一些造箭的材料。湖泽附近的侯国要进贡杨梅、青茅、彩色的丝绸和成串的珍珠。九江的大龟被苗人视为灵物，也列为贡物，供朝廷、诸侯做占卜用。这些贡品先从江水、沱水、潜水、汉水走水路，然后上岸走陆路到洛水，进入南河送达中原。三苗人无论是土著的还是外来的，都是在荒无人烟的草莽中开辟出一块土地，不断扩大、繁衍生息，以血缘为脉络自成一国。他们的祖祖辈辈，从来就没有向外族交纳过什么贡赋。朝廷如此繁杂的贡赋，再加上千里迢迢车船劳役，是三苗不能承受的负担，因而对中

[1]《韩非子·说疑》：“昔者有扈氏有失度，驩兜氏有孤男，三苗有成驹，桀有侯，纣有崇侯虎，晋有优施，此六人者，亡国之臣也。”

原王朝产生了强烈的抵触情绪。[1]成驹登高一呼，各部落便群起响应，加入了抗税拒贡的行列。

但是，三苗联盟曾两次兵败尧、舜之手，前车之鉴，心有余悸。况且，这些年都忙于治水，少有战事，各部族都没有操练兵马，因此大都不想与中原王朝兵戎相见。当大禹率领夏家军兵临烈山邑时，各部族谁也不敢出兵救援，都忙着补墙挖池，坚壁清野，作壁上观。成驹软硬兼施，各部落只是虚与委蛇，却坚决按兵不动。法不责众，成驹不敢实施惩罚，如果三苗人都打起摆子来，大禹打败三苗就不费吹灰之力了。

大禹没有立即攻城。他修了一封劝降书，抄写数十份，命启乘龙飞到每座城池上空，散发给三苗各部。信中写道："我主厚德，感动上天；洪水消退，百姓始安。万国来朝，一睹龙颜。唯尔三苗，无法无天；天子教命，枉费三年。我奉帝旨，惩戒冥顽；限期三旬，服罪阵前。若不从命，兵戈所指，破城灭族，玉石俱焚，勿谓言之不预也！"

劝降书送出后，大禹指挥战士跳起干戚舞，呼声动地，杀气冲天。启驾两龙，卷云裹雾，耀武扬威，不时从三苗城邑上空呼啸而过。三苗人心惶惶。成驹传话告诫各国首脑，要坚守城池，不许私下受降，违者满族定遭祸殃。他还分析说，大禹出兵仓促，没有准备好战船和攻城器械，等到将疲兵乏、粮草用尽之后，必然退兵。但是，半个月之后，大禹竟在对岸就地打造起战船来，夜以继昼，灯火通明，斧凿锤击之声让三苗人人胆寒。一些部族开始私下串联，推举宋山黄牛部落酋长夷诺，去联系投诚事宜。因为大家都知道，夷诺和当今天子帝舜有师承之谊。

夷诺到江南去勘察，三天前刚刚回到宋山。得知大禹大军压境后，他的第一个反应是感到单卷太英明了。因为单卷早就告诫这里

[1]《尚书·益稷》："苗顽弗即工。"（作者按：工与贡通，即三苗之民不给舜禹进贡。）

的东夷父老，宋山老庄子不净，该挪挪窝了。他还在江南看好了一块风水宝地，催促夷诺搬迁。但这几个东夷部落的移民，都割舍不下祖辈开发出来的这块枫林宝地，迟迟没有动身。在单卷一再催促下，夷诺才拉上几位长老，跑到江南去察看新居地。这些东夷人有着祖先遗传的傲骨，不能忍受过分的欺压，但在辗转迁徙的艰难历程中，更学会了如何保障族群的生存。面对强大的敌人，他们不会拿着鸡蛋碰石头，自找死路，而会采取走避的方针，就是后世哲人说的，君子不立于危墙之下。

但眼下显然是来不及了。如果把十几个寨子的族人全部迁往江南，从容安置，怎么也需要一两年的时间。夷诺问计于长老，他们说："从颛顼时代起，这一带就臣服中原王朝了，中间时断时续，但总是归附的年份多、叛离的年份少。为避兵灾，重新表态归顺也没有什么不妥，只是贡赋太过沉重了，史无先例。"

"我也是这么想。"夷诺说，"如果没有这么重的贡赋，作为中原天子的臣民，能够平平安安地生活在宋山，也是族人之福。我决定接受几个部落的建议，亲自找虞舜去谈谈，看能否对三苗的贡赋实行减免政策。"

就在夷诺动身前的黎明时分，成驹来到了宋山。

"夷诺听着，"成驹喊道，"作为三苗联盟成员，你私通敌国是要受到惩罚的。神灵这就降下天灾，让你的族人受苦，直到全族设祭祈求为止。罪过呀！"他取出一个葫芦，打开封口，数十只大蚊子嗡嗡飞出，产卵，孵化，瞬间化作千万只，向四周弥漫开去。成驹收起葫芦，得意地坐下来观看好戏。这时，忽见一个硕大的黑球飞来，只听"轰隆隆"连声响过，黑球散开，无数只黑蝙蝠铺天盖地飘落下来，发出欢快的叫声，横扫蚊虫，好一顿大会餐！紧接着，一阵瓢泼大雨从天而降，把宋山上下冲刷了个干干净净，然后云开雾散。

成驹就是利用这些带菌蚊虫传播疟疾的，从来没有失手过。他感到这些蝙蝠来得蹊跷，是受人驱使的；这阵暴雨来得急促、收得干净，也似由人操纵，于是站起来喝道："是何处妖人阻我施法？人胆地站出来！"

"在下单卷，虐鬼儿，咱们又见面了。"单卷大袖飘飘，拄着一根登山杖，欣然而至，"没想到两个甲子都过去了，你的小儿脾性还是没有改变！"

"你，你……你怎么还活着？"成驹是认识单卷的。当年单卷就曾尾随他四处消除疟疾，两人也曾发生过冲突。成驹最怕被人认出本来面目，对那个虐鬼儿的称呼更是忌讳得很。此时他一时慌了神，连说话都语无伦次了。

"天不老地不荒，我为什么要早早地去死呢？"单卷说，"听说你弃恶从善了，单卷心下好一阵高兴，今天怎么老毛病又犯了？你在北方口碑不佳，还要把坏名声张扬到南国来吗？你就不顾及一下颛顼大帝的面子吗？"

"阁下说得对，在下早就革除旧习了。"成驹说，"只是夷诺不遵从盟主号令，欲私通敌国，本军师不得已教训他一下。待他知错后我会立即消除疟疾，不会危害众生的。"

"好，好，你有心向善就好，颛顼大帝的在天之灵可以安慰了。"单卷说，"你这次施法也没有必要了，请回吧！"

"夷诺还没认错，我怎能就走？"成驹不甘罢休，说道。

"他不去通敌不就得了，还认什么错？"单卷说，"本人不是三苗治下之民，替他走一趟好了，也免得惹你旧病复发，丢尽东夷族的人。"

"单卷！你以为本军师管不着你吗？你以为我还是原来那个虐鬼儿吗？"成驹把脸一抹，忽然改变了腔调，厉声吼道，"逆我者死，顺我者昌，你看我是谁！"他身体一晃，变为一只巨型怪兽，其状如虎而犬毛，人面虎足，猪嘴獠牙，尾长一丈八尺，张牙舞爪向单卷扑来！

“梼杌？[1]好稀罕的恶兽！”单卷冷笑道。他不避不让，大袖一甩，手中登山杖飞出，忽地化作一条蟒蛇，身长百尺，头大如车轮，蛇信子早已“哧溜”“哧溜”地探了过来！

梼杌怕它放毒，不敢口对口地撕咬，于是迅速掉转身体，挥动荆棘般的尾巴扫向蛇头。那蟒蛇浑身上下只有眼睛是薄弱部位，急忙俯首闭目躲避。梼杌趁机翻身跃起，落在蟒蛇背上，狠狠地一口咬下。但它立即感到了自己的鲁莽。原来，这条蟒蛇是经过全副武装的，鳞甲层层叠叠，坚如岩石，梼杌的獠牙刺进后，犹如卡在岩缝里一般，进不去，出不来。它一时犯了大难：用力拔出来吧，怕拔掉了獠牙，从此就失去了最有威力的武器；僵持下去吧，战局肯定对自己不利。梼杌犹豫不决，只好用虎爪胡乱地划拉，希望挠下一片蛇鳞来，解救獠牙。此时，蟒蛇抓住战机实施绝技，尾巴当即卷将过来，把梼杌一圈一圈地缠住。到了这个地步，梼杌就是想舍掉獠牙，也脱不得身了。

蟒蛇喜得美餐，张开嘴巴一口咬住梼杌的脑袋，欲饱餐一顿。但它立即感到有点不对劲：怀中那只活蹦乱跳的猎物，顷刻间变成了一段又粗又硬的木头！

“南方也有人把截成段的木头叫作梼杌。你能变成作为猛兽的梼杌，也能变成作为木头的梼杌，能攻能守，也算是学到了点真本事。算了，咱们走吧！”单卷边说边将手一摆，蟒蛇放开木桩子，重新变为登山杖回到单卷手中。

木头倒地，忽地变作一匹白马驹，闪电一般逃走。

“啊，你还能变成白马逃跑？”单卷惊讶地说，对成驹不禁刮目相看。

成驹最担心三苗各国与中原朝廷议和，如此一来，不少部族就有可能归附朝廷，他多年的心血就白费了。他希望大禹尽快攻城，

---

[1]《左传·文公十八》：“颛顼氏有不才子，不可教训，不知话语，天下之民，谓之梼杌。”

只要战端一开，各国都不会马上跑去议和，而是会坐观战局发展，依据双方成败再做下一步的打算。成驹还发现，夏家军虽然打造了一些战船，但并没有准备多少攻城器械。烈山邑城坚粮足，守备森严，只要能坚持一个月，大禹的供应便无力支撑，会自动撤兵。成驹和江上鳄商议，派人送信给百里之外的飞叉三郎，请他率一支精锐人马潜入敌后，袭击夏家军粮道，促其退兵。只要大禹攻城失败而返，三苗人便会信心大增，一个抗敌联盟就容易形成了。计议一定，成驹和江上鳄率兵登上城楼，高声叫骂："夏家兵，好无能，耀武扬威不攻城！"

大禹给三苗的限期已到，仍然不见有人来降。而此时烈山邑城墙上却忽然旌旗招展，叫骂声阵阵传来。他勃然大怒，下令擂起战鼓，吹响号角，战船一字摆开，准备发起攻击。这时，伯益带领几名随从如飞而来，高声叫道："司空大人，请不要进军！"然后滚鞍下马，上气不接下气地说，"帝舜进入三苗地界了。"

"什么？帝舜此时去巡狩三苗啦？"大禹吃惊地问。

"是，"伯益说，"陛下只带了两个随从。"

大禹立即下令停止鼓角演奏、将士下船待命，牵着伯益的手进入军帐叙话。

舜让单卷

"在我即将进军之际，帝舜却去巡狩三苗，这不是逼我撤兵吗？"大禹颇有怨气地说，"出兵三苗，可是帝舜批准了的啊！"因为伯益协助大禹治水，两人关系密切，他才敢如此说话。

"是的，那是在你的催促下帝舜的违心之举。"伯益说，"其实他一直坚持实行德政，不希望诉诸武力。当听说你按兵三十日不动、耐心等待三苗来投时，陛下非常欣慰，说：‘伯禹，仁人也。’但随着期限日近，他日夜焦虑，最后毅然决定亲赴三苗，以期说服他们前来朝贡，避免刀光之灾。”

“你认为三苗是可以说服的吗？”大禹问。

“很难，但帝舜是坚信的。”伯益说，“他以继承帝尧的事业为己任，以德政和谐万国，这是他的理念和梦想。”

“要知道，尧、舜也曾率兵讨伐过三苗。”大禹说。

“那是由于三苗先举兵，且尧、舜出征得到了诸侯们的拥护。”大禹讨伐三苗虽然打着朝廷的旗号，但诸侯们都没有表态支持和声援，只是夏家军单干。对此，伯益没有进一步挑明，而是话题一转说道，“也许是帝舜总结了以前的教训，发现武力惩戒并不能征服人心，才更加坚定了以德服四夷决心的。他曾经以至诚至孝感动了冥顽的父亲瞽叟，也有信心感动三苗。”

“对满足于温饱、以安居乐业为念的黎民百姓来说，施之以恩惠，化之以德教，即可归心朝廷；而对那些愚顽不轨、野心勃勃之徒来说，德教无异于对牛弹琴。”大禹侃侃而谈，“而今，各路诸侯、四夷部族，哪个不在聚敛财富、寻机扩展势力？如今的天子已经不能像前辈一样，安然于一个万国盟主的角色了，若要天下政令一统，万国来朝，就必须威加四海，恩威并重，方能奏效。”

“但帝舜不是这样想的。他认为德可以感动苍天，有德，远近的人都会来归顺。”伯益推心置腹地说，“我随您治水多年，把您视为兄长，恕我直言相告：虞舜是当今天子，而您是他的大臣，当您的见解与他相左时，必须服从他的意志，这才是为臣之道。治水成功以后，您已经有了功高震主之嫌，今后行事要谨慎些才是。满招损，谦受益，此乃天道，我希望兄长像帝舜侍奉帝尧那样虔诚，请您三思啊！”

听了伯益一番言语，大禹幡然醒悟，抱拳谢道：“你说得很对，令我醍醐灌顶，获益匪浅，多谢多谢！”

大禹来到阵前，见城上仍在叫骂，御龙鞭一指，蜚廉、大章和竖亥三支投枪齐出，直奔城楼，只听“咔嚓”一声响，江上鳄帅旗旗杆拦腰折断，左右女墙崩塌。城上将士吃了一惊，一个个趴在在女墙后面打哆嗦。紧接着，羽箭如风暴一般袭来，满城旌旗纷纷落地。

大禹声若洪钟，喊道：“城上诸公听着：大禹破城易如反掌，只因主上有好生之德，不忍见刀光之灾，命我一再延缓惩戒之期。但忍耐有度，宽容有限，若冥顽不悟，下次定不饶恕！”说罢，他立即传令全军放下刀、枪、斧、钺等兵器，人人手持盾牌和羽毛，在阵前舞蹈一番，借以向三苗表示和平罢战，然后班师回朝。

舜帝只带了朱虎、熊罴两人进入三苗。帝舜的坐骑是一匹黑色的良驹，可日行千里。

朱虎、熊罴一个马前，一个马后，虽已年过六旬，但奔跑起来仍不减当年。他们没有惊动其他城郭，而是策马直奔宋山，打算先到黄牛部落了解一下情况再说。当穿越荆山时，但见山高谷深，道路崎岖，朱虎牵着黑马小心前行。突然，一段滚木从左前方陡峭的山坡上直冲下来，势不可挡！黑马受惊，扬起前蹄，狂啸不已。朱虎急忙抱住马头，熊罴用力拽住马尾，当即站定，避让滚木。令人不可思议的是，滚木在他们面前十步远的地方停下，摇身变成一人。

这人便是成驹。大禹兵临城下，展示了难以抗拒的威力，表示了友好，班师回营了。此举令三苗各族首脑五味杂陈，既恐惧又怀有希望，要求谈判的呼声更高了。正在这时，传来消息说，帝舜一行三人已经到达荆山。成驹大喜，心想，如果抓住帝舜，挟天子以令诸侯，三苗霸业可成矣！他成驹也可名扬天下、一雪前耻了。于是他连夜赶赴荆山，拦住帝舜。

一惊之后，虞舜用银鞭指着成驹问道：“来者莫非是传闻中的梼杌？”

“你怎么认出我来的？”成驹反问道。

“横断木也叫梼杌，眼下能变成横断木的人，除你之外也没有别人了。”帝舜又问道，“鳄鱼别名梼杌，所以你对江上鳄情有独钟。听说你会变作一种名叫梼杌的猛兽，是个什么模样？”

“别急，这就让你见识见识！”成驹知道帝舜智谋过人，心里想着他如此镇定地和我唠嗑，说不定在打什么主意，为防止夜长梦多，还是先把他抓回去为好。于是摇身变成猛兽梼杌，身形一缩，就要扑过来。朱虎、熊罴抡起棍棒一左一右朝梼杌脑壳上敲去，只听“咔嚓”一声，两根棍棒同时折断！梼杌的脑壳硬如岩石，二人用力过狠，区区木棒哪里经受得住？

成驹意在速战速决，随即后跃三步，就地来了个三百六十度大回旋，摆动长尾毫不客气地向朱虎、熊罴扫来。

“小心！”帝舜呼声未落，二人已经跌落深渊！

“还我二将——”舜帝心痛欲裂，甩开银鞭朝梼杌一顿猛抽。但那兽身上披着二尺长的犬毛，银鞭抽在上面发出“噗噗”声响，皮肉却无些许损伤。此时，梼杌竟承受着鞭挞，亦步亦趋地逼上前来。舜帝毕竟已过古稀之年，臂力衰减，手中银鞭的力道已大不如前，狂甩一阵之后，鞭速便缓慢下来。梼杌瞅准机会，突然身形直立，一把捞住银鞭，伸出利爪朝帝舜抓来。

黑白两粒石子不期而至，分别撞在梼杌的两只前掌劳宫穴上。梼杌立马感到两臂酸麻，动弹不得，一惊之下，又倒头缩成一节横断木，滚在地上。

“哈哈哈！”洪钟般的笑声从林间传来，“成驹，你记住我的话：一旦虞舜遭受不虞，三苗可就真的要完了！”

那横断木一跃而起，变作奔马消失在山林中。

“师父！”帝舜翻身下马，脚步踉跄地向单卷奔去。

他忽然想起了什么，又掉头跑了回来，趴在悬崖边上向下张望，只见一株株千年古木拔地而起，从峡谷底部直上半空，目光所及，唯有层层枝叶和根根老藤，哪里还有人影？帝舜绝望地喊叫：“朱虎、熊罴，你们在哪里？”

“陛下，我俩在这里呢！”朱虎、熊罴的声音在耳边响起，竟把帝舜吓了一跳。他抬头一看，只见二人站在树枝上颤颤悠悠，随即一跃跳到面前。原来，朱虎、熊罴身手敏捷，下坠时双双抓住一根树枝，然后攀着树干猴子似的爬了上来。

帝舜抱着二人大哭，又忽然想起师父还在远处，于是又一把把他俩推开，扭头便跑，与匆匆赶来的单卷撞了个满怀。

朱虎在牧马，熊罴去猎取食物。帝舜和单卷手握着手，默默相对。两人中一个皓首银须，眉宇间皱纹累累；一个乌发墨髯，脸庞上红光闪闪。

“师父啊，一晃一个甲子又过去了。当年虞舜还是个孩子，眼下已经老迈不堪了，而师父你，好像一点儿变化也没有。”

“这些年你辛苦了，把有限的生命过早地消耗掉了。”单卷说，“而我却无所事事，逍遥自在，身心当然没有什么散失。”

“师父夸奖徒弟了。”虞舜说，“光靠节约精力，恐怕不能永葆青春，师父已登仙界，深得神仙驻颜之术，徒弟一个凡夫俗子，怎能与您相比？”

“你看见这青山了吗？它永远不会变老，而那些楼堂宫殿，不管怎样的修饰，迟早都会破旧的。”单卷说，“为师我整日混迹于山林，成了青山身上的一个细胞，故而能与它同在；而你安居于殿堂之中，又有娇妻美妾靡费精神、锦衣美食腐蚀身体，当然会和楼宇一起衰老的。”

“师父的见解颇为新奇。不过，”虞舜有点委屈地说，“徒弟时刻遵从师教，一生不敢奢侈淫逸。所居宫室参照帝尧的标准，都是土木结构，只是面积扩大了些；身上衣服，尽皆贤妻娥皇、女英从事蚕桑纺织所得；一日两餐粗茶淡饭，只求果腹而已。我说这些，是想让师父检查一下，是否符合修身养性的要求。”

“一个帝王果然如此，也算难能可贵了。不过，我问你，”单卷说，

“既然你的用度如此节省，属下官员又有封地可以采食，还收那么重的贡赋干什么？”

“其中一大项是军费开支。”帝舜如实回答，“大禹为司空，掌管内政，夏家军的粮饷、装备都是从朝廷财政支出的。”

“你养那么多军队干什么？”单卷进一步发问。

“为了以武力制止华夏诸侯之间的摩擦和械斗，保护民众生命财产的安全。再就是惩戒不朝不贡之辈，就像眼下的三苗这些蛮夷部族。”虞舜答道。

“你知道三苗不朝不贡的根本原因吗？”单卷自问自答道，“就是贡赋太重。人人都喜欢他人的赠予，而讨厌他人向自己伸手索要。别的先不说，连肃慎的皮毛，九江的珍珠和大龟，沱水的金、玉和珍稀动物，弱水的珠宝，等等，都要千里迢迢地送到中原，请问，你究竟为这些蛮夷部落，甚至更加荒远地带的人们做了些什么呢？他们凭什么要给你进贡呢？你自幼是一个崇尚道德的人，为政者的德行就是施行仁政。什么是仁政？仁政不是整天说教，让人们敬天礼神、服从君王。简单地说，仁政就是两个字：给予。像你这样只知索取的政制，只能叫作苛政。对黎民百姓来说，苛政比猛虎还要可怕呀！”

单卷开始时像是师父在开导徒弟，说到后来，就变成代表百姓质问官员了。帝舜过去一直生活在赞扬声中，哪里听到过如此严厉的批评和质问？他汗流浃背，抱着脑袋蹲在地上。单卷意犹未尽，又以师父的口气教导说：“你现在似乎进入了一个怪圈：用收来的贡赋豢养军旅，培植武力；再用武力威逼诸侯和百姓进贡。他们的贡赋越重，反抗肯定越强烈，你就会进一步扩充武装，从而再次加重贡赋负担。如此循环下去，你和你的下属活得不是太累了吗？”

帝舜缓缓站起来，说：“以德治天下，是弟子一生梦想，但感到越来越力不从心了。现在的局面，一多半是靠大禹的强势领导和皋陶的法治支撑的。弟子有一个请求，请师父帮忙。”

“说吧。”

“弟子想禅让给一位德行高尚的人，希望他推行以德治天下，继续发扬帝尧的事业，但考察多人，皆不满意，看来只有您最合适了。”

“哈哈哈！”单卷仰天大笑，说，“予立于宇宙之中，冬衣皮毛，夏穿葛絺（chī）。春天开始耕种，形体足以进行劳动；秋季收获敛手，身躯足可得到休息。日出而作，日入而息，逍遥天地之间，而心意自由自在，焉何为那个天下而操劳呢？当年帝尧就让过我，被我拒绝，你不要再说了。”[1]

“既如此，弟子不敢勉强。”帝舜说，“还希望师父给我指点指点。”

“伏羲之时，人群蒙昧，饥则求食，饱而弃余，古圣贤只需遵循大道随心所欲，便可使天下和谐。炎帝之时，大道不行，神农氏以仁爱施天下，不设官吏，不治武备，天下也太平了多世。黄帝以后，仁爱不行于道，兵戈时起，帝王们大兴德政，和谐万国，辅之以武力，海内也总算没有出现大的战乱局面。如今诸侯个个争相敛财养兵，世道人心大变矣，以武力霸天下的时代将近了。师父已是过来之人，一脑袋古老观念，既不愿看见天下格局大变，也无力制止。师父唯一的愿望是，几代圣主传下来的以德治天下的理念，不要断送在你的手里，请好自为之！”单卷说罢，丢下帝舜，忽而转入密林，不见了踪影。

---

[1]《广湖南考古略》载：“单卷古贤人，尧北面事之，舜以天下让单卷。卷曰：‘予立于宇宙之中，冬衣皮毛，夏衣葛絺。春耕种，形足以劳动；秋收敛，身足以休息。日出而作，日入而息，逍遥天地之间，而心意自德。予何以天下为哉？’遂入深山莫知其处。”

夏姑考婿

帝舜回朝后，立即宣布要实行轻徭薄赋政策，将所有贡赋减少一半，并命大禹修改贡赋条例。条例按距离国都远近分为五个地带，称为“五服”，依次减轻负担，直至贡赋全免。[1] 诏曰：

国都以外五百里称为甸服。其中，由近及远，距国都最近的一百里交纳连秆的禾，二百里内的交纳禾穗，三百里内的交纳带稃皮的谷，四百里内的交纳粗米，五百里内的交纳精米。

甸服以外五百里是侯服。其中，由近及远，一百里内的替天子服差役，二百里内的替国家服一定的差役，三百里内的给天子侦察放哨，担任警戒。

侯服以外五百里是绥服。其中，由近及远，三百里内的要在自己的封地上推行天子政教，二百里的要奋扬武威，抵御外寇。

绥服以外五百里是要服。三百里的要和平共处，二百里的要遵守刑法。

要服以外五百里是荒服。其中，由近及远，三百里的尊重其风俗，维持同他们的联系；二百里的任其流动迁徙，随其进贡或不进贡。

从以上条例可以看出，朝廷只对五百里内的诸侯征收田赋，而且尽可能地考虑到运输困难，减轻其负担。而对国都五百里之外，基本上免除了田赋，而以徭役代替田赋，或只对他们提出一些政治上的要求。虞舜削减军备、断绝对夏家军的供给，不再以武力威逼三苗和其他蛮夷部族朝贡，而是采取了契的建议，用利益互补的办

[1] 见《尚书·禹贡》。

法吸引他们自愿前来进贡。他命令发展手工业，制作大批精美的陶器、玉器和青铜器具，作为天子御制品，赏赐给来自九州进贡的诸侯。这些器物给远方带去了中原文化，宣扬了天朝的威德礼仪，也提高了这些诸侯首脑们的名望地位。他们无不以拥有朝廷赠品为荣耀，因此，包括三苗在内的四夷部族都自愿跑来进贡。舜帝不治宫室，不藏珍玩，把远方进贡的稀罕之物，全都拿来赠送给交纳田赋、负担劳役的诸侯。特别是九江进贡的大龟，在中原最受欢迎。因为龟可以用来占卜，越大越灵验，诸侯们无不渴望得到特大号帝赐龟壳，作为珍宝摆放在太庙里炫耀于人。新谷收获过后，他们便迫不及待地把新谷送往朝廷粮仓，随后便换来丰厚的赏赐。

进贡与赏赐，成了一种互通有无的特殊交易方式，一来一往，物品的价值大增，朝廷财政由此得到积累，也大大加强了帝舜政权与四夷的联系并扩大了影响。虞舜见契生财有道，便让儿子义钧拜在他的门下。舜封契于商地，后来他告老回到封地，既从事种植、养殖，也搞贸易，子孙繁盛，是殷商王朝的先祖。帝舜连年巡狩四方，就地接受诸侯和边远族落的朝贡，并施以厚赏。至此，帝舜政权的影响达到鼎盛时期。东至大海，西达流沙，连南方和北方的荒蛮之地，也能听到天子的声教了。一时间，车船往来不断，北至肃慎国的皮衣，南到江水上游的山猫，也都千里迢迢来到了帝都。

孟涂[1]遣散了夏家军，但从中精选出二百名矫捷健壮的勇士，聘请名家进行强化训练，以备来日之需。为了积聚财力，他从朝廷收取贡物的方式中受到启发，发现青铜器是诸侯们的新宠，潜在的需求量很大，可以从中获取丰厚的回报。况且，当时市面上已经出现了一种青铜制作的刀币，用以物品交易，信用度极高，大有替代贝壳、玉石等货币之势。孟涂命蜚廉去各处勘探铜矿，[2]打算开采

[1]《山海经·海内南经》：“夏后启之臣曰孟涂，是司神于巴。人请讼于孟涂之所，其衣有血者乃执之。是请生。居山上，在丹山西。”

[2]《墨子·耕柱》：“夏后开使蜚廉折金于山川，而陶铸之于昆吾。”

后把矿石集中到一个合适的地方冶炼铸造。荆山是黄帝曾经铸鼎的地方，不仅矿藏丰富，而且有颇具规模的炼制能力。但是，那里已经被帝舜起用制作赏赐品，他不能与之争衡。还有一个合适的青铜器制造场所被孟涂看中，那就是昆吾。他收拾行囊，扮作算卦先生前去察访。

昆吾曾经是蚩尤的兵器制造场。黄帝战败蚩尤后，收缴天下青铜兵器，集中到荆山销铄铸鼎。同时，还制订措施抑制铜矿的开采和青铜器具的流行，以此防止大规模的征战杀戮发生。青铜制造业从此衰败，昆吾的繁华不在。但是，还是有一些小作坊保留了下来，代代相传，冶炼铸造技术也日渐精进。大禹治水时，这里出品的斧、凿等器具最为坚利，颇受欢迎。当初，陆终六子之一的樊征战有功，被帝舜封在昆吾。樊是猎户出身，只要有利箭长矛使用就够了，并不指望用铜器发财，因此，昆吾的优势一直没有得到开发。眼下，昆吾的君主已经是樊氏第二代了，也叫作樊，依然对狩猎感兴趣。樊有一女，名字叫夏姑。夏姑容貌姣好，身姿窈窕，自幼喜欢击磬吹箫，无师自通，很是讨人喜爱。某年，有一位仙人来昆吾寻访旧迹，说夏姑面似黄帝的妻子嫘姑，有皇后相。于是亲手给夏姑制作了十八枚铜磬，九枚一组，大小相次，厚薄不等，用木槌依律击奏，能发出天籁之音，名曰编钟。仙人亲授夏姑一曲，临走告诉她："此曲曲名要严格保密，不要告诉任何人。今后如果有人能讲出此曲的名字，他就是你的夫婿。"

人们把这种通过答题讨老婆的方式，叫作考婿。三年来，远近诸侯慕名前来考婿的人络绎不绝。夏姑来者不拒，一一开门接见。一曲演奏之后，但凡叫不出曲名者，不管是何等人物，一律打发走人。考婿队伍里有一名夏姑的粉丝，乃诸侯有扈氏的大公子，人称扈公子，是个音乐迷兼钟、磬等乐器收藏家。他既迷恋夏姑，也钟情于她的稀世之宝编钟，希冀有朝一日一并收归家门。扈公子接连登门八次，每次都怏怏而返，连夏姑都被感动了。但她谨遵师嘱，没有私下向他透露答案。夏姑院内有一株千年老槐树，虽然腹内中空，仍然枝繁叶茂，冠盖如云。扈公子每次来访，都要给它鞠躬致礼，默默祈求保佑。那老槐树已经成精，对扈公子的恭敬态度甚为赞赏，对他的痴心深感同情。槐树精想帮助扈公子，但功力尚浅，无法破译编钟的曲名，于是便打算盗出编钟，送给扈公子。它向扈公子提出一个要求："我的修为有限，事成之后，希望你给我修庙立碑，四季祭祀，助我早登仙界。"

扈公子心想，这组编钟世上绝无仅有，如果能拿到手，对槐树精的任何报答都不为过。何况，编钟是夏姑的命根子，有了编钟，就不愁娶不到她，于是痛快地答应下来，自己躲在城外静候佳音。

夜黑人静之时，槐树精变成人形。因为根基浅薄，四肢虽然已成，但头部却差强人意，原来的枝枝杈杈无法收敛，只好变成了三只角。它顾不得这些，悄悄地潜入夏姑房内，收拾起编钟，抱起来就走。槐树精首次出道，既缺乏神通，又没有胆量。当它颤颤巍巍地走向大门时，忽然被一名家丁扯住，家丁大叫："有贼，抓贼呀！"

槐树精大惊，顺手抓起一枚编钟拍向家丁，家丁一头扑倒在地。槐树精怀里的编钟也咣里咣当落在地上，惊动了众人。樊府上一时灯火通明，樊侯带人很快赶来。但这里除了一具家丁尸体之外，什么也没有了。这时夏姑云髻不整、只穿着睡衣跑出房门，惊叫："我的编钟不见了！"

高墙难越，门闩未开，时间又如此短暂，樊侯判断，凶犯肯定还在府内。他带人亲自搜查，盘问了府上每一个人，折腾到天亮，既没有找到盗贼，也没有发现编钟的影子。樊侯立即下令继续关闭城门，进行全城大搜捕，并贴出榜文说，如有人能指认凶手、找到编钟，赏千金。

一位卜者揭下榜文。他就是孟涂。

樊侯府上人众在庭院里一字排开，一直排到老槐树下，等待指认。孟涂说："单见衣服上显露血迹者，便是凶手。"他默默念动咒语，从队伍旁缓缓走过。樊侯带几位壮汉，紧随其后，边走边仔细观察，准备随时抓人。但是，从头至尾走下来，没有发现任何人身上有异样。

“府上还有其他人吗？”孟涂问樊侯。

“就这些，都在这里。”樊侯回顾队伍之外的男女说，“这几位是我的妻子儿女。”

“那就怪了，编钟怎么会不翼而飞呢？”孟涂自言自语，无意间打量了一眼面前的老槐树。

一股腥气扑面而来。孟涂浑身一激灵，盯着槐树念念有词，用手中的卜骨一指，说：“现！”

树干上立即出现一片血迹，盈盈欲滴！

“槐树精？”樊侯吃惊地叫道。

“对，是槐树精作祟，与人无干。”孟涂说。

“我的编钟哪里去了呢？”夏姑迫不及待地问。

孟涂走上去用卜骨敲敲树干，发出“嗵嗵”响声，说：“老槐树内部有个空洞，编钟八成藏在里面。”樊侯挑了个精瘦干练的家丁，腰系绳索从枝杈间的树洞里爬下去，果然找到了编钟，一枚不少。

樊侯说：“来人，给我把这株妖槐连根挖掉，看它还敢不敢作祟！”老槐树闻言忽然抖动起来，“唰唰”作响，落叶纷纷飘下，人们惊出一身冷汗。

“我看不必。”孟涂说，“天生万物，有其害，必有其利。这株老槐树还是昆吾的功臣呢？”

“此话怎讲？”樊侯诧异地问。

“金、木、水、火、土，五行之间相生相克，循环不已，乃成天道。”孟涂说，“昆吾乃一泥沙碎石堆积成的土丘，临河而立，却连年遭受洪水冲击而不坍塌，为什么？都是老槐树和它的家族之功也。老槐树根深数十丈，广布一二里，将泥土固结成一体，此可视为木克土也。水来土挡，昆吾土丘岿然不动，即土克水也。”

“那么，每日来势汹汹的河水又克的什么火呀？”樊侯对昆吾的风水有了兴趣，想请教这位高人。

“本来，昆吾冶铜业十分发达，炉群遍布，烟火冲天，如果没有滔滔河水相冲，岂不水火失衡？”孟涂接着说，“如今的昆吾，正是因为少了炉火，变成了一座纯粹的水城，才引起阴阳失调，风水欠佳，大不如昔日之盛了。”他想从侧面试一试樊侯对发展冶铜业的态度。

“这五行之说还是很有些道理。”樊侯似懂非懂地附和，“这些年水太大了，把昆吾的火给扑灭了。至于火克金，就不用你解释了，这些铜斧铜凿都是借助火将矿石熔融后浇注的。金克木嘛，铜斧自然是砍树的利器。如此说来，这老槐树是昆吾五行相生相克循环中的一环，真的砍不得啦！可是，如果它继续作祟怎么办呢？”

“这好办，”孟涂要过一把斧头，一扬手抛进树洞里，接着说道，“有这把斧头在它肚子里镇着，老槐树就无法变成精怪了。”

樊侯大喜，让人去府库里取千金，并让夏姑用编钟演奏一曲相谢。

谢礼取来了，一曲也结束了，孟涂忽然说：“在下有一个外甥，欲纳小姐为妻，这千金就转做聘礼可否？”

这时候樊侯才想起来打听卜者的来历。当他得知卜者是从夏邑来的孟涂时，惊喜异常，说：“先生大名如雷贯耳，本人竟然当面不识，多有怠慢，罪过，罪过！”他迟疑一下，有些为难地说，“至于令甥与夏姑的婚事，我当然愿意和夏氏攀亲，何况启还是个天生的奇人。只是……”

“你是说要经过考婿吧？”孟涂接上去说，“那是自然。在下也是听了小姐的演奏，才想起给启提亲的。他肯定喜欢这组编钟和这支神奇的曲子，我想让他来试试，碰碰运气。”

“好，好，越快越好！”樊侯兴奋地说。他见无数考婿者都失败而归，已经对夏姑的择婿方式产生了怀疑，暗想，若如此考下去，她弄不好要变成剩女了。这次不管启能不能通过考试，都必须撮合成功，还到哪里去寻这样的亲家啊！

从三苗撤军后，启没有了正经事儿干，便整天沉湎于乐舞之中，或邀上一批公侯子弟，四处围猎、野餐，好不快活。这日，孟涂让人把他唤来，说："舅舅给你选了位姑娘做老婆，你去看看吧！"

"舅舅，我不想娶老婆，也没工夫去相亲。"启说，"女孩子找上门来，我还不愿意理她们呢！"

孟涂忽然想起，他这个外甥刚满十二岁，正处于对异性的排斥期，怎能乐意找个老婆呢？于是改口说："舅舅逗你玩儿呢！那位姑娘得到一款新式乐器，叫编钟，而且乐曲之美妙世间罕有，只是叫不出名来。舅舅知道你深谙音律，想带你去欣赏欣赏。"

孟涂这一招果然有效。启听后立即跳起来，迫不及待地问："她叫什么名字？家住哪里？好舅舅，快快告诉我！"

"她叫夏姑，是昆吾樊侯府上的小姐。"孟涂见他转身就走，说道，"别急，咱们准备一下一块儿走。"

"不，你的马太慢。我去也！"启说罢，立即乘龙起飞，不到半个时辰，已到昆吾上空。

一种神奇的旋律袅袅升起，在身边缭绕，听来耳熟。启循声在老槐树旁着陆，悄悄地走进夏姑房里倚门静听。他怕惊动了演奏。

"来人可是启？"演奏停止，只有余音绕梁，伴着夏姑银铃般的声音。

"正是我。"启忽然感到这位女孩十分亲切，诧异地问道，"姐姐，你怎么猜到的？"

"心有灵犀吧！"夏姑说。她确实感知到了这位来者与众不同。"你叫我姐姐？多大啦？"

"我都十二了，不过好像没有你大。"启望望高他半头的夏姑背影说。

"你这么大点儿就来考婿？"夏姑这才转过身来，看着一脸孩子气的启，惊讶而又有点儿失望地说，"你可知道游戏规则？若是猜对了这支乐曲的名字，可得给我当丈夫。”

“你叫我当什么角色，我就扮演什么角色，弟弟、儿子和丈夫都行。”启天真地说。

“哈哈哈！”夏姑笑弯了腰。

“不过有个条件，”启态度认真地说，“你得每天给我演奏一遍这首《九辩》。”

“什么？你说这曲名叫《九辩》？”夏姑吃惊了，盯着启的眼睛追问道。

“没错，就是《九辩》。”启肯定地说，“好像没有完，结尾还有一个高音，给我的印象很深。”

夏姑捧住启的头，心情复杂地说：“你答对了，可以做我的丈夫了。可是我都十八了，你觉得咱俩还般配吗？”

“姐姐不必嫌我小，我也会长到十八的。”启一本正经地回答。

夏姑“噗哧”笑了，把他揽在怀里，又有点儿伤感地说：“夏姑就把你当成弟弟养着吧！不过，等你长大了，姐姐可就快老了。”

“演奏《九辩》的姑娘都不会老的，”启瞪起眼睛审视夏姑，自信地说，“姐姐也不会老的。”

“那只能是天上的仙女了，传说而已。”夏姑摩挲着他的头，喃喃地说。

“对，对，我想起来了！”启一蹦老高，又一头扎进夏姑怀里，大叫，“我就是在天上听到的《九辩》，姐姐就是下凡的仙女！”启就是天娱星君下凡。他在裂石而生之前，正在天庭欣赏《九辩》乐舞的演出，因此才觉得空中有乐曲之音飘荡。

当孟涂匆匆赶到昆吾时，外甥启已经在夏姑闺房里泡了一天一夜了，看来还丝毫没有想回家的意思。这门亲事就这么定了下来。樊侯把昆吾的冶铜事业交给孟涂打理，自己乐得天天行猎。孟涂依靠昆吾得天独厚的条件，很快把事业做大。他没有请手握重权的大禹出面，甚至还处处瞒着大禹。但是，他充分利用了大禹的关系和影响力，让昆吾青铜器行销天下，并成为朝廷赏赐品的必选，与荆山制品争衡。昆吾铸制的刀币，还占领了中原交易市场，十分抢手。夏地横跨冀、豫两州，处于中原腹地，面积辽阔，土地肥沃，水陆交通发达，稻、黍、丝、麻年年丰收，而且货殖方便，于是财源滚滚而来。夏由此走向昌盛。

帝舜禅让

有话则长，无话则短。话说洪水过后，帝舜王朝君明臣贤，风调雨顺，万国来朝，天下无事。一日，帝舜召集群臣，说："朕二十岁以孝敬父母闻达于世，年三十被帝尧选拔为官，年五十摄行天子政务，年六十一接替帝尧践帝位，屈指算来，在帝位上也已经二十二个年头了，耄耋一老翁矣！执掌天下，既需要德行、胆略和从政经验，更需要精力和勤勉。但近些年来，朕感到精力一年不如一年，做事越来越力不从心了，思虑再三，为天下众生着想，决定禅让给伯禹，众卿以为如何？"

"臣下以为不可！"大禹首先上奏说，"当初，帝尧年过九十方授权于陛下。如今陛下身体康健，思维敏捷，御宇有方，十年之后再论禅让不为迟也。况且，如今朝廷业已承认诸侯世袭之制，诸侯的封地和爵位都由其子嗣代代继承。由此看来，天子世袭，也势在必行。臣观陛下世子义钧，敦厚贤良，勤勉方正，又系帝尧外孙，深受帝王世家仁孝礼义之熏陶，将来可继承帝位，臣等愿尽心辅佐。"

"帝尧其仁如天，其知如神，朕望尘莫及，岂敢与之攀比？八十岁让位，已经有些迟了，再不能蹉跎下去了。"帝舜有些激动地说，"至于天子世袭之说，当年就有人提起过，被帝尧一口否定。

当时我也曾表示，要终此一生遵循帝尧的路线，以报答他的提携。如今我虞舜凭借先帝恩泽、上苍佑护和众卿的努力，赢得一世荣耀，怎能违背帝尧意志、变公天下为家天下呢？儿子若能胜任，未必不能君临天下。但知其子莫若其父。吾子义钧，诚信勤勉有余，胆略睿智不足，又多年躬耕于田畴，渔猎于山川，身无尺寸之功，怎能号令诸侯、约束四夷？朕已令他随契牧猪贩牛去也，若得一生平安、不至于遭受冻馁之窘便知足矣。世袭之事，再不要提起！”

“陛下既然坚持禅让，莫若让皋陶继位。”大禹说，“皋陶执法公正，宽严相济，方使得强梁收敛其行，百姓安居乐业，四海无事，中原安宁。臣下治水成功，也多赖其鼎力相助，其德其才，远在臣下之上。”

皋陶说：“此言差已！伯禹治水，如同江山再造，大地重生，利及天下众生，功在子孙万代，必将名垂青史、万古不朽！您若继承帝位，老臣将会像辅佐帝尧、帝舜一样辅佐您，请不要再谦让下去啦！”

“好，就这样定了。择日不如撞日，朕明天就祭天祭祖，昭告天下，传位于伯禹。”帝舜又对大禹交代说，“当年帝尧怕诸侯不服我，因此把禅让分成两步走：先是封我为摄政王，然后等他归天后，再根据民意确定天子之位的归属，意在把我扶上马再送上一程，可谓用心良苦。而如今，你完全能够控制局势，无须我再操心，这次禅让，就一步到位了。明日祭告上天之后，你就可以以天子身份行事了。”

“不！臣下要遵循帝尧和陛下制定的施政规则，包括禅让后天子身份的确定程序，绝不自行僭越。”大禹坚决地说。

大禹受禅让之后，也自称摄政王，代行天子事。后稷、伯益和篯铿等一班老臣继契之后也先后告老致仕，到自己的封地上养老去了。朱虎、熊罴留恋大自然，有封地不去，相约浪迹天涯。伯益的封地在东夷海岱地面，大禹执意把他留下来掌管山林。皋陶履行自己的诺言，仍然留在朝廷掌管军事和治安。东夷诸国，分布在东部近海一带，绵延数千里，势力强大，有他们的领袖人物皋陶和伯益父子在朝廷上走动，大禹心里感到踏实多了。

大禹成了实际上的万国盟主，中原朝廷的政权就以其所在的夏族为中心了。他在距离蒲坂百里以外择地建都，称作夏邑。夏邑属于冀州的南部，却在大禹封地的最北端。这里有山川之险、盐田之利，周边经过尧、舜两代的经营，已是富甲天下了。在那个年代，天下地广人稀，地盘不是主要的，宝贵的是人群。因为散布于各地的所谓方国完全自治，独立行政，为了掌控它们，作为盟主的天子就得经常去视察，宣讲朝廷政教，恩威并施，这叫巡狩，是古帝王的主要统治手段。大禹上任不久，就按照尧、舜时的惯例，开始巡狩四方。天子的势力范围由近到远分为“五服”，其中五百里之内的“甸服”在朝廷的直接统治之下，按时缴赋，岁岁朝贡，就省得巡狩了；千里之内的“侯服”，大都是大禹治水时分封和确认的诸侯，或者是一帮老臣的封地，局势稳定，大禹也不急着去巡狩了。他一开始就把巡狩的目的地定在两千里之外，那里被称作“荒服”，帝舜的足迹还从来没有到达过。适逢肃慎国来朝进贡，这是大禹继位后第一个来进贡的远方大国。大禹大喜，当即决定随从返回的船只前往肃慎国，并装载了大批赏赐品。

大禹的随从中有伯益、大章和竖亥。他代天子行事，用的是天子华盖，携带的赏赐品也同帝舜是一样的。船队顺河而下，抵达大陆泽，然后入渤海、过碣石，顺利到达肃慎国。肃慎国君进贡的都是土特产，无非是皮毛和楛矢等传统贡品，换来的却是精致的陶器和青铜器具，还有威名赫赫的大禹莅临，自是高兴万分。他以对待天子的礼仪接驾，亲自做向导，把大禹送出五百里方回。

大禹自肃慎国向西北巡行，一直走到北海，然后才掉头往回走。这一路上虽然人烟稀少，但还是发现了一些稀奇古怪的部落，如犬封国、毛民国、无肠国、深目国，等等。这些国民并不知道中原王朝为何物，每日里日出而作、日落而息，按照自己的习惯过着简陋的生活，却一样地快活并繁衍生息着，令这些中原人士着实感慨了一番。

一日，大禹一行夜宿于黄河之滨。当夜，朔风呼啸，寒冷彻骨，一夜之间滔滔河水冰冻三尺，一眼望去，平展如镜。大禹一行穿上狄人送来的光板皮衣，乘坐狗拉爬犁，沿冰河行走，倒也别有趣味。忽然，前方传来连声山响，河冰节节炸裂，势如破竹。原来，是一条白龙激浪破冰，逼将过来。脚下冰层颤动，众人腿脚酥软，战栗不已，个个面色如土。竖亥和大章架起大禹转身欲跑，被大禹喝住，说："我受天命，竭诚为民操劳，生，性也；死，命也，你们为什么要这样害怕呢？这条龙也许是上天赐予我的呢！"

白龙很快来到面前，忽然变作一个人，双手抱拳说："禹王，还记得向您献图的河精冰夷乎？"

"记得，记得，那张图助我治水成功，在下怎能忘记呢？"大禹惊喜地说，"阁下一向仙居何处？我欲登门致谢，总也寻不到门户。"

"狡兔尚有三窟，况我河伯乎？不瞒阁下，冰夷早就为自己营造了一处秘密巢穴，暂且安身，以防仇人追杀，倒也无恙。只是终日里不见天日，就这么战战兢兢地活着，如同在坟墓里一般。"冰夷凄楚地说，"这样下去不是长久之计，早晚会使我精神分裂、变成废人的。今日求见您，正是为今后生计所迫，望阁下给予帮助。"

"快快讲来，在下正愁着无从报答呢！"大禹急切地说。

"我本为河伯，因行为不端被贬，由巨灵神下界接替河伯一职。"冰夷说，"巨灵是天庭第一大力士，每有战事，多被委以先锋之职。天帝派他下凡，真正的原因是让他劈开少华山，为你治水助一臂之力。当然，也要顺便教训教训我，促我改过自新。如今这两个目的都达到了，巨灵也该回天庭去了。我想请您登坛祈天，推荐我接替河伯一职。"

"登坛祈天不难，只是不知道管不管用，天帝不会听我的。"

大禹担心地说。

“您已经被明确是天子继承人了，说话的分量与天子无异，只管做来，必然会得到验证。”冰夷停顿一下又说，“还有一事相告，自此以后，天气转寒，北方降水也要减少，您该迁都了。”冰夷说罢，摇身变作一只快船，载上大禹一行，顺流而下。

孟涂主张把夏邑迁到地处嵩山之阳、颍水上游的钧台，那里已经是大禹封地的最南端了。大禹志在天下。他让孟涂主持迁都事宜，又带上伯益等干将，开始了第二次巡狩。他们渡过长江，来到地处东南一隅的浙水两岸、茅山之阴。所到之处，但见桑林满坡，稻田如画，炊烟袅袅，渔歌唱晚，好一个江南鱼米之乡、锦绣繁华之地。

“我原以为这里是蛮荒之地，人群混迹于蒿草兽迹之中，没想到竟是如此富庶。”大禹感叹说。

“这里是防风氏居地，历来不朝不贡。”伯益说，“看来根据距离远近收取贡赋的规定缺乏公平，像这样物产丰富的地方，应该给朝廷有所贡献，用以周济贫困族群。”

说话间忽然一只怪兽从斜刺里横冲过来。

结怨汪芒

那兽大如牛犊，虎身鸟喙，长毛短尾，背生双翼，跑起来一步十丈，但总也离不开地面。

“蜚廉！”伯益惊奇地说，“蜚廉十分罕见！”

“蜚廉？”大章和竖亥惊叫一声，不约而同地迎头跑去。蜚廉见前有伏击，后有追兵，只好掉头落荒而逃。这时，一位巨人身高两丈有余，如风而至，突然撒开一面大网，把蜚廉网个正着。

“谢谢二位襄助，不然还得大费一番周折呢！”巨人对大章、竖亥说，“请问二位壮士从哪里来？”

大章指一指不远处的华盖和车驾。

“噢，天子帝舜来了？”巨人说着，提起蜚廉大步流星地走上前去，单腿着地说道，“汪芒国君防风给天子接驾！”

“起来吧，我不是天子帝舜，是摄政伯禹。”大禹下车欲扶防风起来，不料防风腾地一下蹦起来，竟把众人吓了一跳。

“你既然不是天子，为什么高举天子华盖？害得我多此一跪！”防风拍拍膝盖上的土，愤愤地说。

伯益大怒，“唰”地拔出宝剑，叱道：“大胆狂徒，竟敢如此无礼！”大章、竖亥和扈从卫士也都持械对准防风。

防风哈哈大笑：“我防风氏遵从祖先遗嘱，很久没有招惹中原王朝了，难道今天由我开戒了吗？”他回顾身后，一群彪形大汉蜂拥而至，将大禹一行团团包围。

双方剑拔弩张。大禹的碧玉剑“嗡嗡”作响，丹玉之书也频频闪烁，准备随时救驾。他不动声色。僵持少顷，见防风没有什么动作，大禹平静地发话说：“你不想打破祖先的戒律，我也不想破了先帝的规矩，都把家伙收起来吧，有话好好说。”

大禹的声音不高，但却有一种震慑人心的神秘力量，防风和他的部下都不由自主地打了个冷战，见伯益等人插剑入鞘，也都收起了兵器。

一阵冲动过后，防风也冷静下来。他见大禹身上发出奇异的声光，神色自若，犹如神人，心下暗自思忖：“万一动起手来，自己能不能躲过他的神器还两说。再说，从此惹怒了强大的中原王朝，汪芒国也会不得安生，这是祖先一再告诫过的。”想到这里，防风抱拳说：“并非在下懒得给摄政王叩这个头，因为祖上曾与黄帝有约：汪芒国君承认自己本土是中原朝廷的属国，但不听调，不听宣，只叩拜天子，不屈膝钦差。历代国王都把这几条当作荣耀，本王不敢有辱先祖，请摄政王谅解。”

“无妨。”大禹刚想安慰几句，不料防风看看日将正午，急忙打断他的话，说道：“本王和岛夷、百越诸国正在会盟，午时一刻必到，请摄政王先各处走走，等本王三日后把客人打发走，再来觐见，聆听教诲。告罪了。”说罢，匆匆扬长而去。

“竖子太傲慢了！”伯益拔剑劈在岩石上，石屑横飞。

“走吧，先消消气儿。”大禹拍拍他的肩头说，“你不是说过嘛，‘谦受益，满招损’，防风傲慢过了头，祸事就来了。”

“对，不是不报，是时候未到。”伯益对大禹会心地一笑。

茅山东临大海，横亘百里。大禹一行翻山越岭，一路观赏，但见千岩竞秀，万壑争流，瀑布悬挂于青山，葱岭倒映于碧水，茂林修竹，如诗如画。登顶眺望，可见山峦起伏，层层叠叠。草木繁茂的山岭上，若云蒸霞蔚，诸峰沉浮于云间，忽隐忽现。大禹慨叹道：“茅山仙风习习，紫气缭绕，等我百年之后，若能在此地觅得一地安息，也可慰藉这颗一生漂泊、动荡不定的心了。”随从记住了他的话。

大禹认为茅山不可久留，没有在此等待汪芒国君的接见，便带领随从人员，沿着海滨开始了北上之旅。途中，时遇岛夷土著划着独木舟，或者肩担竹筐结伴走过，舟中和竹筐里装满了贝锦和橘柚。一打听才知道，这些人是前往汪芒国进贡的。

“你们为什么给汪芒国君进贡呀？”伯益拦住一位使者问。

“他是盟主啊！”使者回答。

“你们为什么尊防风为盟主呢？”伯益追问。

岛夷使者的回答让大禹和伯益愤愤不已。原来，由防风氏倡导，百越诸国和沿海岛夷结成了联盟，规定每三年举行一次盟主的换届选举，不管是谁当上盟主，各国都要向他进贡。只是竞选方式较为特别。茅山上有一只怪兽蜚廉，防风提出的游戏规则是：自辰时至午时期间，谁能空手生擒蜚廉，便是盟主。如果一次会猎抓不到，便举行第二次、第三次，直到盟主产生。“说是公平竞争，参加会猎者人人都有机会当上盟主，实际上每次都是防风氏取胜。”岛夷进贡者一语道破了竞选的玄机，“那蜚廉不知是从哪里跑来的怪物，连飞带跑，除了防风，谁还能活捉它？其实，参加会猎的头头儿们都明白，这不过是防风向各小国索取贡品的花招而已。”

“既然大家都知道其中有诈，为什么还要去参加会猎？”伯益不解地问。

“不去不行啊！你不参加结盟，大家都会来欺负你。有了汪芒国做靠山，也少了许多麻烦。当然，这是要付出代价的，”使者说，“如果这些供品送不到，我们的国君就回不了家。”岛夷使者匆匆走了。

大禹沉思良久，说：“朝廷不控制，就会冒出各式各样的霸主来。我们得顾及天下所有的人，岂能容忍强梁横行霸道！”

光阴荏苒，大禹接受禅让已经十余年过去了。他连年巡狩，东到琅琊，遥望朝日从扶桑升起；北临北海，一睹北极风光。他走得越远，越感到天下之大，无边无际。海之外还有什么？大禹充满好奇，浮想联翩。

“你们俩能步量一下天下究竟有多大吗？”大禹问陪同他的竖亥和大章。二人都极为善走，日行千里而不疲。

“有蹑空履方好。”竖亥说，“不然的话，只能绕道走陆路，而不能徒步横渡大洋，距离计算不准确。”

“什么？蹑空履？”大禹问。

“对，是一种用蹑空草编制的鞋子。”大章解释说，“种火山上有一种草叫掌中芥。取其子置掌中，连吹三口气，可长三尺，如果把它吃下肚去，就变得身轻似燕，可在空中停留。因此，它也叫蹑空草。用蹑空草编制的鞋子叫蹑空履。脚蹬蹑空履，涉水跨涧，如履平地，方可直来直往，步量天下。”

“能不能到种火山取些掌中芥来呢？”大禹问。

“种火山在海外，我们兄弟曾经找到那里。”竖亥说，“种火山山口日日喷火不止，方圆三百里都是熊熊烈火，岩浆横流，凡人根本无法接近，更无从找到掌中芥。”

“噢，那只好再麻烦神将了。”大禹边说边掏出丹玉之书，默念咒语。不多时，只见天边一个黑点由小及大，转眼之间来到面前，原来是童律。

“云华夫人知道大禹胸量无边，不会囿限于四海之内，因此早就预备下蹑空履等你索要。”童律拿出两双蹑空履，分送给竖亥、大章，交代说，“海外也曾天崩地陷，洪水泛滥，至今犹未平息，一路小心。”

“云华夫人在哪里？”大禹问。除了无尽的感激之情，大禹对云华夫人还产生了一种刻骨铭心的爱慕之情，只是深深地埋在心底。他不敢有非分之想，只是渴望见她一面。

“谁也不知道她在哪里。但谁都甘心受她驱使。”童律神秘地笑笑。看来，他也是云华夫人的崇拜者。“夫人让我捎话给你，你手里的丹书只剩下最后一页了，你可以向它提出任何要求，都会得到满足，请三思而后用。”

按照大禹的要求，大章从东极步量到西极，测出距离有二亿三万三千五百里七十五步。竖亥从北极步量到南极，测出距离也是二亿三万三千五百里七十五步。[1]由此判断，大地应该是四方形的。二人所经之地洪水刚过，但潴聚在各地的湖泽水泊极多，三仞深以上者有二亿三万三千五百五十九个，龙蛇水怪出没其中，危害民生。大禹想起天帝库存在昆仑山的息壤，打算悉数分赠四海之外，用来堙塞积水，造福于他方之民。但地隔万水千山，路途遥远，靠凡人是无法运达的，必须动用丹书，求助于神将。这是丹书留给大禹的最后一次机会了，他曾经考虑过好几个使用方案，包括使自己延年

---

[1]《淮南子·地形篇》：“禹乃使大章步自东极至于西极，二亿三万三千五百里七十五步；使竖亥步自北极至于南极，二亿三万三千五百里七十五步。凡洪水渊薮，自三仞以上，二亿三万三千五百五十有九。禹乃以息土填洪水，以为名山。”

益寿、子孙昌盛以及族属强大、永为盟主，等等。还有，就是想借丹书之力，见上云华夫人一面，以慰藉平生之愿。但是，这位以治理天下水患为己任的伟人，最终还是选择了治水。他启动丹书招来童律、庚臣等诸位天神，请他们把息壤布施到四海之外、大荒之中，把大面积的湖泽变为名山桑田。

大章和竖亥在步量大地的过程中，还走访了散布在海外大荒中的许多奇异族群，什么三首国、大人国、小人国、三身国、三目国，等等数十个，他们的奇形怪状、风俗殊异，令人好奇。后来，大禹让伯益把巡狩海内的记录整理好，连同大章、竖亥的海外见闻辑成一书，称作《海经》。《海经》和《五藏山经》又合成一书流传下来，叫作《山海经》。应该说明的是，关于《山海经》，古时学者大都认为其作者是夏禹和伯益。但近代学人却斥此说为无稽之谈，考证说，《山海经》的成书时代在西周或春秋战国，甚至是西汉云云，至今尚无定论。

溺鬼儿倪龟儿

话分两头。自从帝舜实行轻徭薄赋政策以来，三苗各部族相继归附中原王朝。成驹见大势已去，便遁迹民间，重拾游方巫师的行当。但他坚信，三苗对中原王朝的臣服是不稳固的，他总有机会重整旗鼓，从头再来。为此，成驹广收门徒，向他们传授异术，竭力打造自己的队伍，同时注意招徕异人奇士，作为闯天下的帮手。一日，成驹正欲登舟渡河，山洪突至，小舟被打翻，成驹飞身蹿上河崖，侥幸脱身，而他的两位徒弟，都在瞬间落水。

成驹沿岸奔走，希望在下游发现落水的徒弟。此时，忽见那只漂泊的小舟竟然逆流而动，在浊浪里上下颠簸。更让他惊诧莫名的是，两名落水者相继露出水面，被一个接一个丢进小舟里。

小舟缓缓靠岸。成驹不动声色地立在河崖上，等待那个神秘人物现身。这时，小舟忽然离开水面，直朝他身上飞来。成驹后跃一步，伸出双手将它托住，轻轻撂在地上。神秘人物没有露面，水面上只有一串气泡泛起。

“阁下别走！”成驹再也沉不住气，高声叫道，“君子救人救到底，他们还没有活过来呢！”

一人毫无声息地蹿到河崖上。他把小舟倒扣过来，提起溺水者，将其头朝下摆放在上面，然后在每人背上连拍三下，说：“大声呼唤他们的名字，把魂儿叫回来就是了。”

在成驹的呼唤声中，溺水者大口地吐水。神秘人物又把他们翻过身来，用手反复压其腹部，二人慢慢苏醒过来。成驹停止叫魂儿，连声道谢，说：“仙兄神乎其技，水中功夫无异于水神，请问您尊姓大名？仙居何处？”

“我叫倪龟儿，四海为家。”自称倪龟儿的神秘人物说，“些许小技怎值得神巫成驹夸赞。”

“什么？你叫溺鬼儿？”成驹一把抓住倪龟儿的手，瞪大了眼睛看着他。

倪龟儿吃了一惊，说：“你怎么知道我是溺鬼儿？”

“不错，你就是溺鬼儿！”成驹端详着眼前这个葫芦头、尖下巴、瘦骨嶙峋的倪龟儿说，“六弟，我就是你五哥虐鬼儿呀！”

“啊！原来大名鼎鼎的三苗军师就是你呀！”倪龟儿看看两个还在昏睡的溺水者，拉起成驹登上小舟，漂向河水中流，互相倾诉往事。

原来，这位倪龟儿也是颛顼大帝的一名不才子。他十六岁时溺水身亡，一缕阴魂不散，常在水滨游荡。为了逃避轮回，他把一位涉水的男子拉下水淹死，让其阴魂代替自己去遭受六道轮回之苦，而他自己则走捷径重新投胎做人。他被称为溺鬼儿。溺鬼儿的这种恶劣行径受到了天责，投胎出生后的他不久就夭折了，而且是溺水而亡。溺鬼儿故技重施，又很快拉人下水替死，自己再次投胎出世。如此反反复复，他的寿命越来越短，作恶也就越来越频繁。更为严重的是，不少溺死者纷纷效尤，使河边湖畔成了危险地带，涉水者虽然得到提醒或警告，但仍然免不了有人被拉下水去。一时间，人们对溺鬼儿谈虎色变，连渔民也不敢下水了。

光山神计蒙是位善神，他找到溺鬼儿开导说："你的求生欲望无可厚非，但采用的是'恶损法'，既害人又损己，总有一天，你的寿命会缩短到一出生就夭折。我教你一种'善益法'，利人利己，可试试看。"

所谓善益法，就是做善事积阴德的修身方法。溺鬼儿孺子可教，一改拉人下水的恶习，全力实施救人出水的善行，四处奔忙，日夜不息。大洪水期间，他救人无数，但从不在人前招摇。渐渐地，他的阴魂不投胎而自成人形，竟修炼成一位无冕水神了。说完自己的经历，倪龟儿又说："我早就不把救人当作一种修炼方式了，而是当作一种责无旁贷的责任，甚至变成自身的一种习性，会以它为生命，为快乐。但我不想回避过去，过去是掩盖、抹杀不掉的。我给自己起名叫'倪龟儿'，就是想用谐音留住'溺鬼儿'的影子，作为鉴戒。不过，我的三百弟子中，谁也不知道'倪龟儿'就是'溺鬼儿'。"

"没想到哇，连溺鬼儿都修成正果了！"成驹赞叹道，"你已经对得起人世间了，但人世间却对不起你。"

"此话怎讲？"倪龟儿问。

"你想啊，颛顼大帝名垂千古，谁都知道他有两个不才子虐鬼儿和溺鬼儿。因此，我俩只好遗臭万年了，即使改恶从善了，好事做了一大车，也不能洗刷自己的坏名声。"

"那怎么办呢？"倪龟儿着急地说，"自己的名声倒在次要，关键是丢了父亲的人，心里实在过意不去。”

“正是出于这种原因，哥哥才下决心干一番轰轰烈烈的事业，像父亲一样威震诸侯，号令天下。到那时，人们就不会再提你历史上的污点了，甚至会把它改编成英雄成长的故事来歌颂。”

“听说你作为军师带领三苗造过一次反，后来又销声匿迹了。因为不知道成驹就是你，也没有去细打听。”倪龟儿接着关心地问，“若要再折腾下去，会有好结果吗？你能斗过中原王朝吗？”

“眼下时机来了。”成驹说，“大禹上台后改变了帝舜的成规，把田赋收缴到三苗境内来了。如今三苗诸部有的主张抗税，有的打算举家南迁，人心惶惶，正是发动民众、起兵反抗大禹王朝的好时候。好兄弟，你就和哥哥一块儿干吧，无论成败，也让世人知道，颛顼大帝的后人也个个是英雄好汉！”

“我可以帮你一下，”倪龟儿不太情愿地说，“不过我还是愿意做自己喜欢做的事。”

“好，这就好，不愧是我的好兄弟！”成驹高兴地说。

不是大禹改变了帝舜的成规，而是由于迁都，在贡赋执行上引起了一场风波。夏邑从大河以北的安邑，迁到了位于嵩山以南的钧台，“五服”的范围也就随之向东南方向平移了数百里，直接收缴田赋的地域跨过了桐柏山，直逼三苗国都烈山邑。而这些部族，原本是不用交纳田赋的。对于突然加在头上的负担，他们一时无法承受，纷纷秘密串联，准备联合抗税。也有胆小怕事的，开始早早地收拾家底，南迁三苗，躲到天高皇帝远的地方去谋生。

此时的三苗盟主叫仡雄，是江上鳄的小儿子。仡雄降生前，他的爷爷驩兜刚死不久，其母梦见一只细颈长腿怪鸟扑入怀里，因此推断他就是祖先驩兜转世。长大后的仡雄身高臂长，力大无穷，立志称霸中原，实现爷爷驩兜的未竟之志。他尊成驹为亚父，仍拜为军师，让成驹为其招兵买马，结好盟国，筹谋复兴大业。一日，地方族长来报，说夏王朝的官员跑进三苗境内催缴稻米，并发出威胁说，对抗旨不交者，要抓牛抓人抵债。仡雄闻言大怒，亲自带人把朝廷催税官员抓获，用绳子穿成一串，牵着游街示众，以激发各部族的抗税情绪。临了，仡雄对俘虏分别施以墨刑，（即在脸上刺刻后涂上墨）并告诫说："回去告诉你们的主子，三苗不是他的农庄和牧场，没有义务供他挥霍。如果今后有谁敢再来我的地盘索要贡赋，吃的就不是墨刑了。"他挥剑砍掉木案一角，厉声说："我这里还有劓（yì，割鼻子）、剕（fèi，断足）、宫和大辟等更严厉的刑罚侍候他们，回去吧！"官员们个个惊魂丧胆、狼狈逃窜。

中原朝廷的重心转向夏族。皋陶只管他的治安，其他领域很少过问。伯益随从大禹巡狩四方，常年奔走在外。朝廷大权实际上落在孟涂和一帮夏族官员手里。启长大了，和夏姑如胶似漆，情浓如火。夏姑已经给他生了两个儿子，分别取名太康和仲康，眼下肚子又鼓起来了。看她颜面如玉，青春不老，今后再生几个也没有问题。启一如既往地沉浸于音乐之中，但对权力也越来越感兴趣，时不时以少主人的身份过问政事，并毫无顾忌地发表意见。由于阁僚们大都来自本族，周围不少诸侯也都是大禹分封过的，爱屋及乌，对启也就格外尊崇，言听计从，生怕惹他不高兴。当启得知收税官被三苗施刑之后，大发雷霆，叫上一帮干将就要去兴师问罪，被孟涂喝住。

"事情没有那么简单。"孟涂说，"洪灾过后，天下歌舞升平多年，我们对形势估计得过于乐观了。原本以为，只要延续帝舜的政令不变，就不会出大问题，没想到该变不变也是会酿成灾祸的。你听说了吗？不止三苗反叛，东夷部族也担心加重他们的负担，有异动迹象。防风氏早有不臣之心，近来和三苗东夷诸国都有来往。我们如果处理不当，一场大乱就在眼前。"

玄宫受命

“那该怎么办呢？”启问。他对舅舅向来是尊重的。

“你不要只是陪着媳妇弹琴击钟了，赶快把蜚廉叫回来，抓紧招兵买马，训练军队，准备打仗。看来这是迟早的事。”孟涂接着说，“我去找皋陶商议个应对之策，先稳定一下局势，等摄政王巡狩回来，由他做进一步的打算。”

皋陶分析，这次因迁都引起的田赋征收范围变化，得益的是西部和北部，原来交纳田赋的一些部族可以得免了。受损的是东部和南部，原来不交田赋的部族被划进圈里来了。为减少矛盾，他建议借此机会扩大田赋征收范围，不过收缴数量要减半。“让受益的少得一点，他们不会有太大的意见；让受损的少损失些，也可平息一下他们的怨气。”皋陶如是说。

“这个新规可行，就怕三苗不肯接受。还有东夷，他们也会有疑虑。”孟涂担心地说，“我有个想法，不知该说不该说？”

“请讲。”

“我想请您劝帝舜南巡，向三苗宣讲朝廷新规，以他天子的身份从中协调，或许能够化干戈为玉帛。”孟涂接下去说，“还想请您坐镇东夷，抚慰诸国，不知意下如何？”

“好。”皋陶说，“眼下帝舜在历山躬耕垅亩，我这就前往禀告。如果他不答应南巡，我们再想别的办法，反正东夷那边由我包了。”

大禹西巡走了一年，一直到流沙才回头。在返回途中，他看到一篇发自三苗的檄文：“禹政失德，有负皇天。天子忿之，圣驾南迁。命我三苗，抗税拒捐。传檄诸侯，相互声援。舜制畅行，天下自安。”

当他们马不停蹄赶到钧台时，听到启和孟涂正在争吵。

“这个老东西，眼看都一百岁了，还来干涉朝政！我看他是后悔禅让了。”启愤愤地说，“我飞过去寻找他的下落，悄悄地打发他升天算了！”

“你给我闭嘴！”孟涂呵斥道，“帝舜是应我和皋陶之请南巡的，他显然是被三苗劫持了，我们现在要做的是设法救他回来。”

“孟涂说得对。”大禹出现在他们面前，孟涂上前施礼，启急忙跪地叩首。大禹继续说道，“三苗挟天子以令诸侯，野心不小，反相毕露，我们必须揭穿其阴谋，兴兵问罪。”他一把把启捞起来，用手指敲着他的脑门儿说，“你要是敢动帝舜一根毫毛，我就揪掉你的脑袋！”说完狠狠地把启推搡在地上。

皋陶骑着神羊匆匆赶来，得知要兵发三苗，进谏说：“三苗奉天子之命抗税拒贡，言之凿凿，摄政王讨伐它怕是师出无名，难以服众。”

孟涂插言道：“你我觐见帝舜时，他是同意你提出的贡赋新政的，并说要尽量说服三苗前来朝贡，现在三苗硬说是奉帝舜之命抗税拒贡，怎么可能呢？只凭三苗假传圣旨这一条，就可以问罪了，怎会是出师无名呢？”

“听听典狱长的意见。”大禹说。

“帝舜南巡去向三苗宣讲贡赋新政这件事，你知道，我知道，还有不少诸侯虽然不知道帝舜南巡去了，但他们肯定不会相信帝舜会公开反对大禹。然而，天下万国林立，良莠不齐，再加上朝廷与四方沟通渠道不畅，我认为，也会有相当多的诸侯相信三苗说的话。或者说，他们宁肯相信三苗说的是真话，因为这些诸侯国也和三苗一样，害怕增加贡赋负担。”皋陶顿一顿又说，“我之所以急匆匆赶来，就是因为发现东夷一些诸侯在串联，打算声援三苗，经我苦苦劝说才罢休。但他们仍然心存疑虑，观望着局势的发展。”

“以你看来，我们怎么做才能取信天下、出师有名呢？”大禹问。

“请命玄宫，取得大宗师的授权，便是天子也可以讨伐了，何况三苗？”皋陶说。

“玄宫？你说是帝丘的玄宫吗？”大禹说，“只听说它很神秘，还不知道竟有如此大的权力，愿闻其详。”

“玄宫是颛顼大帝的宫殿。”皋陶说，“黄帝时，天地之间航路通畅，天神和地祇均可自由上下其间，世上人神杂糅，连巫者也可妄传天庭指令，以致天下大乱。为此，颛顼大帝命重黎实施‘绝地天通’工程，隔断了天地间的所有通道。在天上，天神们没有天帝的命令，一律不准下凡；在人间，一切神祇不经玄宫派遣更不得私自登天。如此一来，天帝的旨意只能来自玄宫，由颛顼大帝一人来转达。久而久之，颛顼大帝发自玄宫的指令，也就被认为直接代表了天意，海内诸侯无不遵从。”

“颛顼大帝升天后，人们对玄宫还是那么相信吗？”大禹问。

“颛顼升天时，委托东方之神句芒居于玄宫，若有大事，可直接升天请命于天帝。历代主持玄宫的大宗师，只能发布句芒取来的天帝指令，而不敢随意对外表态。所以，玄宫一直保持着它的权威性。”皋陶又强调，“因为需要劳驾句芒、惊动天帝，所以大宗师绝少接受请求。据我所知，也只是在帝喾时受理过一次。”

“依你看，玄宫会受理我的请求吗？”大禹问。

“我看会。你是继尧舜之后天下最伟大的共主，系天下治乱于一身，神界会鼎力支持的。”皋陶说，“我与玄宫大宗师素有交往，先行一步去疏通疏通，你们随后就赶去吧。”

启对夏姑演奏的乐曲《九辩》十分着迷，百听不厌，又勾起他对天庭的朦胧印象。他幻想去天庭走走，故地重游，若有机会，就把《九辩》失缺的部分找回来，使之完整。但他多次驾两龙升天，都被重重迷雾阻挡，找不到通往天庭的路，只好怏怏而返。今日听皋陶说句芒可以登天，心里燃起了希望，坚决要求前往玄宫。大禹就启这一个儿子，启自幼无母，大禹心里对他很是疼爱，又见他身上有诸多神异，有心带他出去见见世面，历练历练，助其成材，于是答应下来。他们父子同伯益、孟涂一同赶往位于帝丘的玄宫。

玄宫坐北朝南，色呈乌青，形似蘑菇。它的冠部葱葱茏茏，很像是用荆条和翠竹交织而成的鸟巢。启听夏姑讲，颛顼名义上是黄帝的孙子、昌意的儿子，实际上是不折不扣的东夷人种，属于鸟图腾部落。眼前这个玄宫，证实了夏姑的说法，让启更觉有趣。

皋陶出来说，大宗师答应下来，正在请句芒启程，让大禹一行在玄宫广场上焚香祈祷，等候佳音。这时，只听风声呼呼作响，鸟巢里飞出无数只玄鸟，叽叽喳喳，遮天盖地。不一时，玄鸟分为两列，由低到高排成一条螺旋形的通道，远上云端。这样的阵势，分明是给句芒送行的仪仗。随着鼓乐声起，一神鸟身人面，脚踩两龙，飞出鸟巢，正是句芒。句芒向玄鸟们频频挥手，沿着它们排列的通道盘旋升空。启热血沸腾，就地腾空而起，脚踩两龙，紧随句芒身后，飞向无垠的天际。[1]

句芒口中发出声声鸣叫，左旋三十六周，紧接着右旋三十六周，交替飞行，冲破九层迷雾，绕过十八个星团，终于来到天外仙境。启忽听得一派仙乐传来，竟比《九辩》还要美妙，不觉精神大振。放眼望去，只见琼楼连片，祥云朵朵，原来天庭到了！句芒高举一枚玉琮，毫无阻拦地飘然消失在楼宇之中。启也摸出自己那块玉琮，举过头顶，驱驾紧追。不料眼前忽然冒出两位金甲天神，执戟挡住去路。两龙受惊，差点把启摔下背来。

“噢，原来是夏后启驾到，让您受惊了。”一位天神稳住两龙客气地说。被别人称作夏后启，这还是第一次，启朦胧意识到了它的意义。

“很遗憾，”另一位天神说，“您的玉琮暂时不能作为通行证

[1]《墨子·非攻下》云：“昔者三苗大乱，天命殛之，日妖宵出，雨血三朝。龙生于庙，犬哭乎市，夏冰，地坼及泉，五谷变化，民乃大振，高阳乃命玄宫，禹亲把天之瑞令，以征有苗，四电诱祇。有神人面鸟身，若瑾以侍，搤（è）矢有苗之祥，苗师大乱，后乃遂几。”这是说射中了苗师首领，苗师大败，从此三苗一蹶不振。（徐旭生解：日夜出，雷电大振，句芒人面鸟身，捧圭以侍，箭射有苗大将）

进入天庭，回去听候天帝召唤吧！”

启正想请求通融通融，不料突然降下一团黑云，将他团团裹住。他驱龙左冲右突，上蹿下跳，总也无法摆脱黑幕的笼罩。两个时辰过后，眼前忽然开朗，启惊愕地发现，他已经稳稳地站在玄宫广场上了。这里交代几句：十年后，夏后启登天成功，终于将乐曲《九辩》盗回了人间。[1]

大宗师青衣皓首，气度威严。他把一枚黑色的玉圭交给大禹说：“这是上天的瑞令，你可以征伐天下抗命的诸侯了。谨记，莫要滥杀无辜。”又拿出一个织布梭状的柳条编织笼，亲手系在大禹腰间，嘱咐说，“随身带好，到时自有妙用，祝你成功！”

大禹让皋陶和伯益一同回东夷，说：“你二人只要能稳住东夷，并提防防风氏过江袭击夏邑，就是对我最大的支持。此事重大，拜托二位了！”皋陶父子领命而去。孟涂起草了一份讨伐三苗的檄文，大禹过目后，修改两处，其文曰：“三苗愚顽，逆天而行。劫持天子，矫诏不亨。本王有责，受命玄宫；秉承天意，征讨不亨。天兵所到，拔寨破城；降者免罪，拒者严惩。海内诸侯，听我申明：助贼必究，援我有功。苍天佑护，将士用命，剿灭祸首，天下太平。”

孟涂拿着文本质疑说：“‘不亨’二字就是不贡不赋的意思。我看你把两处文字都改成了‘不亨’，这会不会使诸侯们产生错觉，认为但凡不贡不赋者都要受到武力惩罚呢？”

“不是让他们产生错觉，而是让他们收到一个明确的信号：谁敢不贡不赋，就要受到挞伐。”大禹好像早有思想准备，接下去说，“这不是从我开始的，黄帝习用干戈，就是为了惩办不亨。作为一位号称天子的王者，你的国土在哪里？你的臣民在哪里？如果诸侯都不朝不贡，拥兵割据，那么要朝廷还有什么用？尧舜以来，中原

[1]《山海经·大荒西经》：“西南海之外，赤水之南，流沙之西，有人珥两青蛇，乘两龙，名曰夏后开。开上三嫔于天，得《九辩》与《九歌》以下。此天穆之野，高二千仞，开焉得始歌《九招》。”（夏侯开即夏后启。——作者）

王朝通过抗洪救灾、平整水土，好不容易才把各自为政的上万方国收拢在一起，岂能任其称王称霸、再走回头路？王者之志，天下一统，岂有他哉！”

“除三苗之外，不朝不贡者大有人在，若个个问罪征伐，怕是有难度的。”孟涂不无忧虑地说。

“富国强兵，扬威海内，只此一途，哪有捷径可走？”大禹说，“能够和我们抗衡的，只有东夷和三苗。眼下有皋陶、伯益坐镇东夷，识大体、顾大局，我们暂无后顾之忧，可集中全力剿灭三苗，以后再有不亨者，就好对付了。”

这时启大受鼓舞，说：“父亲高见。现在的方国都变成了财产私有、政权世袭，诸侯们一个比一个贪婪，光靠道德说教怎肯纳贡？就得用兵打得他们怕怕的才行。”

“不要因为我强调了惩罚就否定德政。对大多数人来说，德政是一剂治理的良药，但对付那些凶顽之徒，必须动之以武、绳之以法。”大禹忽然想起一件事，对启说，“现在司彘国的国君是季连的儿子，他和昆吾国君樊侯是同宗。你到昆吾去找你岳父，请他出面说服司彘国不要发兵助三苗。如果再把盘瓠拉过来就更好了，我们可以答应他们免交田赋。好了，尽快备足军械粮草，厉兵秣马，准备出征三苗。”

句芒显圣

帝舜接受了皋陶的请求，轻车简从，起驾南巡。他清楚地知道，上次三苗之所以归附中原朝廷，除了实施轻徭薄赋外，还得力于师父单卷在各国间进行游说。这次出巡，帝舜直奔宋山，希望在那里找到单卷，请他说服三苗接受贡赋新政，避免与朝廷之间的矛盾激化。不幸的是，帝舜走到汉水时，遭遇山体滑坡，帝舜一行坠入江中。他在一条银蛇的牵引下冲进江水中流，才免遭乱石泥浆的掩埋。这条银蛇就是他的银鞭，此时显现出原身。但帝舜的一条胳膊拉伤了，腿也开始抽筋，失手跑掉了银蛇，被旋涡卷到深渊。帝舜已是年近百岁的老人了，不复有当年水中功夫，正在危机之时，忽然一人箭一般地游来，双手将帝舜托出水面，恰恰被一艘顺流而来的大船救起。救人者就是倪龟儿。他应成驹之邀正在四处召集弟子，此时路经此地，做成这桩好事。说起大船的主人就更巧了，他就是丹朱。丹朱举家从丹淅迁往江南，刚好从这里经过。丹朱见溺水者是帝舜，大吃一惊，连忙招呼人帮倪龟儿营救，他则跪在船头上连哭带嚎地叫魂儿："回来吧，陛下！回来吧，虞舜！"直到帝舜吐光了肚子里的水，微微张开眼睛时，丹朱才停止呼叫，脸上露出笑容，说："我想你也不会死，咱俩还有一局没下完的棋呢！"

丹朱向倪龟儿致谢，说他要带帝舜到江南去养伤。倪龟儿告别丹朱，来到烈山邑，把这个消息告诉了成驹。成驹见有机可乘，才假传圣旨、出那道奉命抗税的檄文，并派人跟踪帝舜的去向，控制他的行动。

当得知大禹亲率大军南征时，成驹还是拿出了一个以守为攻的御敌方案，主张凭险据守，避其锋锐，待敌师兵疲之时再伺机而动。同时，他派遣使者分头西上司毚、盘瓠，东下汪芒、淮夷，寻求支援。但身为盟主的仡雄自恃勇力非凡，急于与夏家军一决高下，决定自任先锋，率精兵迎头痛击敌师主力，希望一战而挫其锐气。成驹力劝不下，只好又准备了一套应对之策。

仡雄渡水麾师北上，望见前面高地上旌旗遍野，尘土蔽天，一军居高临下，列阵而待。探马报说，来犯者是夏家军先锋大将蜚廉。仡雄久闻蜚廉英勇，又不占地利之便，不敢贸然仰攻，于是压住阵脚，等待人马陆续到齐，列成三个方阵，再与蜚廉接战。

蚩廉出发时，大禹曾告诉他说：“我强敌弱就攻，一直攻到烈山邑，你就拿头功；敌强我弱就撤，能把敌军主力牵来也算你立了头功。”此时蚩廉凭高远望，发现前面的敌军数倍于己，而且军列严整、旗帜鲜明，显然训练有素。探马及时来报，说领军主帅是三苗盟主仡雄。蚩廉没有想到，他出师的第一战，就遭遇了三苗的主力大军。他没有放弃搏一把的欲望，对部下说：“我去邀仡雄单打独斗。如果我战胜他，你们就乘势发动猛攻，或许能够以少胜多；如果我败下阵来，你们不用管我，只顾逃命就行。”说罢，只身跃至两阵中间叫道：“听说三苗盟主仡雄是位英雄，敢和蚩廉决一雌雄否？”

仡雄见蚩廉身高丈二，虬髯虎目，声若雷鸣，手持两支铸铜重戟，少说也有三百斤，威风凛凛，俨然天神！看其相貌，竟和自己有某些相像之处。他哈哈大笑，步出阵来说：“听说蚩廉采金于山川，所到之地耀武扬威，诸侯们无不胆战心惊，今日一见，果然名不虚传！可惜呀可惜，如此一位英雄，竟沦落为鹰犬，受人驱使，岂不让本王痛心哉！你若投靠我仡雄，本王封你为副盟主，兼一国国王……”

蚩廉大怒：“大胆反贼，死到临头还敢口出狂言，看我蚩廉如何取你首级！”说罢，大戟搂头砸来。仡雄用的是两把宽背青铜铡刀，不下三百斤，此时不闪不避，用刀背硬碰硬地迎上去，只听“当啷”一声响，震得两军胆战。两人各自后退一步，暗自惊叹对手的神力。接下来，两军将士再也分不出谁是自家主帅，只见兵器相撞迸出团团火光，杀气惊空搅乱一天风云，高手相搏原来如此惊心动魄！他们忘记了担心，忘记了胜败，只顾声嘶力竭地摇旗呐喊，为两人加油助威。

激战多时，蚩廉感到对手非同一般，越打越感到取胜无望。但他实在不肯善罢甘休，忽然现出法身。仡雄摇身变作一只怪鸟：人面鸟喙，两扇铡刀和手臂变成翅膀，两只脚成了大力金刚爪，原来是一只雚鸟王。和蜚廉比起来，雚鸟王的防御差了些，但它能飞离地面数丈高。接下来的打斗不仅激烈，而且极具观赏性。两阵上的将士掌声、欢呼声此起彼伏，好不热闹！但蜚廉心里明白，他的胜败关系到战局的进展、将士的生命，丝毫不敢大意。又一个时辰过去了，雚鸟王不仅没有露出丝毫破绽，而且越斗越勇。蜚廉当然有能力奉陪，但考虑到敌强我弱，还是走为上策，尽快让部下逃离险地。想到这里，蜚廉忽然变作人身，说："斗你不过，蜚廉去也！"说罢转身就逃。他的将士早有准备，一窝蜂似的跑去。

仡雄也恢复原状，回头招呼道："还愣着干什么，赶快给我追！"大军呼啦啦如潮水般地向前推进，咬住蜚廉军不放。登上一道不高的山梁，蜚廉指挥部队居高临下展开反击，一阵投枪飞石打得三苗将士抬不起头来。但刚一停下，仡雄带领将士又奋勇冲杀上来，大军漫过山梁。

前面是一处宽阔的山谷。一条小河蜿蜒流过。仡雄高喊："勇士们，冲上去！把敌人逼下河，斩获有赏，活捉归己，加油啊！"当时到处都有大面积的荒地，只是缺少人力开垦。将士上战场最大的愿望是活捉俘虏，希望君主赏几个给自己做奴隶。因此，仡雄开出的这个赏格是非常有诱惑力的。三苗将士个个勇往直前，去争抢眼看就要到手的奴隶。

隆隆战鼓声伴随着人喊马嘶骤然响起，无数战车从左右两边猛冲过来。大禹立在驷马战车上，左有大章，右有竖亥，孟涂居中驾驭，率先冲入敌阵。蜚廉也率部发起反攻，三苗大军陷入三面包围之中。仡雄这时才明白，自己中了大禹的诱敌深入之计。三苗都是步兵，且大多用的是弯刀之类的短兵器，面对横冲直撞的战车和居高临下的长矛大戟，很快被冲得七零八落。大禹高喊："降者不杀，赶快投降吧！"他的将士也随声附和，声震大地："降者不杀！降者不杀！……"

三苗将士本来是来抓俘虏给自己做奴隶的，岂肯去给别人当奴隶？于是人人顽抗，宁死也不投降。仡雄发现了敌方主帅大禹，想擒贼先擒王，一举扭转战局，于是忽然变作驩鸟，一跃而起，箭一般扑向大禹。大章和竖亥反应极快，双戟并举，“咣”的一声击在驩鸟的金刚爪上。此时蜚廉也化作虎身鸟喙的怪兽，冲上来抵住驩鸟。大章和竖亥技痒，欲下车支援蜚廉，被大禹制止。当驩鸟再一次摆脱蜚廉、凌空袭来时，大禹举起了碧玉剑。驩鸟的翅膀被碧玉剑寒光击中，落地变为仡雄。他发现自己一条胳臂受伤，无力再战，于是声嘶力竭地命令：“撤！立即突围撤军！”

三苗大军兵败如山倒，死伤无数，还有不少战士做了俘虏。大禹马不停蹄，麾军乘胜追击。越过两道山梁，地面上忽然冒出无数条怪物，人首蛇身，长如车辕，各有两个脑袋分置左右，披紫衣，戴旃帽，煞是怪异。它们放过逃跑的三苗败兵，高昂起头颅朝战车冲来。将士们惊奇之余，纷纷挥刀砍下它们的头颅。但是，令人恐惧的一幕出现了：没了头的蛇又冒出两个新头来，而且，每个被砍掉的头也在瞬间化作一条整蛇，同样的又粗又长，咄咄逼人！

“不好，延维[1]出动了！”孟涂大惊失色，大叫道，“不要砍了！不要砍了！”但是，他的提醒实在是太晚了。这时被称作延维的怪物一变三，三变九，已经遍地都是。它们绊住车轮、缠住马蹄和士兵的脚，使队伍移动不得，整个大军牢牢地被困在山坡上。大禹挥动碧玉剑，一波一波的寒光射在延维身上，但它们不为所动。原来，碧玉剑是靠寒光瞬间凝固猎物的血液而使其丧失能力的，而蛇是冷血动物，不受其制。况且，据说延维是伏羲、女娲交尾的影像，出自伏羲的碧玉剑怎能伤害它呢？

“如果三苗杀个回马枪，我们就全军覆没了。”大禹担忧地说，“你说的这些延维是哪儿来的呢？怎么才能把它们打发走呢？”

“延维是苗人供奉的神灵。它们不伤人，也见不得血腥杀伐。

[1]《山海经·海内经》：“有人曰苗民。有神焉，人首蛇身，长如辕，左右有首，衣紫衣，冠旃冠，名曰延维，人主得而飨食之，伯天下。”

我想仡雄不会来攻击。只要把我军困在这里几天几夜，他就不战而胜了。”孟涂疑惑地说，“据我所知，延维平时不爱凑热闹，也不会这么死缠住人不放，大概是有人给它们施了魔咒吧！”

清风拂面，悠扬婉转的笛声在空气中飘荡。但看不到人影，也不知笛声来自何处。

“魔笛！”孟涂惊奇地叫道，“是笛声控制着延维！”

“我们都被缠得死死的，怎么去制止这个魔笛呢？或者，请谁来帮帮忙呢？”大禹拍拍脑袋自言自语地说。他一生遇到过无数艰难险阻，但每一次都能转危为安、化险为夷。因此，大禹从来没有气馁过，即使身处绝境，也会耐心地等待机会的到来。

只听“扑棱”一声响，从大禹腰间的柳条编织笼里飞出一只玄鸟，迎风展翅，一晃变作一物，令三军哗然。只见它鸟身人面，身跨两龙，原来是传说中的东方之神句芒！句芒顺手拿走它的柳编鸟笼，在头顶上空绕行一周，忽然举起弹弓朝远处的一棵大树射去，只听“哎呀”一声惊叫，从树上掉下一个人来，笛声戛然而止。

这个人就是成驹。成驹用魔笛控制延维的行动，是他多年修炼的一种邪术。而今修炼成功，正好派上用场。“大禹呀大禹，我要连续演奏五天五夜，让你的人马饿昏饿倒，一个个都变成软柿子，乖乖地给我当俘虏。到那时，我虐鬼儿就可以兵进中原，扬威天下了。”成驹美滋滋地边吹边想，不料忽然飞来一粒弹丸儿，把骨质魔笛拦腰击断。成驹吃了一惊，一不留神摔下地来。

“句芒在此，虐鬼儿快跟我走！”句芒一声吼叫，令成驹浑身筛糠，瘫在地上。虐鬼儿万万没有想到，这么多年过去了，句芒竟会跑到三苗国来追捕他。虐鬼儿不甘心束手就擒，就地一滚变作白马，沿着山谷飞奔。句芒甩出手中的柳条编织笼，它快速追上白马，突然降落，将其罩在里面。

当句芒打开网罗时，发现竟是一段圆木！

“虐鬼儿，因为前些时日你的行为在正邪之间，所以放了你一马，以观后效。没想到你本性不改，野心膨胀，到处蛊惑人心，唯恐天下不乱，只好新账老账一起算了。跟我走吧，不要再伪装了！”见圆木一动不动，句芒改口说，“你既然无颜去见中原父老，扎根在这片土地上也好，本神成全你。”

句芒是东方木官之神，处置草木生长是其拿手好戏。他把圆木立起来只那么一顿，便入地三尺。然后，洒上些许泉水，边喊边用手连连拍打：“长！长！长！”只见圆木窜高两丈有余，下面也生出了密密麻麻的根系，将它牢牢地固定在土壤里。当地氏族见这根立柱光溜溜的，甚是好奇，于是把图腾镌刻在上面，顶礼膜拜。据说，楚国的一部史书就取名为《梼杌》，也许是从成驹的故事中得到了启发。但在中原，梼杌就不那么幸运了，它被称为颛顼的不才子，列为“四凶”之一，遭受到世世代代的口诛笔伐。

句芒飞走了，延维也很快消失得无影无踪。在全军一片欢呼声中，大禹挥剑南指，战车长驱直入，兵临烈山邑。烈山邑城高池阔，城墙上人头攒动，看来早有准备。夏家军的战车水陆两栖，是巧垂受到大禹多功能辇车的启发而研制的。将战车卸下鞍马，两辆车拼凑在一起，稍做改装，便成了一只战船。大禹先命六条船下水，向北门开进，主要是想看一看守军的射程有多远。船到中流，城上箭如雨下，已有人中箭落水，大禹急令鸣金收兵。但是，诡异的事发生了。只见水面上腾起一片烟雾，同时传来战士们短暂的惊叫声，便连船带人都没有了，水面平静如故，好像什么事也没有发生过一样。大禹急忙派人到下游去打捞，自己在水边走来走去，百思不得其解。

“是三苗的水鬼干的吗？怎么连船都拖下水底了呢？”大禹自言自语地说。

“我看不像。”孟涂说，“也不像是遭遇了水怪，竟连个涟漪都没有。”

“走，看看去！”大禹说。他治了一辈子水，怎能为水所治呢？

当即同孟涂、大章和竖亥驾船驶向出事水面。城上见大禹在船上，立即调来神射手，飞矢如蝗。竖亥旋动一只车轮，权当盾牌，遮挡箭簇。突然，战船像装满了石头似的，急速下沉。

“不好，快逃！”孟涂大叫。大章动作极快，右手抓过大禹，左手捞过孟涂，飞也似的冲上岸来。

三苗兵败

大章和竖亥脚蹬蹑空履，渡水如履平地，两人一个救人，一个持盾挡箭，迅速撤回岸上。

“魍魉！魍魉与我们做对了。”孟涂忧虑地说。

“魍魉？听说蚩尤曾驱使魑魅魍魉对付黄帝，它们究竟是些什么东西？”大禹问。

“魑魅魍魉是山泽中的精怪，无声无息，无影无形，往来倏忽，人不可知。”孟涂说，“但它们无中生有，威力无穷，防不胜防，令人难以对付。”他说对了。水面上刚才发生的事，都是溺鬼儿和它的阴兵干的。

“难道没有神将帮忙了，烈山邑就攻不下了不成？”大禹心有不甘地说。

“有，可以借助‘五行’之一的水，实行水攻。”孟涂说。

“你是说在上游蓄洪，然后开坝水灌烈山邑？”大禹问。

“不错。洪水的威力你是知道的，可胜百万大军。”孟涂说。

“这使不得。”大禹坚决地说，“我大禹是为治水而生的，怎能用洪水祸害黎民呢？”

“为天下一统而战，牺牲是在所难免的。”孟涂说，“你不想殃及黎民，就得牺牲自己的战士，二者必选其一，没有他路可走。”

“下游地势宽平而低下，洪水一过，受害面积太大。”大禹沉吟说，“拿这么多生命和财产换取一城，实在心有不忍哪！”

这时，启忽然从天而降。他说，盘瓠表示保持中立，司彘国则乐意协助攻打三苗。“我们打算水攻，正在选址准备筑坝呢。”启说，“我来通知你们把营寨迁往高处去。”

“摄政王怕造成水患，已经否决了水攻方案。”孟涂说，“你回去通知司彘国不要筑坝了。”

“下游居住的都是三苗人，淹死一些怕什么？”启愤愤地说，“自帝尧以来，四夷当中只有三苗动辄反叛，使得中原将士不得不一次次地血洒江汉。我在空中侦探清楚了，江汉之间的水系上游，包括丹淅，都在我们的控制之下，三苗不听话，只管放水就是，让他们满地乱爬去吧，也省得我们劳师动众、流血牺牲了。”

“胡说，天下黎庶皆我朝廷子民，岂能视为蝼蚁？”大禹呵斥说，“我们既然是王师，就应该是仁义之师、正义之师，讨伐的是顽凶，怎能置民众生命财产于不顾？水攻之说，再不要提起了！”

“不能用水，就只有借助于火了。魍魉怕火，我们只需用火把它们赶跑就可以渡河了。”孟涂如此这般说出了一条妙计，启连声叫好，迫不及待地说：“我这就去准备！”

“此计可行，”大禹听后点头说，“得手之后要立即扑灭大火，谨防蔓延。”

夜黑风高，守城将士大都抱着弓箭睡着了。仡雄来到北门巡城。

这时，护城河上忽然火光冲天，上百只竹排上装满干柴油脂，燃烧成一团团火球，顺流而下、掠过水面。仡雄正不知何故，忽听得身后传来尖利的叫喊：“着火啦，仓库着火啦！”仓库里的稻谷是全城军民的口粮，足够维持一年，是坚持守城抗敌的支撑，万万不可有失。仡雄让手下继续监视对岸敌军动静，自己亲自带人去救火。这时，又有人喊道：“西门着火了，城外发现攻城部队了！”

西门防守薄弱，仡雄又急忙分兵去救援。城上城下乱作一团。

火筏掠过护城河后，大禹阵营战鼓齐鸣，杀声震天，几百只战船如过江之鲫，向城下驶来。大章和竖亥大步流星跨过护城河，蜚廉也变作法身展翅飞掠水面，三人率先登城，杀散守兵，打开城门，攻城大军蜂拥而入。挤不进城门的，就把战车改装的船竖在城墙上，当作云梯攀爬上城。战车的这一功能倒是巧垂没有料到的，而是士兵们的发明。

城中的两把火都是启点燃的，他的飞龙在此次战役中发挥了关键作用。仡雄见敌兵势大，抵抗无益，保护神主、家小逃出南门去了。大禹和孟涂进城后，指挥扑灭大火，命蜚廉带步兵追击仡雄，命启率战车进攻其他城邑。他告诉二位，如得知帝舜的下落，要立即报告，他要亲自去迎驾。大禹命令：凡顽抗者，坚决消灭；凡归附者，一律保留原来的城池和封地，但必须依律上缴贡赋。布置完毕，大禹和孟涂坐镇烈山邑，出榜安民，就地接受归顺部族的朝贡。

三苗大大小小也有上百个方国城邑，再没有像烈山邑这样坚固险峻的。启驱兵攻城略地，势如破竹。凡抗拒者，破城后焚其宗庙，掠走青壮男女做奴隶；凡归顺者，命其到烈山邑去朝贡，由大禹一一重新确认他们的封地，赐予姓氏，跻身诸侯之列。面对夏家军的强大攻势，一些不愿进贡纳赋的部族，闻风弃城而走，到江南寻找生路去了。也有不少部族选择了投降，早早地就开城出迎，宰牛杀猪犒劳三军。到了后来，夏家军气焰嚣张，也吃馋了嘴，每到一城，但凡不见有人出城犒军，便视为顽抗，一举攻下，抢掠杀戮，灭其宗祠。在不长的时间里，启麾军横扫汉水南北几十座城池，直逼长江。这日，迎面遇到蜚廉和他的部下，只见他们个个蓬头垢面、衣服褴褛，好像从地狱里钻出来一般，人数也少去了大半。蜚廉告诉启，他们追踪仡雄，长途跋涉，一直赶过长江。但孤军深入，处处受到袭击，部队伤亡严重，又得不到接济，只好撤兵。在返回渡江时，突遇狂风恶浪，全军几乎葬于水底，多亏江神混沌出手相救，才得以安全登陆。“不知为什么，江神称你为夏后启。”蜚廉最后说，“因为他也喜欢音乐，对你颇有好感，所以让我捎几句话给你。”

启暗自思忖：“上次在天上，金甲天神称我为夏后启，没想到这里的江神也这么称呼我。‘后’就是‘帝’，莫非我以后真的会登上天子宝座吗？”于是着急地问道，“江神让你对我说什么？”

“江南地大物博，但人烟稀少，其中多属炎帝遗民，这些氏族在蛮荒地带艰苦开发，与野兽为伍，生存其实不易，就不要急着逼他们进贡了。”蜚廉转述江神的话说。

“混沌是陆地上最有权威的水神，它的话不可不听。”启不动声色地对蜚廉说，“你已经尽力了，但天意不可违。咱们合兵一处，先尽力扫平江北吧！”

前面一山枫叶似火，古木参天，枝叶掩映处有一寨门紧闭，却不见有围墙或栅栏。启正正怀疑这里没有人居住，忽闻鸡鸣犬吠之声传来，其中还伴着几声牛哞。

“上面有人，弟兄们跟我冲进去！”蜚廉招呼他的步兵。合兵后，蜚廉每次都是率部抢先出击，欲用战绩弥补他南征失败的遗憾。战士们哪个不想立功受奖？于是个个如狼似虎，呐喊着攻上山去。启的战车按兵不动，他乐意让蜚廉冲锋陷阵。

风声骤起，落叶纷纷随风起舞。山林间瞬时被飞舞的枫叶所弥漫。横生的枝杈，吊挂的老藤，犹如被人操纵似的，朝着入侵者噼里啪啦地敲打。启见状不妙，急令鸣金收兵。此时的蜚廉已不辨东西南北，那枫叶撞在身上，竟如刀割一般，尽管他武艺高强，屁股上也没有躲过老藤的鞭挞。当战士们失魂丧魄地滚爬到山下时，一个个赤身露体，刚换不久的新装竟被枫叶割扯得精光！所幸枫叶手下留情，才使他们的皮肤没有受到伤害。

“放火烧山！”启见状大怒，命令道，“我就不信这个邪！”他认为自己受命于天，因此面对怪异现象毫不惊慌。但蜚廉的步兵吓破了胆，还趴在地上筛糠，布柴放火的事就落在车战将士身上了。

大火借着风势向山上蔓延。启笑道：“水火无情，难道还怕你山精树怪不成？”他的话音刚落，忽然阴云四合，当头一个炸雷响过，倾盆大雨从天而降！山火被扑灭了，只剩下几缕清烟飘向天外。枫林里异常安静，静得让人胆寒。启似乎明白了天意所属，一时茫然失措。

身后铃声叮当，几支大象、牦牛队伍迤逦而来，由远及近。领队的都是被征服的三苗部族首脑，他们带来的是些羽毛、象牙、牦牛尾和犀牛皮等当地特产，以及金、银、铜和一串串珍珠，甚至还有包装精美的青茅和杨梅。启知道，这些都是朝廷明令征缴的贡品。

“摄政王在烈山邑朝见诸侯，你们怎么到这儿来了？这是什么地方？”启奇怪地问。

一人回答说：“这里是宋山的北门，山上是牛氏部落的驻地。听说天子前几天驾临宋山，我们结伴前来觐见，顺便把朝廷要的贡品也带来了。”

“哦？原来帝舜在这里！”启惊讶地说。

帝舜获救后随丹朱溯长江、泛洞庭，来到君山养伤。当年，丹朱的儿子随外公驩兜来到江南，在洞庭湖一带开辟出一块落脚地，安顿下来，如今是把丹朱从丹淅接来养老的。丹朱见到帝舜很是高兴，除了邀他对弈之外，还重操旧业，就地选了一批少男少女，组成乐团，请帝舜教授乐舞《箫韶》。“丹朱平生所好，不过弈棋和乐舞，但身边少有知音，临老能与你静心磋商此道，此生再无遗憾了。”丹朱由衷地对帝舜说。

牛氏部落在江南沅水开发了一处新的居住地，将蚩尤衣冠冢建在枉人山上。帝舜痊愈后，告别丹朱，去枉人山祭奠蚩尤。当初氏族首领夷诺并没有放弃江北的宋山，而是派了一些留守人员，经管那里的山林和牧场。近闻三苗战败，夏家军南下清剿，夷诺随即组织了一支船队开往江北，打算把宋山的人员和财产全部转移到江南，以避兵灾战火。帝舜还念念不忘他的责任，于是也随船来到了宋山。

此时，启对到宋山进贡的人们说，帝舜早就不理政务、不接见臣民了，这类事务都是由摄政王全权处理的。“你们还是去烈山邑觐见摄政王吧，他会赐给你们姓氏，封给你们疆土，你们就名列诸侯了。”启如是说，并四处派人，把进贡的人们连劝带赶，统统轰向烈山邑了事。

“天无二日，地无二君，帝舜和摄政王同时存于世，终究是个麻烦。”望着进贡人群的背影，启对蜚廉说。

“今夜咱俩潜入山寨，打发帝舜上天算了。不然的话，说不定在帝位继承上还会生出什么枝节。”蜚廉说。他是大禹的忠实家臣，对这个少主人更是抱有很大的希望。

“不行，绝对不能做这种蠢事！”启坚决地说，“天命人心都在我们夏家，不需要使用极端手段。再说，我也是具有天命的人，不想招致一个逆臣的坏名声。”

“要不，我们就派一支部队驻守宋山，阻挡人们来朝见，也不让他回中原。”蜚廉说。

“不。”启说，“我去劝他离开这里。”

山寨大厅里，传出帝舜的声音：“宋山的枫树，是当年蚩尤抛来的桎梏繁衍起来的，神圣不可侵犯，我今天可算开眼啦！我说夷诺，入侵者是哪里来的呀？”

“夏家军，领兵的是大禹的儿子启，他们已经摧毁不少城池了。”夷诺说，“多亏你在这里，才引起上天的垂怜和护佑，一场暴雨浇灭了大火，不然的话，整个宋山就要化为灰烬了。”

“都怨我半道出了差错，把事情给耽误了。要是能早点儿向三苗各国宣谕朝廷新政，搞好协商，就可以避免刀兵之灾了。”帝舜的语气里充满了自责，又接着说，“启这孩子自幼通达神灵，很是可爱。他要是知道我在这里，就不会放火烧山了。”

“臣启参见陛下！”这时启悄然而入，匍匐在地，连连叩首说，“启的确不知道天子驾临此地，把宋山误认为妖山，贸然放火，罪该万死！”

帝舜一惊，急忙上前搀扶启，说：“贤侄快起来说话。不知者不为罪，你何罪之有？”帝舜禅让后自动降低了自己的身份，和大禹不再以君臣相称，因此称启为贤侄，令启倍感亲切。“但不知贤侄今后还要到哪里去？”帝舜又问。

“赖陛下洪福齐天，王师所至，三苗诸国纷纷归附朝廷，江北地面指日可以平定。”启奏道，“江南地处蛮荒，民风殊异，朝廷声教少有传播，如今若要到那里开疆拓土，逼迫蛮人朝贡，定出乱局，似有不妥。愚臣有一事请奏，不知妥否？”

“贤侄快快讲来！”帝舜说。

“陛下久居九五之尊，德高望重，天下钦服，若能过江南巡，亲和蛮族，晓谕朝廷政教，传播中原礼仪，以文化之，以行导之，或可救愚昧至文明，化腐朽为神奇，也省却了大动干戈，实乃旷古不世之举也！”启朗朗道来，有声有色。

“贤侄所言，正合孤意。”帝舜大喜说，“我老了，不怕苦，不惧死，愁的就是此身无用，徒耗衣食。若能以老朽之身换取天下太平、四海和合，那真是上苍的额外眷顾了。不过，以文化愚是个潜移默化的过程，需要时日才行，贤侄不要急着兴兵动武，要有点耐心！”

“那是当然，那是当然，陛下放心前去就是了。”启迫不及待地说，“臣马上派人送陛下过江。”

帝舜说：“不用了，明天我还是搭夷诺的船渡江南下吧。”

事后，启原原本本地将以上过程向大禹做了汇报。大禹嘴里不说，心里不禁对这个儿子刮目相看，以后每遇大事，都放心地交给启去办理。

苗山《箫韶》

大江东去，洞庭茫茫，眼前鸟飞鱼跃，远望天高水长。“师父，你在哪里？”此时，帝舜不由得又想起了单卷。

一人踏波冲浪、从斜后方如飞而来。“师父！”夷诺惊喜地叫道。

“不。”帝舜盯着越来越近的身影说，“不是师父，是许由。许由先生，您往哪里去？我是虞舜。”

许由登上船，顺手捞起脚下的竹竿。原来，他是踩着一根竹竿渡江的。

“虞舜？不，天子陛下！八十几年不见，您也成了天子，我可是不敢相认了。”当年虞舜跟随单卷游历时，曾与许由多次见面，许由于是如是说。

“您老的相貌没有多大改变，我一眼就认出来了，我是您的徒弟辈儿，还是叫我虞舜吧！”帝舜亲切地说，接着问道，“知道我师父在哪里吗？”

“他呀，神龙见首不见尾，”许由遗憾地说，“想找他下盘棋过过瘾都不成。”

“您不是在其山隐居吗，到江南访友来了？”帝舜问。

“不，我来江南是择木而栖，找个归宿。”许由说，“其山离夏邑钧台很近，如今已经成了京畿之地了，不胜扰乱，待不下去了。”

“连您这样的高士也不得安宁吗？”帝舜吃惊地问。

“夏廷上下对我倒是尊重的，”许由说，“只是我的家族居住在颍水两岸，进贡纳赋，应差服役，免不了与官府发生摩擦。子孙们时有被抓被罚者，动辄搬出我去说人情。唉，清高了一辈子，到头来还得低三下四去求人，叫我这老脸往哪儿搁？还能隐居下去吗？世道变了，世道真的大变了！”

帝舜见这位闲云野鹤般的高人竟如此气恼，忙安慰说：“时世变迁是必然的，我们也得与时俱进。先生下一站在哪儿落脚呢？”

“苍梧。”许由说，“我是复古派。现在虽然农具先进了，谷物有余了，但人心险恶了，世风变坏了。我尊崇炎帝时代。那时不设官府，不治军备，民无负担，无为而治，是何等地令人向往啊！不过，到了最后一位炎帝，也就是神农氏俞罔时，中原就刀兵四起了，他为了避乱远走苍梧，最后死在那里。我想与炎帝为伴，求得最后一点儿宁静。告辞了，咱们有缘再相逢。”许由说罢，将竹竿抛入水中，双脚踏上，如飞而去。

望着许由远去的背影，帝舜怦然心动。

帝尧时代，三苗在驩兜的领导下曾归附中原王朝，支持帝尧政权，南北相安数十年之久。对此，帝尧是心存感激的。驩兜被放逐江南后，投洞庭湖而死，帝尧心有不忍，命丹朱负责去奉祀。因此，丹朱早早地就让儿子和老伴迁居洞庭，自己则往来于封地丹淅和洞庭之间，两头照顾。丹朱为人谦和、开朗，慷慨大方，在这里是有人脉的，被称为帝丹朱。帝舜深知丹朱的为人，于是决定去君山找他帮忙，完成自己的南巡使命。

“依我看，”丹朱推心置腹地说，“夏家父子是担心你干预朝政，才以南巡的名义把你打发到江南来，你还真把棒槌当针认了。我们都是黄土埋到脖子上的人了，没几天活头了，还是陪我下几盘棋吧，我还想赢上你一局呢！”到了这时，他俩真正地平等了，曾经的对手关系、君臣关系都退去了，被淹没的亲情和友谊又浮出水面。

“我的大舅哥，难道你忘记了？虞舜曾经摄政二十八年，难道还不懂当下摄政王大禹的心思吗？”帝舜无奈地一笑说，“我禅让后，整日蛰居历山，不会客、不访友，生怕有话传出去对时局产生影响。到了这里，我有飞鸟出笼的感觉，终于又可以随心所欲了，为什么不尽心做点事呢？只有做些有利众生的事儿，活着才有乐趣。”

“你倒是惬意了，可惜苦了我的妹子娥皇、女英。”丹朱说。

“虞舜一生最值得骄傲的，不是曾居九五之尊，而是娶了你的两位妹妹。”虞舜深情地说，“一个甲子过去了，只要是我高兴，我平安，她们就心满意足、其乐融融，真是难得。我的这次选择，她们肯定也会支持的。”

“可是，这里的大多数人并不知道帝舜是何许人，语言也不通，恐怕没有几个人会听你说教。说句实在话，你还不如我呢，我还能给他们带来娱乐。”说到这里，丹朱忽然停住了，少顷又手舞足蹈地说，“有了，有了！这里的人喜欢音乐，你的《韶》乐可以使你一举名满江南！马上排演节目，近期咱们就行动！”

湘江，一只花船溯流而上。帝舜坐在船头，吹起自制的排箫。这只排箫用二十一支长短不同的竹管组成，声音恢宏而委婉。为了突出帝舜的演奏，丹朱特意在《韶》乐中增加了排箫的分量，因此《韶》也叫《箫韶》。他对《箫韶》十分推崇，把他的团队也命名为“箫韶乐舞团”。一路上，丹朱银发雪髯，迎风飘逸，指挥着花季少女鼓琴击磬，齐声歌唱。岸上的纤夫们个个赤身裸体、筋骨精壮，随着音乐的节奏“嗨哟”“嗨哟”地和合，时而引吭高歌，充满男人的气息。有时他们还会和船上的少女隔水对歌，打情骂俏，妙趣横生。原来，这些小伙子是丹朱歌舞团的男演员，停下来就与少女们配对演出，行船时便充当纤夫，个个精神饱满、干劲儿十足。帝舜有时会想，丹朱有如此强的导演和组织才能，若是让他执政，恐怕比自己也毫不逊色呢。

花船招来了两岸众多行人，他们一路随船走动，不愿离去。也有不少渔夫，停止作业，撑起小舟尾随花船行进。不要说，这些嗜好歌舞的南蛮男女，还真没见过这样奇特的乐团、没听过如此雄壮的北方之音呢！一日，花船来到湘水的一个江湾处，水面宽阔，平静如潭。但江岸上却喧嚣聒耳、哭声震天。原来，这是玄蛇氏族的葬礼，江边一顺摆开六具尸体，正准备进行水葬。丹朱立即令花船靠岸，指挥乐队演奏哀乐，帝舜的排箫也随即发出呜咽悲戚的旋律，如泣如诉，催人泪下。

葬礼完毕，死者亲属拥到水边，呼啦啦跪倒一大片，叩谢乐队的助哀。几位长老把客人请上岸，以酒食招待。席间，长老讲出了六人死亡的原委。

距此地几十里外有个不起眼的小山，叫苗山，多少年来也没有引起过人们的重视。两年前，从外地来了位巫者，站在苗山上指指点点，说周遭的道道山陵活像一条盘龙，而苗山就是该龙的龙头。他还预言，谁家的祖坟修在龙头上，后世肯定会出大人物，不是帝王也得是诸侯。此言一出，方圆几百里内的方国国君相继跑来考察，越看越觉得巫者言之有理。你看，那龙头藏于群山之中，似乎还没有睡醒呢！自此以后，苗山争夺战就开始了。每个国君都企图占有这块风水宝地，好让后代出个大人物，称霸一方。于是他们不惜豁出命来大打出手，原本相互通婚、和睦相处的各氏族，如今都变成仇人了。“我国今后还得训练军队，准备打仗，不光是为了争地盘，还要讨还血债，以雪今日战败之耻！”长老最后说。

听完长老的一番言语，帝舜痛心疾首，说：“愚昧啊，世间的祸乱就来自愚昧和贪婪哪！”

帝舜决心制止苗山械斗。半夜，他找了个向导，悄悄地去了苗山。第二天，当丹朱带着乐队赶去时，发现苗山气氛异常。占山的是犀牛国，准备攻山的是羽民国，双方剑拔弩张，一触即发。随行的玄蛇国长老说：“四周山上还埋伏着鹰氏国、水牛国的军队，等等，当交战双方两败俱伤时，会有第三者冲出来抢占山头。太阳一露头，战斗就要打响了，我们等着看热闹吧！”

两阵之间箫声响起，回荡于万山之间。这时，阳光刚刚射向苗山顶上的树梢。羽民国人被突如其来的箫声所吸引，暂停进攻，倾耳谛听，判断阵前出现的新情况。箫声是帝舜吹奏的《箫韶》的前奏，其背景是讲当年虞舜如何用孝道、爱心感化父母和兄弟，实现家庭和睦的。箫声里倾注了帝舜的一腔心血和柔情，如细雨润物、春意融冰，消化着战场上的戾气和斗士心中的野性。双方战士都放下了手中的兵器。

“开始！”丹朱不失时机地启动他的乐队，八音交响，五声和谐，铿铿锵锵，嘈嘈切切，《箫韶》演奏大幕拉开。三曲过后，丹朱指挥男女演员趋进两阵之间，围绕帝舜一边奏乐一边载歌载舞。阵上肃杀之气一扫而光，战士们丢下兵器，摇头晃脑、击节和合。六曲过后，飞禽走兽相继登场，翩翩起舞。《箫韶》九成，只见彩云飘飘，麒麟出没，凤凰来仪！

“哇——”两阵上一片哗然，四周也传来阵阵欢呼。此时，令帝舜和丹朱都没有想到的一幕出现了：从两边山坡上跑来数十名俏男俊女，加入了歌舞行列，他们个个衣冠鲜艳，身姿妖娆，赛若天仙。两阵上的小伙子们再也按捺不住激昂的情绪，一个个走到阵前，踏着节拍手舞足蹈起来。近处的姑娘、小伙儿被吸引来了，远处的姑娘、小伙儿也闻讯赶来了，原本是搏杀战场的苗山，在《箫韶》的感召下，变成了各部族青年男女欢歌狂舞的大舞台。

丹朱见时机成熟，登高大呼：“俏男靓女们，你们知道这首能够招来凤凰的乐曲叫什么名字吗？叫《箫韶》！你们知道《箫韶》的主创是谁吗？他就是眼前这位排箫的演奏家！我还要告诉大家，这位出色的演奏家，就是前来江南巡狩的海内帝王、天之骄子帝舜！让我们听听天子的教谕吧！”

鼓掌声、踏地声、呼叫声震撼群山。

“我虽为天子，但早已把朝政禅让给治水的大禹了，因此才有时间来这里同大家歌舞娱乐。”虞舜声若洪钟，“既然大家喜欢《箫韶》，我就在这里演奏七天七夜，让它的音调旋律永远回荡在苗山。苗山是个好地方，在这埋葬尸骨，会辜负上苍造物的苦心，而在这块宝地上播撒爱情的种子，则会带来子孙繁衍、族群昌盛、地方和谐太平。大家快快行动起来，让苗山变成男女青年歌舞会友、相亲相爱的圣山吧！”

《箫韶》响起来，篝火燃起来，越来越多的男女手拉手地跳起来。苗山沉浸在欢乐和幸福的海洋里，血腥仇杀之气荡然无存。苗山，成了爱情之山，人群交融之山，青山依旧，《韶》韵长存，后人改其名为韶山。

从苗山下来，丹朱的花船继续沿江行驶。姑娘们受到苗山气氛的感染，好像着了魔似的，个个激情似火、春心荡漾，都跑上岸陪伴小伙子拉纤玩耍去了，只剩下了两位百岁老人，坐在在船头小憩。

“年轻好哇，我是多么羡慕他们啊！”丹朱望着打打闹闹的青年男女，感叹地说，“人们追求长生不老，老态龙钟地苟活在世有什么情趣？到了你我这样的年纪，我倒是希望早投生，再从头享受人生。”

“生死由命吧，也不是谁都有机会体验百岁感受的。”帝舜漫不经心地说，他在思考另一个问题，“你说，如果当初让你当天子，由我协助你处理政务，会不会像在苗山上那样配合默契呢？”

“我看不会。”丹朱肯定地说。

“为什么？”帝舜问。

“因为上苍没有做如此安排，肯定是认为其后果不尽如人意。”丹朱进一步阐发见解说，“我们年轻时都有自己的打算，好高骛远，又顾及面子，还各有一帮拥护者，内心常存高下强弱之争，难免发生摩擦。据我观察，一对关系密切的人，如果发生权力和财产交叉，关系迟早是会破裂的。如今你我都经历了百年的人生历练，心如止水，物我两忘，才有了如此默契。”

“这样呀，虞舜就没有什么遗憾了。”帝舜如释重负地说。

一日，花船来到湘水与潇水的交汇处。丹朱说：“沿潇水向上就是苍梧了，最后的一位炎帝俞罔就葬在这里。”

“你知道炎帝坟墓在哪里吗？我们应该去祭奠一下。”帝舜说。

“不知道。”丹朱说，“当时都是因地制宜就地埋葬，不封不树，没有留下永久痕迹，大体就在苍梧山阴这一带。他是一个大仁大爱的人，我死了愿意在这里陪伴他。”

“你还记得那个许由吗？”帝舜说，“他也到苍梧来了，也像你这么说呢！”

迎面遇见几只怪鸟，人面鸟喙，背生双翅，但不能飞，只能把翅膀当作拐杖，相互牵扯着鱼贯而行。丹朱一见，忽然亢奋起来，对虞舜说：“你知道这些鸟是什么吗？它们就是驩兜氏家族死后变化而成的驩头。领头的那个是老臣驩兜，走在最后的是你的大舅嫂旦鹊，她是三年前去世的。”说到这里，只见驩头们昂首鼓翅、连叫三声，然后一齐没入水中。

“等等我！”丹朱突然大叫一声，一头扎进水里。

“丹朱！”帝舜随即跳下，伸手抓住丹朱的脚脖子。但此时的丹朱已经拽住了旦鹊，在她的牵引下顺流而下。帝舜被拖出好远，但仍然死死抓住丹朱不放，最后失去了知觉。

一头大象把昏迷不醒帝舜和丹朱拖上岸来。丹朱面带微笑，似是沉浸在甜蜜的梦乡里。旦鹊返身回来，围绕丹朱“嘎嘎”叫个不停，似是唤他上路。丹朱忽然就地一滚，化作一只驩头，同旦鹊肩并肩地逐浪而去。依照丹朱的遗愿，箫韶乐舞团的男女团员把他葬在苍梧之阴，大哭一场，登船回洞庭成婚过日子去了。没有了丹朱，世上少了一些欢乐，帝舜失去了最后的知己和搭档。

梦醒九嶷

救起帝舜的是他的弟弟象。

“你怎么来了？”帝舜惊讶地问。

“得知你一个人过江，我不放心，就找来了。”象说。

“弟妹和侄子们知道吗？”帝舜不放心地问。

“祁媛过世三年了，孩子们也都成家立业了。”象说，“来前我到商地找到侄子义钧，让他去蒲坂告诉两位嫂子。”

“惊动这么多人做什么呀！人老了，最怕的就是给人添麻烦。”虞舜叹口气说，“你的岁数也不小啦，辛苦了一辈子，也该享享清闲了，又何必抛家舍业来这里呢！”

“我这一辈子谁都对得起了，就差对不起哥哥你了。”象深情地说，“陪伴你走过人生最后的路，是我早就有的心愿。过去你有人陪伴，我插不上手，如今老天终于给了我一个机会，我不会离开你了。你到哪里去，我就陪你去哪里。”

“我虽为天子，但并没有巡狩过应该到达的地方，心中始终有遗憾。”帝舜说，“听说颛顼大帝到过岭南的交趾，既然来了，就翻过苍梧去看看吧。对那里的子民，我可能不会有什么帮助了，能了解一下他们的生活也就心满意足了。”

苍梧竹木遍野，千瀑飞湍，大大小小的岩洞隐藏其间，别处少见的飞禽走兽、奇花异草，更是随处可见。帝舜身体虚弱，但兴致很高。象把他驮在背上，一路跋山涉水，奉食递水，体贴入微。苍梧山峦重重，水流道道，其间也生活着与世隔绝的少数族群。每经过这样的地方时，帝舜就像见到久别的亲人一般，又是吹箫，又是唱歌，快活得像个孩子。但他毕竟是百岁老人了，常年奔波，身体越来越差，不得已选了个岩洞住下来。

岩洞的北面和南面各有一潭水，北面的叫少和之渊，南面的叫从渊。象每天在渊中捕鱼捞蟹，还要给帝舜洗澡搓身、梳理按摩一番，极有耐心。岩洞的下方有一块缓坡地，象开垦出来种些谷物菜蔬，也时常搀帝舜出来活动活动手脚，重拾历山耕耘之乐。就这样，弟兄二人在苍梧山中过起了隐士般的生活。

一日，象外出打柴，帝舜倒在卧榻上小睡，忽听一个声音问道：

“您就是帝俊吗？”

“不，我是帝舜，不是帝俊。”帝舜迷迷糊糊地答道。

“帝舜就是帝俊，帝俊就是帝舜。”另一个声音说，“这里又没有别人，把他带走就是了。”不由分说，扒去帝舜的破旧衣服，还剪下他的一绺头发，抛在卧榻上，架起他离开岩洞。帝舜只觉得耳旁风声呼呼作响，穿岩洞，渡阴河，越高山，最后顺着一道瀑布阶阶跌落，冲入深潭。

那深潭竟是一个巨大的泉眼，成四方形，突兀的泉水也像一座四方的水坛，有名叫作俊坛。帝舜被泉水冲上抛下，在坛水中滚来滚去，身体越来越轻，好像脱胎换骨一般。更令人感到惊奇的是，有一条子金色鲤鱼总是不离左右，随他翻滚沉浮。“登比氏？”帝舜脑海里闪现出早年那个离奇的梦。

帝舜变得身轻似燕，不再随喷涌的泉水沉浮，竟能够在水坛上自如地行走。他发现，自己的须发变黑了，皮肤有了弹性，好像一下年轻了许多。

“这还像个样子。”身后响起一个女子的声音。

帝舜回头一看，惊喜地叫道：“登比氏！真的是你！”他情不自禁地上去拉住她的手。

“告诉你，”女子神秘地一笑说，“我可不是什么登比氏。”

“什么？你不是登比氏？”帝舜下意识地松开她的手，疑惑地说，“难道你忘记了？我就是在震泽与你相会的那个虞舜。”

“你也不是虞舜。”女子认真地说，“你是天帝帝俊，我是你的妻子羲和。”

“你是在说梦话吧？”帝舜迷惘地说。

“不是我在说梦话，而是你一直沉浸在梦境里，还没有醒过神来呢。”羲和说，“混迹于红尘这么久，光冲冲澡、洗洗尘怎能行呢？还得给你彻底洗洗脑。”说罢，她吐出一颗火红的宝珠，在水里四处滚动。少顷，俊坛里像开了锅一般，热气蒸腾。帝舜悬坐其中，热血汹涌，大汗淋漓。羲和在他身上又是搓，又是拍，还不时按摩穴位，手法纯熟，忙得不亦乐乎。要知道，这些手法都是她在汤谷给太阳儿子洗澡时练就的。约莫两个时辰过后，只见帝舜手舞足蹈，忽然变作一只鸟身龙首的俊鸟，一鸣冲天！

“你终于知道自己是谁了。”羲和自言自语地说，然后收起宝珠。蒸气消散，俊坛又恢复原来的形状。

俊鸟从云层里俯冲而下，落在俊坛上，变成金光闪闪、仪态万方的帝俊。“羲和，你跑到哪儿去啦？让我好一顿找！”

“好厉害，刚睡醒就吃起醋来了？”羲和揶揄他说，“我去找白马星君，只有借助他的天马行空，才能在茫茫宇宙里找到我那些贪玩的儿子。”

“后来呢？”帝俊问，看来他很在意羲和的行踪。

“后来我就给你生养孩子去了。”羲和不无怨气地说，“我那九个太阳儿子敢情不是你亲生的，都让你叫羿把他们射死了，好残忍哪！”

“我的初衷是把他们赶跑，不要危害苍生，没想到个个都没有经得住羿的一箭之击，我也很后悔。”帝俊心情沉重地说。

“你也不用难过，知道后悔就够了。”羲和说，“我又让他们复活了，变成了你的亲生儿子，你不会不高兴吧？”

“这就更奇怪了，快往下说！”帝俊迫不及待地说。

“九个陨落的太阳落进大海里变成了礁石，叫作尾闾，但他们的灵魂不死，被我收集起来，当年在震泽与你生出八个儿子…”

“你的确是登比氏！羲和就是登比氏！”不等羲和讲完，帝俊就叫了起来，他再一次想起了梦游震泽那个离奇的梦，一把将羲和揽到怀里，问道，“我的子孙们都在哪儿呢？”

“其实你已经见过他们了。”羲和说，“他们曾在苗山为你助兴。”

“噢……”帝俊想起了苗山上那些天仙般的俏男俊女。

“洪水期间，我一直在下方照顾孩子，有个问题想问你，”羲和说，“人间的洪水是你发动的吗？”

“不是。”帝俊干脆地回答，“我只是东方天帝，面对宇宙大道的运行，只能顺势而为，而无力抗拒。”

“但是，息壤总归你管吧，为什么不准许鲧动一动而允许禹随意使用呢？”羲和愤愤不平地质问，她认为帝俊是在吃白马星君的醋，以此报复他。

帝俊哈哈大笑：“你呀，枉为太阳之母。鲧就是禹，禹就是鲧，他们不都是白马星君的化身吗？我没必要厚此薄彼呀？鲧出山时机尚早，当时天下洪水正盛，即使动用息壤，也未必能遏止其势头。因此，最好的策略是任其泛滥，泄其威势，以待天时。禹治水时，洪水盛期已过，这时再以息壤相助，导水清淤，方可取得最后成功。”见羲和不说话，帝俊又说，“我知道你在为鲧鸣不平，以为是我在整治他。本人开始修炼，经过一千七百五十场劫难，至今已经两亿年了，还会那么狭隘吗？”

“天帝，天帝，总是有理。你可知物极必反，鬼知道你爬到绝顶以后，有没有开始走下坡路啊！”羲和嘟囔道。她本来还想质问羿的死是否与他有关，知道还会招来一番大道理，于是改口说道，“算了吧，还是看你以后的修为吧，孩子们还等着为咱们开欢送会呢！”

“他们在哪里？”帝俊问。

“天台山。”羲和向高处一指说。

天台山高入云端，山顶四四方方，与俊坛高下遥遥相对。此时山顶上男男女女载歌载舞，管弦齐奏，好不热闹。见羲和携帝俊到来，杂乱的人群很快排成八列纵队，趋前问安。

“每队的排头就是八个儿子。他们的身后是各自繁衍的一族。”羲和介绍说，“儿子们都有音乐天分，手中拿的是自制的乐器。自右至左，第一位是老大无淫，无淫国国君，精通管乐；老二晏龙，晏龙国国君，最擅长的是击磬拊石；老三三身一首，架子鼓最为拿手；老四玄狐，丝弦乐器天下无匹……”

“子孙们还等着给父亲献艺呢，你这样介绍太耽误时间了，等开场后我们弟兄挨个去请安时再说吧！”无淫走到帝俊面前说，“父亲，借我排箫一用。”

“你喜欢，就送你吧！”帝俊说。

乐舞开场了。让帝俊备感惊讶的是，竟是一场彻头彻尾的《箫韶》！

“他们是在苗山时学来的，还好吧？”羲和问。

“好，好，太好啦！”帝俊赞叹说，情不自禁地抱着羲和跳起舞来。

等八个儿子相继请安后，帝俊忽然觉得缺了点什么，问道：“记得当时羿射落了九颗太阳，那第九颗在哪里呢？”

“第九颗就是义钧。”羲和说，“后来我特意匀给女英一个，你在人间总得留下颗苗啊！”

“我在大陆泽还遇见过两个女儿，怎么没有来呀？”帝俊又问。

“呶，”羲和向远处一指说道，“她俩负责灯光。”

两道光束交互扫过天台山，七色变换，光怪陆离。人群的情绪一下被点燃起来，进入高潮。《箫韶》九成，凤凰来仪，帝俊高歌一曲，歌词是他禅让时吟咏的《卿云歌》：

卿云灿烂如霞，瑞气缭绕呈祥。
日月光华照耀，明亮而又辉煌。
上天至明至尊，灿烂遍布星辰。
日月光华照耀，嘉祥降于一人。
日月依序交替，星辰循轨运行。
四季变化有常，万民恭敬诚信。
鼓乐铿锵和谐，祝祷上苍神灵。
帝位禅于贤圣，普天莫不欢欣。
鼓声鼚鼚震响，舞姿翩翩轻盈。

精力才华已竭，便当撩衣退隐。

帝俊用歌声告别子孙，告别人间，携羲和穿云破雾，冉冉升空。途间，忽见远处一颗星宿忽明忽暗，飘飘忽忽地向下降落。

“她怎么也下来了？”帝俊小声咕哝说。

“你说谁？”羲和问。

“如此推算起来，”帝俊答非所问地说，“夏王朝到不了而立之年，就要进入多事之秋了。人间真的不是个适合度假的地方。”

象打柴回来，发现哥哥不见了，只有衣服和头发赫然在目。他先是一惊，随后跑出洞来，仰天大笑：“好哇，哥！你飞升啦！你白日飞升啦！”随后又自言自语地说，“我哥是普天下最好的人，他不飞升成神，谁还能呢？我得告诉人们。”

“我哥白日飞升了！帝舜上天成神了！”象一路呼叫着登上峰巅，十万大山纷纷响应，声传四方。象把帝舜的遗物埋葬在苍梧万山中，不封不树，一直守候在周围，耕耘自食，直到老死。[1]象是受帝舜大爱心胸感化的一个活标本，从愚昧无知、凶残顽劣，到明事达理、有情有义，树立了一个浪子回头的千古典型。象死后，当地乡民把他耕种过的田列为“祀田”，用田租的收入世代祭祀帝舜。人们在纪念帝舜的同时，并没有忘记象，在这里修建了一座“象鼻亭”以示纪念。

娥皇和女英在义钧的陪同下来到苍梧之野，但见云雾缭绕，九峰隐现，山重水复，异岭同势，多日来绕来绕去，最后还是回到潇湘之渊，总也走不出迷途。因此，她们称苍梧山为九嶷山，为后人沿用。听到帝舜升天的消息后，二妃抱头痛哭。伤心的泪水洒在竹叶上，留下点点斑痕，岁岁不褪，人称湘妃竹。最后，娥皇和女英双双跳进潇

---

[1]《山海经·大荒南经》：“赤水之东，有苍梧之野，舜与叔均之所葬也。”又：司马迁《史记》：“舜践帝位三十九年，南巡狩，崩於苍梧之野，葬于江南九嶷，是为零陵。”

湘之渊为帝舜殉情。她们没有死，而是变成了湘水水神，往来于洞庭湖和潇湘之渊之间。水神每次出行，必飘风飘雨，光芒四射，给人们带来和风与甘霖。湘水两岸的人们用一首名叫《湘妃·湘夫人》的乐歌来祭祀她们，后经楚人屈原润色、加工，流传至今。

大禹得知帝舜的死讯后，南登衡山遥祭其在天之灵。守丧三年毕，比照帝舜谦让丹朱的做法，大禹也躲了起来，让帝舜之子义钧接受帝位。义钧远在苍梧为帝舜守墓，压根就没有回去接班做天子的意愿。于是，大禹接受诸侯拥戴，登基为天子，立国号为夏，建都安邑，史称帝禹。但后世多称其为禹王，与商汤王、周文王并称为“三王”。帝禹在位十年，征服不朝不贡的诸侯，擒杀桀骜不驯的防风氏，在会稽大会诸侯，接受万国朝贡，铸造九鼎，统一政令，建立夏王朝。大禹死后，遗诏让位于伯益。此时启的羽翼已经丰满，族群势力强大，且受到大禹所封诸侯的推戴，于是自立为帝。至此，曾经流行于上古的禅让制终于寿终正寝，由世袭制所代替。

附　录

南水北调与大禹治水

大禹治水距今已四千余年了，他的一条引水主渠道竟与南水北调路线惊人的相似。不过，前者是为了排水泄洪，而后者却是为了引水济旱，正好掉过个儿来。

大禹的足迹遍及九州，治水规模浩大，但其中最主要的工程还是在黄河流域。关于黄河的疏导路线，《尚书·禹贡》中有一段经典论述如下："导河积石，至于龙门；南至于华阴；东至于底柱；又东至于孟津；东过洛汭，至于大伾；北过洚水，至于大陆；又北，播为九河，同为逆河，入于海。"《禹贡》一文中描述的这条河，被称为禹贡大河。如上所述，黄河从上游甘、青两省交界处的积石山，一直到下游的洛汭，就是洛水注入黄河的交汇处（位于河南洛阳东），黄河流经路线从古至今并没有发生太大的变化，古今学者也没有多少争议。但是黄河过了洛汭以后，大禹究竟把它引向了哪里，后世却出现了不同的理解，众说纷纭。其中的关键问题，就出在上述引文中提到的"大伾"上。

大伾山有两座。一座在河南省的浚县，位于京港澳高速以东的平原地带；另一座在郑州以西的荥阳市，地处黄土高原向华北平原的过渡带上。比较流行的说法是，禹贡河是经过浚县大伾山向北延伸，最终进入大陆泽的。

但是，这种说法矛盾处较多，经不起推敲。其一，浚县大伾山和位于邢台市任县、巨鹿的大陆泽，都处于同一经度上，是正南正北方向，而华北平原的地势是西高东低，从大伾山向大陆泽引水分洪，不如向偏东北方向直接导洪入海顺畅。实际上，大禹确实从浚县大伾山向北开挖了一条分洪渠，但它没有注入大陆泽，而是和古漳水汇流后，经过河北的曲周、临西，在清河一带折向东方，直接流入渤海。临西县有一处古堤，人称鲧堤，传说是鲧、禹治水的遗迹。后经挖掘鉴定，说是宋代留存。作者认为，这个鉴定并不能否定鲧、禹时期在这里修过大堤，因为洪水溃堤后，大堤往往会被夷为平地，甚至会冲出一个大坑，人们不得不就地重建新堤，原始的遗存当然就挖掘不到了，而它原来的称呼却沿袭了下来。

其二，禹贡大河是最后经过一条叫作洚水的河进入大陆泽的，因此，找到洚水，便成了给禹贡大河验明正身的关键。沿着从浚县大伾山引出的分洪渠往下走，却找不到洚水。为了附会《禹贡》，有人把流经河南省淇县的淇水硬说成洚水，但淇水之名春秋以前早就存在了，因为《诗经》中曾提到它。还有人说，山西省屯留县有条河叫洚水。但是，这条洚水还没有走出太行山就汇入了漳水，难圆其说。

其三，《辞海》“大伾山”条载：“《尚书·禹贡》导河：‘东过洛汭，至于大伾。’……汉晋南北朝以今河南荥阳汜水镇西北成皋故城所在之山为大伾，见《水经注》《河水注》《济水注》及所引汉晋资料。唐以后以今河南浚县城东黎阳东山为大伾，见《括地志》等。”现在我们明白了，从大禹治水到唐代，已经过去了三千余年，当年大禹在太行山坡地上开辟的分洪渠早已湮没，不见了踪迹，后人于是把浚县的分洪渠当作了禹贡河，并把黎阳东山冠以大伾山之名。

其实，大禹从荥阳大伾山一带沿太行山坡地向北引分洪渠一事，在《禹贡》中就有明确记载。在谈到冀州的治理时，文中有“覃怀底绩，至于衡漳”及“大陆既作”等表述。意思是，西来的黄河在覃怀得到控制后，又引水北上，横穿漳水，进入大陆泽。覃怀，古地名，在河南省武陟县境内，与荥阳大伾山隔河相望，这里也正是南水北调中线工程横穿黄河之处。

大禹为什么选择此地开挖分洪渠呢？司马迁在《史记·河渠书》中，对黄河治理路线有几句简单明了的总结，不妨摘录如下：“故道河自积石历龙门，南到华阴，东下砥柱，及孟津、雒（洛）汭，至于大伾。于是禹以为河所从来者高，水湍悍，数为败，乃厮二渠以引其河。北载之高地，过洚水，至于大陆，播为九河，同为逆河，入于勃海。”这段文字并不难懂。原来，“黄河之水天上来”，抵达大伾山时，居高临下，如脱缰的野马，滚滚而下，给下游平原造成极大的冲击。为此，大禹经过数度失败之后，才决定在这里力挽狂澜，引水沿着山坡北上大陆。北魏郦道元在《水经注·济水》中，对此处形势有过精彩的描写：“……伊、洛合注大河，南则缘山，东过大伾，回流北岸，其势郁，涛怒湍急激疾，一有决溢，弥原淹野，蚁孔之变，害起不测，盖自姬氏之所常蹙。昔崇鲧所不能治……”最后两句中的“姬氏”和“崇鲧”，分别指的是黄帝和大禹的父亲鲧。文字中透露，入主中原的黄帝就曾经为此头疼不已，而以治水失败载入历史的鲧，很可能就是在这里栽了个大跟头，被革职判刑，流放到羽渊。岂止上古，有史以来，黄河在武陟一带决口无数，都给下游造成了灭顶之灾。仅就这点我们也可以看到，大禹治水前无古人，后无来者，是值得中华民族大书特书的辉煌一页。

现在我们可以明确地说，大禹从荥阳大伾山向北开辟的禹贡大河，与如今的南水北调中线几乎是重合的，只是在穿过河北、河南两省交界的漳水以后，南水北调渠继续沿着高坡北延，直到北京；而所谓的禹贡大河则从邯郸开始走下坡路，偏向东北方向，与从太行山上流下的洚水汇合，注入大陆泽。在邢台至邯郸间的高速公路上，有“支漳河”和“软地基”等标识，很可能就是其流经的遗存。

关于洚水，现在可以撩开它神秘的面纱了。《汉书·地理志》注云：“洚水，在信都。”历史上的信都有两说，一是在冀州市及其周边一带，汉代曾置郡、国。这个信都在大陆泽以东的百里之外，从东向西排洪不大可能。二是在如今的邢台市西南古邢国一带，秦朝时曾置信都县，此后虽经数度易名，一直有信都之称。《汉书》所指信都，应是此处。邢台的哪条河是洚水呢？符合条件的是横贯邢台城南的大沙河。大沙河的下游流入大陆泽，而它的上游有条主要支流叫浆水川，还有一个古老的浆水镇。浆水者，洚水也。音同，只是字不同而已。洚水从太行山上倾泻而下，犹如天降，所以古人称之为“降水”；后人也许见水浊如浆，于是写成“浆水”，大概如是。这种随意更改地名的现象古今都有，给后人造成了不少麻烦。

大禹治水轰轰烈烈，波澜壮阔，涉及的范围之广泛、动员的人力之众多，在当时的历史条件下是难以想象的，是世界上任何民族都不曾有过的。不要说遍及九州的治理工程，单就在黄河下游扇面形的平原上，就疏浚、挖掘了十数条骨干河道。除了上文提到的两条分洪渠，其中较大的工程还有开辟漯水（今徒骇河）、疏浚济水，并从荥泽引水向东通过泗水进入淮河。骨干河道之间，又十里一大渠、一里一小渠，挖掘出纵横交错、密密麻麻的沟洫。这些河渠沟洫，将频发的山洪以及因海浸形成的多年积水排入大海，使广袤的华北平原又呈现沃野良田。大禹治水是中华民族的骄傲，它不仅再造了九州河山，为后代子孙重塑了家园，而且为中华民族留下了一笔伟大而丰富的精神遗产，鼓舞着一代又一代的人们奋斗不息。

上古治水新议

——为共工、鲧正名

上古发生过一场洪水灾害，持续几十年，尧、舜先后委派共工、鲧和大禹领导治水。战国时人撰写的史书《国语》是我国第一部国别史，上起西周穆王二年（公元前990年），下至东周定王十六年（公元前453年），前后共538年。据传，《国语》是《左传》的作者左丘明撰写的，影响很大。《国语·周语》记述了太子晋劝谏周灵王的一段话，对上古治水有完整地评价，为便于分析，我们不妨转述如下："昔共工氏弃此道也，虞于湛乐，淫失其身，欲壅防百川，堕高堙庳，以害天下。皇天弗福，庶民弗助，祸乱并兴，共工用灭。其在有虞，有崇伯鲧播其淫心，称遂共工之过，尧用殛之于羽山。其后伯禹念前之非度，厘改制量，象物天地，比类百则，仪之于民，而度之于群生。共之从孙四岳佐之，高高下下，疏川导滞，钟水丰物，封崇九山，决汩九川，陂鄣九泽，丰殖九薮，汩越九原，宅居九隩，合通四海。……皇天嘉之，祚以天下，赐姓曰'姒'、氏曰'有夏'，谓其能以嘉祉殷富生物也。"

译文："过去共工背弃了顺其自然的做法，恣意胡为而不能自拔，企图用堤坝防护百川，并堕毁山陵，垫补洼地，使天下大受其害。上天不佑护他，庶民不帮助他，引起祸乱并起，共工因此而灭亡。到了有虞氏帝舜时，崇伯鲧负责治水，他胆大妄为，重新启用共工的治水之法，结果又以失败告终，被帝尧诛之羽山。鲧的儿子伯禹知道前者的做法不妥当，于是改弦易张，取法天地自然之道，遵循万物固有规律，充分考虑民众的利益，又尽量顾及众生的生息。共工的从孙四岳帮助他，顺应地势高低，疏浚江河，清除淤塞，储水于洼地以利万物繁衍，封祭九山以壮江山社稷，开通九条河道，给九个湖泊筑堤围坝、养殖水产，平整了九州平原、令民安居乐业，开通道路使四海通畅。……上天嘉奖禹，让他统治天下，赐姓曰姒，称有夏氏，谓其洪福齐天，可为众生带来殷实和昌盛。”

太子晋这篇议论成了两千余年来人们对上古治水的主流看法。它的广为流传，使大禹流芳千古，却让他的父亲鲧和共工氏蒙受了不白之冤，直到如今还在遭受人们的口诛笔伐。其实，共工和鲧都是对中华民族的治水事业大有贡献之先祖，我们必须为其正名。

先说共工氏。共工氏是个古老的氏族，居住在南部太行山的东麓，其下游就是低洼的华北平原。西汉时的著作《淮南子·本经训》中说，“共工之王，水处十之七，陆处十之三，乘天势以隘制天下”。又说，“舜之时，共工振滔洪水，以薄空桑”。总之，是沿袭了《国语》中太子晋的说法，把共工说成了专门制造水灾的恶魔。这种印象的产生，原因大概有三：其一，华北平原经常遭受上游洪水冲击，居住在那里的氏族苦不堪言。这本来是老天爷的过，却被安在了共工氏的头上。其二，历史上共工氏的一位首领曾与颛顼大帝为敌，打过一场大仗。《淮南子·天文训》是这样描写的：“昔者共工与颛顼争为帝，怒而触不周之山，天柱折，地维绝。天倾西北，故日月星辰移焉；地不满东南，故水潦尘埃归焉。”共工造成如此大的动静和危害，反对的又是被汉时儒家树为正统的颛顼大帝，人们当然难以忘记。其三，在与邻邦发生冲突时，不排除共工氏曾经使用过水攻。在后世，水攻是可供军事家们选择的手段之一。

共工氏对治水是很有研究的。他们的治水之法叫作“壅防百川，堕高堙庳”。此法虽然遭到古今人士喋喋不休地诟病，却成了历代人们防治洪水的法宝。所谓“壅防百川”，在洪水时代肯定不是筑坝拦水，而是在江河两边修建大堤，防止洪水漫延。历史上的防洪自不必说，君不见，到了科学发达的今天，我们对付洪水的常用手段，不仍然还是加固堤坝、“严防死守”吗？

至于“堕高堙庳”，就更有说法了。尧舜时的治水主要发生在黄河下游的平原地带。当时的华北平原还没有经过黄河泥沙的充分淤积，不像如今这样平整，而是到处散布着大大小小的山丘。洪水一来，这些山丘成了漂浮于汪洋中的小岛。所谓“堕高”，就是把山丘铲平、降低，作为人们的避难之所。所谓“堙庳”，就是在没有山丘的地方把低洼处垫高，修建人工高台栖息地。在淮河蓄洪区，历代堆积的这种高台竟然高达海拔30余米，有名叫作庄台，星罗棋布。直到如今，这些庄台仍然是几十万人的安全居住地。作者老家在鲁西北平原上，过去家家户户建新房之前都要先“垫庄子”，就是用土把房基地堆砌成庄台，以防水淹。因此，村村都有起土形成的大坑，成了孩子们戏水滑冰的场所。应该说，这些防洪措施都是共工氏的发明和创造。

鲧沿袭共工氏的做法，且有创造。《吕氏春秋·君守篇》：“夏鲧作城。”就是说，鲧在平原上大造城邑，不像共工氏那样挖土堆个大平台，而是筑建围墙又高又厚的城郭，这样既能防洪水，又节省人力。在挖沟取土时又有新发现，就是壕沟挖到一定深度时，就会冒出地下水来，解决了干旱季节居民用水问题。夯土围城并不是鲧的首创。典籍上说，黄帝造城郭，实际上老早古人就懂得修土围子防范敌人和野兽了。鲧把土围子改造成城郭，主要是用来防范水患的，也应该是项创造。当然，城郭后来又恢复了原来御敌的功能。

关于上古治水，两千年的屈原在《天问》里问道，夏禹继承前人之业，成就先考之功；他继续完成治水事业，为什么说他采取的谋略、方法不同？其实，从共工氏、鲧（有考证说，“鲧”即“共工”的急读，就是共工）到大禹，治水之法不外乎堙塞、壅防和疏浚。传到后来，却说共工和鲧主要采取堙塞、壅防之法，所以失败了；而大禹则主要采取疏漏之法，最后取得了成功。共工和鲧是当时公认的、被众人推举出来的治水专家，不可能不懂得用疏导的方法排除水患。他们的失败和禹的成功，是自然规律的原因造成的。由于天体的运动，地球上的冷热旱涝都是有规律的、有周期的。尧舜时，正赶上几千年不遇的全球性的大洪水，水势浩大。共工和鲧受命治水于初、中期，山洪一拨比一拨猛烈，再加上海水倒灌，平原一片汪洋，“洪水横流，泛滥于天下”。在这种情况下，挖沟排水恐怕是来不及的，当务之急是修筑堤坝、防止人类聚居区被淹，或者是建造避难之所。这就是共工和鲧“壅防百川，堕高堙庳”和筑城治水的原因。

共工治水多长时间没有记载，鲧治水就用了九年。两者加起来，洪水已经肆虐了近二十年了。也就是说，到了大禹接任治水时，洪水高峰期应该已经过去了，海水也回流了。摆在他面前的，是遍布的堰塞湖和沼泽泥泞。也只有到这时，大禹才有可能通积石、开龙门，疏浚九河，陂坝九泽，治理九原，“疏川导滞、钟水丰物”，最后完成了治水大业。

鲧禹治水成败的原因，也在神话中有充分反映。《山海经·海内经》云：“洪水滔天。鲧窃帝之息壤以堙洪水，不待帝命。帝命祝融杀鲧于羽郊。鲧复生禹。帝乃命禹卒布土以定九州。”意思是说，鲧没有得到天帝的允许，就把息壤偷来堙塞洪水，违背了天意，因此失败被诛；而禹则运气大好，在天帝的授意下，合法地使用息壤搞定了九州。

什方子

2017 年元月

主要参考书目

《山海经》

《史记》 司马迁

《诗经》

《尚书》

《楚辞》 屈原

《淮南子》

《庄子》 庄周

《吕氏春秋》

《孟子》 孟轲

《左传》 左丘明

《国语》

《吴越春秋·越王无余外传》 赵晔

《水经注》 郦道元

《中国古史的传说时代》 徐旭生

《中国神话传说词典》 袁珂 编撰

《古史辨》《中国上古史研究讲义》 顾颉刚 编撰

《古代社会》［美］摩尔根

《吕思勉读史札记》 吕思勉

《中国古代社会发展史论》 田昌五

《中国古代文明起源》 李学勤 主编